Hayakawa
Mystery World

ARAKURE あらくれ

矢作俊彦
司城志朗

早川書房

ARAKURE　あらくれ

装幀／宮澤　大

登場人物

まだらの亨介……………上州無宿の渡世人。ライフル片手に賭場を荒らす〝股旅ギャング〟

三田の欣蔵………………渡世人。亨介を「兄貴」と呼ぶ、〝股旅ギャング〟の相棒

福辺吉右衛門……………亨介が生まれた馬渡村の名主

吉太郎……………………吉右衛門の長男。江戸に剣術修行中

屋次郎……………………吉右衛門の次男。博奕で失敗

舞…………………………吉右衛門の娘。亨介の幼なじみ

日向林太郎………………馬渡村の塾長。馬庭念流の使い手

松廼家天祐………………江戸の人気講釈師

由比の源六………………やくざの親分。賭場を荒らされて〝股旅ギャング〟を追う

目明し番太の銀次………通称・すっぽんの銀次。八州廻りに雇われ〝股旅ギャング〟を追う

佐野屋善左衛門…………生糸問屋の大旦那で、木崎宿の世話人

久四郎……………………善左衛門の一人息子。舞の夫

たみ………………………女衒にさらわれた童女

坂本龍馬…………………才谷梅太郎の変名を持つ、土佐の脱藩浪士

さな子……………………千葉道場の娘。龍馬の婚約者

平井加尾…………………龍馬の幼なじみ

土方歳三…………………浪士組隊士。のちの新撰組副長

近藤勇……………………浪士組隊長。のちの新撰組隊長

松平容保…………………陸奥国会津藩藩主。京都守護職

1

無宿《むしゆく》とは、わけあって人別帳からはずされ、定まった住居、職を持たない者をいう。多くは博徒《ばくと》、渡世人《とせいにん》となって、旅から旅と流れ歩いた。

だが、例外もある。

文久二年（一八六二年）秋。

真っ青に晴れ渡った東海道を、ひとりの渡世人が西へ歩いていた。年の頃は二十一、二。背が高く、痩身で、身のこなしに若鮎のような切れがある。手甲脚絆《てっこうきゃはん》に、刀傷がふたつ三つ入った三度笠。少々丈長の道中合羽を肩にかけ、緋桜紋様のしごきを風になびかせて街道を往く姿は、颯爽として見える。

だが、三度笠に半分隠れた顔は、暗い。

この男、通り名をまだらの亭介《りょうすけ》。上州無宿だが、好んで渡世人になったわけではない。生まれ故郷の村を追われ、行くあてはなし、食うすべもなし、ほかに道がなかった、というだけだ。好きではないし、向いてもいない。現に旅に出てから、いっぺんだっていい思いをしたことがない。

なにしろしがないご時世だった。国定忠治《くにさだちゅうじ》が捕縛され、磔《はりつけ》の刑に処されてから十二年。一宿一飯、草履《わらじ》を脱ぐという風習はすっかりすたれ、今どきの親分衆は軒《のき》を貸すのも渋る始末。おまけに亨介、博奕《ばくち》打ちにとって何より肝心な博奕がからっペタと来る。賭場に入るたびにすっぱだかにされ、やむなく出入りの助っ人で、わずかな路銀を稼ぐ羽目になる。

やくざが縄張りを競って出入りに明け暮れていた頃なら、それでも渡世に困るようなことはなかったろう。

しかし黒船の来襲で、太平の世はいっぺんに騒がしくなった。天下国家の行末に比べたら、やくざの縄張り争いなどとるに足りない。往来は攘夷の浪士がのし歩き、やくざの出入りはめっきり減った。旅の渡世人には稼ぎ場がない。

おかげで亨介のふところに銭などあったためしがない。野宿がすっかり馴れっこになった。

その日も府中からおりる脇街道で野宿をして、昼過ぎ、川崎宿に出た。

東に向かって六郷川を渡ると品川だが、江戸は無宿人の取り締まりにうるさいと聞く。いっぺんも足を踏み入れたことがない。

遠く富士を見ながら西へ向かい、海辺の小さな村にさしかかった。

街道に沿って、茅葺の家が両側に軒を並べていた。その数はおよそ百数十戸。民家もあれば、竹の棒に旗をさした店屋もある。軒下に竹の縁台を出している茶屋もある。

だが、縁台で休んでいる旅人はいない。ものを買っているような客もいない。

よく見ると、茶屋も店屋も閉まっている。ほとんどの家はぴたりと雨戸を閉ざし、ひと気がない。村の道にはたいてい子供が何人か遊んでいるものだが、それもいない。

空っ風が音を立てて街道を吹きぬけた。砂埃が舞った。まるでゴーストタウンだ。

突然、鶏がけたたましい鳴き声をあげて飛び出してきた。

「待ちやがれ。逃げるとてめえ、ぶっ殺すぞ」

男が出刃包丁をふりかざして追ってきた。

こいつもやくざ者か。薄汚れた木綿の着物を尻っぱしょりにして、中くらいの脇差を一本差している。歳の頃は、——いくつだろう。若いのに老けて見えるとしたら、二十五。逆だとしたら四十か。背は亨介よりもだいぶ低い。えらの張った四角い顔で、目と目の間が妙に広い。鼻が低い。唇が分厚い。とぼけた面だが、愛敬はない。

「このやろ、てめえ！　いい加減に観念しやがれ」

怒鳴り声は威勢がいい。だがそれとはてんで裏腹に、腰はふらふら、足はよたよた。まる二日食いものにありついていない男みたいに動きが鈍い。鶏はひとを食ったような顔でひょいひょい逃げて、やくざ者の出刃包丁は右に左に空を切る。

亨介の長脇差が一閃した。

鶏の首が血を吹いて宙を飛んだ。

やくざ者は驚いて尻餅をついた。

「おう。兄さん、捌《さば》けるのかい？　だったら半身に分けてくれ。それが渡世の筋ってもんだ」

渡世人はしきたりにうるさい。仁義を欠くと、その場で腕を斬り落とされても文句は言えない。とぼけた面のやくざ者が、首の落ちた鶏をぶら下げて戻っていったのは、今にも屋根が崩れ落ちてきそうな民家だった。しかし、ムシロ一枚でも敷いてあれば、一家を構える博徒の家だ。

亭介は左足から四歩で土間を進み、長脇差を腰から外して、上がり框《かまち》に置いた。柄は相手に向けて左側、というのが作法だ。少し退き、腰を曲げて、両手を自分の膝につけた。親指は折って、相手に見せない。これは親を隠す、という意味だ。

「お控えなさい」

やくざ者は暗い土間の隅で、鶏の血を抜いていた。亭介の格好を見ると、いやな顔で何か言いかけた。だが仕方ねえというように、鶏を置いて向き直った。

「お控えなさい」とやくざ者。

「お控えなさい」と亭介。

これを双方で何回となく繰り返し、亭介が言葉を変えた。

「さように仰せ下さいましては、仁義になりませぬ。ぜひともお控えを願います」

「逆位かと存じますが、再三のお言葉に甘えまして、控えさせていただきます。ごめんなさい」

「早速お控えあって、ありがとうございます。向かいまする上さんとはお初にござんす。従いまして手前、生国と発しますは上州、利根の川原を西へ三里四丁下りました下坂郡馬渡村《まだら》でござんす。名をまだらの亭介と印《しるし》まして、ご視見の通りふつつか者。稼業昨今かけ出しでござんす。今日向お見知りおかれまして、行末万端よろしくお頼み申します」

「ご念の入ったお言葉に、申し遅れてご免こうむります。自分、当家の若い者、名は三田の欣蔵《きんぞう》と申しまして、お見かけ通りのしがない者でござんす。今日向お見知りおかれまして、ご同様お引き立てを願います」

亭介はふところから半紙に包んだ手拭いを取り出した。これを手土産として差し出し、相手はいったん受け取ってすぐ返す、というのがしきたりだ。しかし欣蔵と名乗ったやくざ者は、それよりも速くさっと後ろを向いて、鶏の毛をむしりだした。

亭介は手拭いを懐中におさめると、手甲脚絆を外し、道中合羽をたたんだ。振り分けから風呂敷を出し、たたんだ手甲脚絆と合羽を型どおり包んだ。

しきたりではここでお茶が出る。しかし欣蔵は出刃包丁を振り回し、唸り声を上げて鶏を捌いている。手間をかけやがって、くそやろう、食ってやる食ってやる、と聞こえる。

家の中はしんとして、ほかには物音ひとつ立たない。

「こちらのご一党さんは、どうされたんで」

「誰もいねえよ」

「何かあったんですかい。どうもこの村、様子が変だ。店はみんな閉まってるし、誰も外へ出てねえし」

「ここは生麦村だ」

欣蔵はかまどに火をおこし、うちわをばたばたやって振り向いた。

「なんだお前、知らんのか」

「というと」

「ひと月ばか前か。この村で侍が異人を斬ったんだ。三人斬って、ひとりは殺した。そこの『桐屋』って茶屋の前に、でかい松の木があるだろう。最後はそこで首をはねたそうだ。街道筋の家の者は、一部始終を見てるだろうてんで、役人が片っ端から引っ立てていった。とばっちりを恐れて逃げちまった者もいる。そんなこんなで、一時はここいら、みんな空き家になったそうだ。ぼつぼつ帰ってきてはいるようだが、ほとんどの家は戸を閉めて、中で息を殺してる」

世に言う生麦事件だ。四人の英国人が馬に乗って川崎へ行く途中、江戸から上ってきた薩摩藩の大名行列と行き合った。騎馬の英国人は、もののはずみで行列に乱入。これに激怒した薩摩藩士が、抜刀して英国人の間に斬りこんだのだ。危うく身をかわした女性と、男二人は負傷しながら馬を駆って逃走したが、深手を負ったもうひとりの男は村を出る前に落馬して、追ってきた藩士にとどめを刺された。

これがやがて薩英戦争をひき起こす。世はまさに幕末の動乱期。

「ご当家も難儀なことでござんしたね」

「この鶏は難儀したろうな。見なよ、骨と皮ばっかりだ。餌ぐらいやっていきやがれってんだ。なあ兄さん」

「なんだ。てめえの家じゃないのか」

よくよく見ると上がり口に、薄汚れた三度笠とざっとたたんだ道中合羽が置いてある。ひっ傾いたこのぼろ家も、実は事件以来、村人がいなくなった空き家だった。通りかかった欣蔵が、鶏の声を聞いて勝手に入りこんだのだ。

「いいのか。勝手に他人《たにん》さまの鶏を食って」

「だから半分わけてやるよ」

鶏は竹の串に刺して、火であぶった。あらかた焼けると、欣蔵はふところから竹の包みを取り出した。

「焼き塩じゃねえか。こんなものを持って旅をしてるのか。なんて用意のいい野郎なんだ」

「たまたまだよ。昨夜、博奕で勝ったのさ」

二人は土間にしゃがみ、鶏に塩をふった。

「今どき珍しい名前だな」

「おれか」

「まだら村で、まだらだろ。どういう字を書く」

通り名の由来はもうひとつあったが、いちいち言うのも面倒臭い。

「馬が渡る、と書いて、まだら村」

「うまがわたる、という字はどう書く」

「読み書きのできねえ野郎が、字を訊くな」

「けっ。しけた鶏だぜ。食うとこなんかありゃしねえ」

欣蔵はぶつぶつ言いながら、むさぼるように鶏を食った。亨介は黙りこくって、がつがつ食った。硬くてまずい肉だったが、肉にありついたのは半年ぶりだ。いや、もっとか。

欣蔵は食い終わると、もういっぺん骨をつかみ、一本一本音を立ててしゃぶった。それから「ふう」と息を吐き、水がめの水を飲みに行った。

亨介が立って行くと、水のひしゃくを渡し、それから繰り言を言い出した。亨介が首をはねたおかげで、こんなしけた鶏を食う羽目になった、という。

「余計なことをしてくれたよ。腹がくちくなったら、またぞろ次の飯の心配をしなきゃならねえ。こんなくらいなら、すきっ腹で行き倒れの方がましだった」

「おきやがれ！　いっぺんでも腹一杯食えただけマシだろう。きいたふうなことぬかすんじゃねえ」

亭介はひしゃくを放り捨てた。

「バカの考え休むに似たり。お前のことだ。先々考えが及ぶほどの知恵もねえくせに」

「だったら兄貴、考えるのはあんたに任せた」

「なんだ、それ」

「喧嘩も任せた」

「なんなんだ、それ」

「二人旅も悪くねえか、と思ってさ」

「よしてくれ。おれは連れは持たねえ。だいたいな、てめえの方がだいぶん年上じゃねえか。旅人稼業も長かろう」

亭介は手早く旅装を身につけると、「あばよ」とひとりで家を出た。腹さえ満たせば、けったくその悪い野郎に用はない。

村は相変わらず静まり返っていた。しかし、障子戸のついた茶屋の軒下に、役人らしい侍が二人いる。障子戸は少し開いていて、その隙間から店の者と何か話している。看板の字は読めないが、あれが欣蔵が言った「桐屋」かも知れない。向かいには大きな松の木もある。

亭介は飛ぶように村を抜けた。妙なまきぞえを食ってはかなわない。

だが、生麦村の西のはずれ、一里塚を過ぎたあたりで「兄貴、兄貴」と叫び声がした。三度笠に長合羽をつけた欣蔵が、後ろから息を切らして追ってくる。知らん顔をすると、よけいに叫ぶ。

やむなく足をとめた。

「まだらの兄貴、急ぎの旅じゃないんだろ」

「おれが凶状持ちに見えるか」

言ってから、亨介は一瞬ひやりとした。本当にそうか。大丈夫か、と。

渡世人の旅には、二種類ある。普通は〝修行〟と称する楽旅だが、凶状持ちがお上の追及をかわして草鞋をはいたのを急ぎの旅という。

「楽旅ならいいじゃねえか、連れがいても」

「おれのはそんじょそこらの楽旅じゃない。男を磨く旅だ。ついてくるな」

亨介は言い捨てて歩きだした。だが、欣蔵はついてくる。

「旅に出てまだ間がねえんだろ。半年かい。そんなに経っちゃあいねえか」

経ってはいない。四ヵ月だ。故郷の村を出たのは夏のはじめ、蛍が飛び交う生温かい晩だった。

「だったらおれは役に立つよ。なにせ旅馴れてるもんねえ」

ほかはともかく、欣蔵が長い旅をしていることは確かだろう。三度笠はぼろぼろで、すっかり色が変わっていた。長合羽も汚れきって、あちこちつぎがあたっている。

「ひとり口は食えねえが、ふたり口は食えるって言うぜ」

「しけた鶏も捕まえられねえくせに」

「さっきは腹が減ってたのさ。悪いことは言わねえ。おれとエンコつけときな。三田の欣蔵がついてりゃあ、酒にも女にも不自由はさせねえ」

「めあては何だ」

「兄貴の腕に惚れたのよ」

「見え透いた世辞を」

「いや本当さ。恥をさらすようで面目ねえが、おれは喧嘩がからっきしなんだ。実を言うと、脇差は差してるだけで、抜いたこともねえ。いくらアブラゲをかっさらってきても、いつもいいとこで鳶《とんび》に横取りされちまう。兄貴がいれば、喧嘩になったって負けねえだろ」

「喧嘩は嫌いだ」

「こっちから売ろうってんじゃない。飛んできた火の粉を振り払うだけさ」

「ただで用心棒を雇う気か」

「兄貴には絶対損はさせねえ。約束するよ。いいだろ。こっちも恥をさらしたんだ。いやとは言わせねえ」

「いやだ」

「なんでだよ」

「男を磨く旅ってのは、ひとりでやるんだ」

「わかった。こうなりゃお互い渡世人だ。こいつで決めようじゃないか。兄貴が勝ったらふんどしの屁。これを限りに、きれいさっぱり右と左に泣き別れ。なら、いいだろ」

欣蔵はふところからサイコロをふたつ取り出した。

「お前が勝ったら、金魚の糞か」

「いいや、行く先はおれが決める」

欣蔵はふたつのサイを空中に放り投げ、右手でぱっと左手の甲にふせた。

「さあ張った」

亨介はちら、と横目を使った。この野郎、おれの弱みを見透かしていやがるんじゃないか。

自慢ではないが、ここ一番という勝負にこれまで何度負けてきたことか。舞《まい》が別れ際にくれた路銀も、三日と保たなかった。以来、食いはぐれてばかりいる。

だが博奕打ちが、博奕の勝負を逃げたとあってはこの先生きていけない。

亨介は眼に力をこめ、欣蔵の手許をにらんだ。

「半!」

2

亨介は舌打ちをくれて歩きだした。サイの目は一・五の丁。もちろん亨介の負けだった。欣蔵は勝って当たり前という顔で追いついてきた。横に並ぶと、欣蔵の三度笠は頭ひとつ低い。

「どこへ行く」

その約束だ。

「横浜が近いね。あそこはいい。昔は何にもなかったが、今は異人の居留地ができて、すげえきれいな町になった。なんたって粋だ。ここから見えるんじゃねえか。あの辺だよ」

街道は海沿いを走っていた。左手の松並木の向こうは紺碧の海で、白い帆をかけた船がいくつか見える。

欣蔵は光る海の真ん中へ指を突き出した。対岸の山に抱かれた町の影が、まばゆい光の中で陽炎のように揺れている。

「神奈川宿の先から海の方へ新しい道ができたんだ。ここから海っぺりをぐるっとまわって、二里か二里半ってとこだろう」

「横浜へ行くのか」

「いっぺんラシャメンを抱いてみてえ、と思ってたんだ。それとも兄貴、どっかあてでもあるかい」

「勝ったのはお前だ」

どのみち亨介にあてはない。

亨介に渡世人のしきたりを教えてくれたのは、利根の川原でたまたま出くわした年老いた博徒だった。行き倒れとまちがえて起こし、水を飲ませてやったのだ。

どうして渡世人がいつも旅をしてるかわかるか。ひとところにじっとしていると、堅気衆の迷惑になるからさ。わしらは世間という体に巣くった病なんだ。労咳でもう長くないという博徒は、最後に言った。

「立ち止まるんじゃない。いいか。あてがなくても歩き続けろ。わしらにはそれしか生きる道はない」

以来、亨介は歩いている。これまで行くあてなどあったためしがない。

「ラシャメンって、異人相手の女だろ」

「金さえ出せば、抱かせてくれるんじゃないか。寝物語に、ちょいと話を聞くのもおもしろいじゃねえか。異人がどうやって気をやるのか」

「金はあるのか」

「これから稼ぐ。神奈川宿にまあまあいける賭場があるんだ。日暮れには開く」

「お前、博奕は強いのか」

「そこそこやるよ。まあ、そこそこ」

そういえばさっきの焼き塩も、昨夜博奕でまきあげたと言っていた。訊くと、品川の船寄場で、人足や駕籠かきなんかを相手にぼろ勝ちしたという。

「勝った金は?」

「持ってたら、あんなしけた鶏は食わない。ぼろ勝ちと言ったって人足相手じゃ知れてるし。それに言ったろ。いくら勝っても駄目なんだ、おれは。いつも鳶にさらわれちまう」

賭場は、その土地を縄張りにしている貸元が開く。素人衆や玄人の博奕打ちをおおぜい集め、テラ銭を稼ぐ。ひと勝負ごとに、勝った方から五分ないし六分といった割りで、賭け銭を徴収するのだ。これが一家を構える貸元の収入源となる。

だから自分の縄張り内で、よそものが賭場を開くのを許さない。

たとえ素人衆が集まってサイを振っているだけでも、見つけたら放っておかない。何人かで遠巻きにして、出てきた者からテラ銭を取る。相手が素人なら手加減するが、欣蔵のような三下が勝って出てくると、容赦しない。

「昨夜もよ、ふところの銭みんなまきあげられて、すっからかん。博奕で勝った金だけじゃねえ。ありったけみんな持っていかれて、そば一杯食えなかった。今夜はそんなことねえだろ。何せ兄貴がついている」

東海道はこのあたり松並木の広い道で、左右に神社が並んでいた。海岸に沿って、東子安村、西子安村、新宿村と続いている。

「さっき鶏の首をはねたのは、居合いだろ」欣蔵が不意に訊いた。

「だったら？」

「ひとを斬ったことはあるかい」

「なんでそんなことを訊く」

「どんな気分だろう、と思ってさ」

亨介は黙って歩を運んだ。思い出したくもない。

「剣術はどこで習った」

「侍の生まれよ」

「兄貴が腰に差してるものはそうだよな。そいつは渡世人が持ってる長脇差じゃない。それより長い。侍の刀だろう。だが兄貴はちがう。見ればわかる。水呑だろ」

その通りだ。さっき仁義を切ったとおり、亨介は下坂郡馬渡村の水呑百姓の家に生まれた。水呑というのは、人別帳に載ってはいるが、石高を持っていない最下層の農民のことだ。おまけに父親もいなかった。祖父は亨介が生まれてすぐ死んだ。

あとは母ひとり子ひとりで、母が絹糸を紡いで辛うじて生計を立てた。

物心つくと、亨介は喧嘩に明け暮れるしかなかった。ほかの子に比べ、自分が恵まれていないことは幼心に明らかだった。なぜそうなのか、わからなかった。理不尽だった。不当だった。怒りだけが小さな体に充満し、それを発散するため、誰かれとなく喧嘩を売って、暴れまわった。

モンゴロイドの赤ん坊には蒙古斑がある。普通は三つか四つで消えるが、亨介は五つを過ぎても消えなかった。背中から尻にかけて、青い痣がくっきりとまだらについていた。子供は裸で走り回るから、目立つことこの上ない。

馬渡村の斑の子——それが通り名の由来だ。

七歳になった秋だった。町へ行くと言った母が、日暮れになっても戻ってこない。亨介は腹を減らして迎えに出た。ひとりでとぼとぼ歩いていたが、村はずれまで来て、はっと足がすくんだ。

夕陽が赤く染めた街道脇で、数人の男が対峙していた。

長脇差の刃がぎらり、と光ったのを見て、亨介はそばの草むらに転がりこんだ。

よく見ると、四人がひとりを取り囲んでいた。四人はやくざ者とみえ、片肌を脱いで長脇差や匕首を構えていた。囲まれているのは侍だった。旅装束は粗末だったが、刀を二本差していた。

侍は刀を抜いていなかった。左手を軽く刀のつばに当てているように見えた。

やくざ者は怒鳴り声をあげ、動きながら刃物でつっこむ隙をうかがった。侍はしかし、微動だにしない。普通なら、虫がやかましいくらい鳴いている草むらだったが、こそともしない。

亨介には気が遠くなるほど長い時間に思えたが、実際はそうでもなかったろう。長脇差を振り上げたやくざ者が、怒声を浴びせてつっかけていったときに、勝負はついた。

侍が刀を抜くところは見えなかった。白刃が二、三度、ものすごい速さで空中を走ったのが目に入っただけだ。地響きが立ち、四人のやくざ者はみな地面に倒れていた。

亨介は動けなかった。目を見開き、呆然と、旅の侍が街道を行く後ろ姿を眺めていた。母が戻ってくるまで、空腹感さえ忘れていた。

翌朝から、亨介は木の枝を腰に差し、ひとりで剣術の稽古をするようになった。ただでさえ乱暴者の亨介が棒切れを振り回すので、子供たちは誰も近づかない。だが、亨介はもう村の子供など眼中になかった。ひとりで山に入り、立ち木を相手に一日中剣術の稽古に明け暮れた。

母がなにごとか、と心配すると、

「大きくなったら侍になる」

と胸を張った。

侍になりたい。亨介は心底そう思った。そしてはじめて気がついた。この世に生きるためには目的がいるのだ、と。

馬渡村の名主は、福辺吉右衛門《ふくべきちえもん》といった。名字帯刀を許されたなかなかの人物で、学問武芸に関心が深く、自分の屋敷内に文武の塾を開いていた。塾長には、わざわざ江戸から日向林太郎《ひゅうがりんたろう》という侍を招いた。日向は馬庭念流《まにわねん》の使い手で、学問もよくした。

塾にはむろん石高のある本百姓の子でないと、入れてもらえない。亨介のような水呑百姓の子には、一生縁のない世界だ。

考えてみれば、だからあれは奇蹟のような出来事だった。

十二歳のとき、名主の吉右衛門が屋敷の庭で「子供武術大会」を開き、見物にいった亨介が飛び入りで参加することを許したのだ。

塾で教えを受けている子供たちが、自分勝手に棒切れを振り回している水呑の子に負けるわけがない。見物の親たちもそう思ったのだろう。みなおもしろがっただけで、反対する者はいなかった。

馬庭念流は防具をつけ、袋竹刀で稽古をする。試合もその方式で行われた。

だが亨介には防具がない。ひとりだけ木綿の着物の尻をからげ、袋竹刀を借りて試合に臨んだ。最初に亨介が勝ったときは、ただのまぐれ、防具がなくて身軽なせいだ、とみんな思った。

だが二人、三人と亨介は勝ち続けた。囲碁でも将棋でも、なまじ定石を覚えると勝てなくなる。塾の子供たちもそうだった。いつもけがをしないように防具をつけ、剣の定石をなぞっているだけだ。

亨介の実践的な、というよりめちゃくちゃな喧嘩剣法にかなうわけがない。

亨介は次から次と塾の子供を打ち破り、決勝戦に進んだ。

あれは剣術ではない。ただの喧嘩だ。許せない。

親たちは騒ぎ出し、亨介を失格させるように名主吉右衛門に訴えた。

決勝戦の相手は、吉右衛門の長男の吉太郎《きちたろう》だった。

吉太郎は剣術が自慢だった。塾の中で、吉太郎に敵う者はいなかった。吉右衛門が「子供武術大会」を開いたのも、息子の勇姿を見たいため、と言ってよかった。その吉太郎が、もし水呑の子に負かされでもしたら、名主として立つ瀬がない。訴えた親たちは、当然、吉右衛門が亨介を失格させるもの、と思った。

しかし、吉右衛門は試合を許した。その心中は誰にも知れない。

勝負は、ふた呼吸する間についた。

馬庭念流には、上段から相手の頭をまっぷたつに割る大技がある。亨介が左右に跳ねながら繰り出す竹刀をかわそうともせず、吉太郎は敢然とその頭上に竹刀をふりおろした。

吉太郎は三度打たれていたが、みな防具で受けて体にはなにごともない。亨介は脳天を打たれて昏倒した。

気がつくと、亨介は庭の縁台に寝かされていた。

目の前に、吉太郎の妹の顔があった。

「舞か。勝ったか、おれは」

「負けじゃ。兄者が、お前に負けるわけなかろう」

舞は濡らした手拭いを亨介の顔に放って、腰をあげた。

「わたしは名主の娘だ。舞様と呼べ」

翌日、名主の家から亨介の母のところに使いが来た。亨介を塾に入れて文武の修行をさせろ、という名主のお達しだった。

亨介は、塾長の日向林太郎に本格的な教えを受け、めきめきと剣術の腕をあげた。

この塾で過ごした時間は、今も亨介にとって宝だ。剣術は、吉太郎と亨介が抜きん出ていた。二人の勝負は、勝ったり負けたりというところか。吉太郎も、亨介という好敵手を得て、腕に磨きがかかったことはまちがいなかった。

学問の一番は、舞だった。彼女は薙刀も使い、武芸も相当なものだったが。

この塾にいる間だけは、名主も水呑もなかった。亨介は、ひとつ年上の吉太郎を「吉やん」と呼んだ。ふたつ年下の舞のことは「舞」と呼び捨てにした。二人がそうしろ、と言ったのだ。二人ともまるで兄妹のように亨介と親しんでくれた。

何がきっかけだったのか、亨介は一度だけ、塾長に食ってかかったことがある。

「何で侍になれんのじゃ。剣術ができても、水呑百姓の子は水呑百姓にしかなれんのか」

「いつかなれる日が来るかもしれん。けど、侍なんてつまらんぞ」

塾長はしばらく考え、こう答えた。するとそばにいた舞が言った。

「女子《おなご》はもっとつまらん。どんなに学問ができても、親の言いつけ通りになるしかない」

あれはいつのことだったろう。ただ気の強い妹のように思っていた舞が、そのとき急に女に見えた。

美しくて聡明で、そしていたいけな大人の女に。

舞の顔を正視することができなくなったのはそれからだ。

しかし、それも長くはなかった。十八になって塾を卒業すると、二人と顔を合わせることはなくなった。吉太郎様がときおり村を見回っている姿は遠くから見かけたが、舞様の姿はいっさい見なくなった。

もとより生まれがちがう。水呑の子は、所詮、水呑として生きるしかない。

この先も舞と口をきくことはないだろう、と亨介は思った。ずっとそう思っていた。あの晩まで……。


「聞いてんのかい、兄貴」

欣蔵の声で、われに返った。

山肌がいつの間にか海岸まで迫り、道が狭くなっていた。曲がりくねって、見通しも悪い。

「博奕のタネ銭はあるかって訊いてんだけどね」

「博奕は嫌いだ」

「博奕打ちが？」

「博奕打ちも嫌いだ」

「少々うかがいますが。兄貴、博奕打ちだろ。渡世人」

「だから、好きでやってるわけじゃない」

「じゃ何が好きだ。侍か」

「ああ。昔は侍が好きだった」

「今は？」

「何より嫌いだ」

「気が合うね。そうこなくっちゃ」

舌なめずりでもしそうな顔で、

「だったら何がいいんだ」

「わからないから旅をしてるんじゃないか」

欣蔵はそっぽを向いて、「けっ」と笑った。

「お前は好きでやってんのか」

「この稼業かい。ほかにめしを食う道はねえ」

「いいのか、それで。望みはなしか」

「おれは水呑百姓の子だ。ほかに何ができる。まあどっかで立派な親分に盃をもらって、一家の末席にでも入れてもらえりゃ御の字さ」

狭い道の両側に、漁師の民家やものを売る店が軒を並べ出した。行く手に神奈川宿が見える。

3

神奈川宿は、東海道でとりわけ大きい宿場ではない。

本陣は二軒あるが、家の数は全部で千三百四十軒ほど、人口はおよそ五千八百。これは五十三次の中では、十番か十一番目になる。だが開港以来、昼のひとのにぎわいでは東海道で一、二を争う町になっていた。

宿場のほぼ真ん中に、滝の川が山から海へ向かって流れ、滝の橋がかかっている。その東側に神奈川台場と神奈川本陣、問屋場が置かれ、西側に青木本陣と神奈川湊の荷揚げ場がある。

亨介と欣蔵がまだ明るいうちに宿場に入ったとき、往来はごった返していた。ひとと駕籠と荷車と馬が行き交い、あたりはもうもうたる砂煙だった。

日が暮れないと、賭場は開かない。茶屋でひと休みする金はない。二人はやむなく丘陵へ上る道を行き、手ごろな寺の境内に入りこんだ。

雑木がまばらに生えた丘陵なので、見通しがきく。このあたりにはやたら寺が多い。見回すと、黄色い髪をした大男がひとり、斜め上の寺に向かって長い石段を登っていた。

「異人も寺へお参りをするんだな」

「あれは寺じゃねえ。アメリカ領事館だ。生麦事件のときは、斬られた異人が二人、あそこに逃げ込んで大騒動だったそうだ」

「元々は寺だろ」

「本覚寺」

「罰あたりなやつらだな。異人は神信心もしないのか」

「神さまがちがうんだ。異人はみんなキリシタン。横浜の居留地へ行ってみな。金ぴかのおっそろしくきれいな異人の寺ができてるよ。天主堂と言ったっけな」

これが年の功というやつか。学はないが、欣蔵はなかなか物知りだった。そして、鼻も利いた。

この国ではもちろん博奕はご法度で、公には、賭場など存在しないことになっている。だから普通に道を歩いていては、どこで賭場が開かれているかわからない。

だが暗くなってから往来におりると、欣蔵はどこで何を訊いたものか、またたくうちに嗅ぎつけてきた。

賭場は驚いたことに、アメリカ領事館に近い寺の僧堂で開帳されていた。考えてみれば、ここは寺社奉行の管轄だ。博徒の取り締まりを本業とする八州廻りは入ってこない。

賭場はにぎやかだった。行灯がふたつ三つ置いてあり、広い板敷きの間に、盆ゴザがふたつできていた。

盆ゴザというのは、賭け場のことだ。普通、敷布団を何枚か並べ、その上を木綿の布でおおって、ところどころ鋲でとめる。

丁半博奕の場合は、横に長い通し盆ゴザをつくり、片側を半座、片側を丁座とし、半を張るものは半座に、丁を張る者は丁座に席をしめ、向かい合って勝負をする。

チョボ一や大目《おおめ》小目《こめ》、狐、四下《しした》などをやるときは、それぞれ盆ゴザの形が少しちがう。

その晩の盆ゴザは、丁半とチョボ一だった。勝負はもうはじまっていて、丁半の方にはざっと二十人、チョボ一の方には十人余りの客がいた。夜が更けるともっと増えるという。

欣蔵は脇差をかたに置いて、駒札をもらい、丁半の通し盆ゴザの方に割りこんだ。

亨介は部屋の隅へ行って、壁にもたれた。

こんなに大規模な賭場は見たことがない。中盆が「張ったり、張ったり」と声をかけると、賭け場にぴりっと緊張が走る。勝負がつくと、いっぺんに緩んでざわざわする。そのざわめきがはんぱではない。

客は荷揚げの人夫が多いが、漁師もいる。商人風の男もいる。むさくるしいなりをした浪人者もいる。

「攘夷、攘夷」

と景気をつけて駒札を叩きつけているのは、流行りの脱藩浪士だろう。三人組だ。

ふっと上州なまりが耳についた。誰かわからないが何人か、客の中に上州の人間がいるようだ。それも故郷の馬渡村にかなり近い。懐かしいなまりを聞くともなしに聞いていると、母親の顔が目に浮かんだ。

本当なら今頃は村にいて、一日鍬《くわ》を振るって畑を耕していただろう。水呑は、本百姓に雇われて野良仕事に精をだすしか生きるすべがない。一生うだつが上がらない。

だが、こんなことなら、その方がましだったような気もする。

今思うと、何かしらいやな予感が働いていたのか。

あれは日暮れから蛍が飛び交い、わけもなく胸騒ぎのする晩だった。床に入るとすぐ、音を忍ばせて戸を叩く者がいた。

名主の吉右衛門だった。亭介を家の外に連れ出すと、吉右衛門は亭介に向かって深々と白髪頭をさげた。

「一生の頼みだ。きいてくれんか」

亭介は驚いて土下座をしたものだ。

頼みというのは、次男の屋次郎《やじろう》のことだった。博奕にはまって、家屋敷の証文まで奪《と》られたという。おそらくたちの悪い博徒たちが、名主の息子だと知って、屋次郎を罠にはめたのだ。

「吉太郎は江戸へ行って、うちにはおらん。塾の日向先生はもうお年じゃ。それでのうても、先生にこんなことは打ち明けられん。幸い、うちにご逗留なさっているお侍がひとりいてな、話をつけてやるとおっしゃる。それで今しがた手許の金をありったけお預け申したのじゃが。屋次郎が申すには、相手は七人も八人もいるという」

「ご心配なんですね、お侍ひとりでは」

「腕の立つお方じゃそうなで、まさかとは思うが。万が一ということもある」

吉右衛門は持参した刀を一振り、拝むようにして亨介に差し出した。

「まことにすまんが、亨介、様子を見に行ってくれんか。あの証文を奪られては、名主の家が立ち行かん」

塾に通っていた頃、屋次郎は、剣術の強い亨介を「亨ちゃ、亨ちゃ」と慕っていた。それでなくても、吉右衛門には大恩がある。

亨介は授かった刀を抱いて、蛍を蹴散らすように走った。

博徒たちは、天神の森の入口で賭場を開き、その奥の古い祠にねぐらを構えていた。亨介が森の中に駆け込んだとき、侍は、祠の前で、長脇差を抜いた数人の博徒たちに囲まれていた。

子供の頃、夕陽に照らされた街道脇で、四人のやくざ者をあっという間になぎ倒した旅の侍の姿は、今も亨介の脳裏にくっきりと残っている。侍になりたい。それが生きる目的になった。

水呑百姓の子は侍にはなれない。そうとわかってからも、侍に対する憧れは変わらなかった。それは特別な存在だった。そこらのやくざ連中が何人かかっても敵うはずのない〝この世で最強の者〟だった。そうでなければならなかった。

しかし、祠の前で囲まれている侍はちがった。明らかに腰が引けていた。金をちらつかせ、しきりに博徒たちを説得しようとした。

博徒たちはせせら笑った。相手にもしない。

侍がついに抜刀した。それなりに剣の心得はあったろう。一刀を上段に構えて、威嚇した。

しかし、敵はひるまない。長脇差を棒切れのように振りながら、まわりから押し包むようにじりじりと侍を追いつめていく。

「待て。金で話はつくぞ。命が惜しくはないか」

侍が悲鳴のような声をあげた。亨介はたまらず飛び出した。

二人の博徒が、振り向きざまに長脇差を振り回してきた。股間が縮み上がるような恐怖を覚えたのはそのときだった。

これまで喧嘩で怖いと思ったことはない。剣術の試合でもそうだ。

だが、真剣の斬りあいはちがった。現実は、防具の上から竹刀で打ち合うような剣術とはまったくちがった。居合いの構えをとろうとしたが、知らぬ間に刀を抜いていたのもそのためだ。

手が震え、歯が鳴った。足がすくみ、肝が冷えた。

亨介は刀を構え、一歩も動けなかった。心臓が爆発するように搏つ音で、頭の中ががんがんした。

その間も侍を取り囲んだ数人は、じりじり間合いを詰めていた。侍は口で説得するのを諦め、刀を振り下ろそうとした。そのときにはもう博徒たちは、ヒルのようにそのまわりに吸い付いていた。長脇差が四方八方から、押し寄せる波のように侍をぶっ叩いた。

ひとを斬る音はしなかった。まるでまな板のなますでもぶっ叩くように、博徒たちは侍を切りきざんだ。侍は刀を構えただけで、振り下ろすこともできなかった。

あれが七つの頃から憧れた侍か。

この世で最強であるべき侍か。

失望が、亨介を打ちのめした。それが体に火をつけた。亨介は獣が咆哮するような声をあげて、博徒たちの間に斬りこんだ。

馬庭念流の極意は、相手の太刀をかわす防御にある。多数の敵に対するとき、それはもっとも本領を発揮する。怒声とともに押し寄せる長脇差をかわしながら無我夢中で血煙の中を斬り抜けたとき、亨介は三人の博徒を倒していた。

がきの頃から、喧嘩のこつは知っていた。多数を敵にしたときは、まず真っ先に大将をつぶす。強そうなやつから倒す。それが体にしみこんでいたにちがいない。自分では意識していなかったが、このときも、体は自然にその法則で動いた。

親分と一番二番の兄貴分を斬り殺された博徒たちは、急に勢いを失くして逃げ出した。

名主の家屋敷の証文は、親分がふところに入れていた。それをつかんで名主の屋敷に戻ると、吉右衛門は床に両手をついて、涙を流した。

「お上の方は、わしがなんとでもする。ことがおさまるまでの辛抱じゃ。ここを動くな」

血のついた着物を脱がせると、吉右衛門は屋敷内の土蔵に亨介をかくまった。

深夜、刀を抱いて布団の中で震えていると、舞が手燭ひとつで忍んできた。ここにいてはならぬ。逃げろ、と言う。

「吉右衛門様はここを動くな、と」

「その父の言いつけじゃ。村はずれの蚕小屋で待て。誰にも見られてはならぬ」

たとえ相手がやくざ者でも、ひとを三人斬り殺したのだ。その亨介をかくまったとあっては、名主の吉右衛門でもお上に申し開きができないのかもしれない。

舞の手引きで、亨介は名主の屋敷を抜け出した。

村はずれの蚕小屋は今は使われていなかった。月の光をよけて干し草の陰で息をひそめていると、ほどなく舞がひとりで来た。風呂敷包みには旅装束と、過分の路銀が入っていた。

「旅に出ろ。村に戻ってはならぬ」

やはり自分がいては、吉右衛門に迷惑がかかるにちがいない。刀と風呂敷包みを抱いて小屋を出ようとすると、舞が呼び止めた。

はじめに何か飛んできた。暗くて何かわからなかったが、手に取ると、緋桜紋様が見えた。舞が好きで、よく帯どめに使っていたしごきだ。やがて帯が解け、下に落ちる音がした。

舞の姿が青い月光に浮かび上がった。彼女は着物を脱ぎ、襦袢《じゅばん》一枚で立っていた。

女体はもちろん知っていた。祭りの晩に、村の娘を森の中で押し倒したこともある。後家の家に夜這いをかけたこともある。だが、舞の裸身を見て、亨介は息を呑んだ。

「亨介。この世ではもう会えぬ」

舞の声は震えていた。あの勝気な娘が泣いているのを知って、亨介は嗚咽しながら彼女にむしゃぶりついた。

夜明け前、亨介は自分の家に忍び込み、舞がくれた路銀のほとんどを母の寝所に置いて、村を出た。舞から奪った緋桜紋様のしごきを首に巻いて。

あれから五年も十年も経ったような気がする。四ヵ月だ……。

「寝てんのか、兄貴」

欣蔵の声で、目を開けた。神奈川宿の賭場だとわかるのに時間がかかった。どれくらい眠っていただろう。客の数は増えていた。煙草の煙がもやのようにたちこめ、煮立った鍋みたいに熱気がある。

欣蔵はにやり、として、駒札をひとつかみ押しつけてきた。

「少しは遊んできなよ」

「勝ったのか」

「まだこれから」

欣蔵は駒札を両手で持ちきれなくて、手拭いにくるんでいた。そこそこやる、と言ったのは嘘ではなかったようだ。

亨介は駒札を返そうとした。どうせ勝てない。

「とっとけよ。まあお近づきの印。引っ越しにはそばがつきものよ」

欣蔵はよくわからないことを言って、賭け場に戻っていった。置いていった駒札を数えてみると、驚いたことに、銭にすると二千文近くある。今日日《きょうび》、二百文も出せば、旅籠《はたご》に泊まれてめしがつく。

あの野郎、博奕の天才かもしれない。それなら遠慮することはない。

欣蔵がチョボ一をやっているのを見て、亨介は丁半の方を覗きに行った。

「半はないか。丁方が二十余る。まけてやるぞ。ないかないか」

盆ゴザの真ん中に坐った中盆が、ちょうど賭け銭をそろえていた。丁と半の駒数がそろわないと、勝負にならない。見たところ、丁の駒の方がだいぶ多い。亨介は半座に割り込み、持ってきた駒札を残らず盆ゴザに押し出した。途端に「勝負」と声がして、壺振りが壺を上げた。

「四・二の丁」

亨介はやっぱりな、と腰をあげた。ものごとは強い方、強い方へなびく。ことに博奕はそうだ。博奕の天才の欣蔵がくれた駒札だからあるいは、という気がしたが、そうはイカのなんとかだ。

しかし、中盆が呼び止めた。

「兄さん、今のは勝負なしだ。もういっぺん坐ってくんな」

亨介がけげんな顔をすると、隣りにいた漁師の大将が教えてくれた。

丁と半の駒数がそろわないと、そろえるために、中盆が少ない方にハンディをつけることがある。亨介は途中から来て聞いていなかったが、今の勝負は丁方が多く、「四の二をまける」というハンディがついていたという。丁が出ても、サイの目が四と二の場合は「まける」、つまり勝負なしになる。

「若い衆、お前さん、今夜はついてるぜ」

真っ黒に日焼けした漁師の大将は、そう言って黄色い乱杭歯をむいた。

次の勝負、亨介はどうせ負けた金だ、ともういっぺん全部盆ゴザに押し出した。すると半が出て、倍になった。もういっぺんやると、四倍になった。妙に強気になって、もういっぺん全部張ってやろうとすると、向かいの丁座にいる男が叫んだ。

「哎呀我操《アイヨウオツアオ》！」

日本語ではなかった。亨介を憎々しげに睨んでいる。

小太りの大きな男で、年の頃は四十半ば。つるつるに剃りあげた頭に六角形の帽子を被り、絹でできた妙な格好の服を着ている。支那人か。

亭介は駒札を一枚だけ残し、あとは全部引きあげた。すると丁が出て、負けになった。向かいの支那人が天井に向かってまた叫んだ。

「哎呀我操《アイヨウオツアオ》！」

後ろから誰かにつつかれた。振り向くと、欣蔵が顔を寄せてきた。

「兄貴も隅におけないね。向かいの支那人が頭にきて、ぶっ殺してやる、と言ってるよ」

「お前、支那語がわかるのか」

「まさか。支那人の顔を見なよ。書いてある」

それからおよそ二刻、賭場は異様な雰囲気に包まれていた。客は通し盆ゴザのまわりに群がっていたが、賭けているのは支那人と亭介だけだ。いつの間にか二人のさしの勝負になっていた。

はじめは丁方、半方、どちらも二十人ほどいたのだが、勝負がつくたび、駒は支那人か亭介の手許に寄せられてしまう。ほかの客はどんどん脱落し、おしまいに商家の旦那風の男と、むさくるしい浪士がひとり残った。「攘夷、攘夷」と景気をつけていた三人組のひとりだ。左の頰に刀傷がある。

しかし、支那人が賭け金を釣り上げ、二人を落とした。

ついに亭介とさしの勝負になって二回目、支那人は手許の駒札を残らず前に押し出してきた。小判にすると、二十両は軽く越えている。

欣蔵が聞き込んだ話では、この支那人、横浜の居留地にいるイギリス人の通詞だという。これが滅法博奕が上手い。この賭場へもしょっちゅうやってきて、よく勝って帰るという。そのために、今武者修行の真っ最中だという髭面の浪人を、用心棒として連れていた。

まさか負けるとは思わなかったろう。それとも賭け金に怖気づき、亭介がおりると思ったか。

亨介は駒を数えた。同じくらいある。そろえて前に押し出した。

そして勝った。

支那人は「くそっ」と日本語で叫び、絹の服の中から札束を取り出した。だが、支那の国の札束だ。すまないがお客さん、それじゃあ駒はまわせないな、と貸元が言う。

支那人は真っ赤になって立ち上がり、服の中からつかみだしたものを盆ゴザに叩きつけた。書付のような紙切れだ。そして亨介に指をつきつけた。

「これでもうひと勝負。よろしいか。わたし負けたら、これ預ける」

「なんだい、それは」

「割符《わりふ》よ。船の荷札。もの凄い値打ちあるね」

「荷はなんだ」

「それは言えない」

「ならやめとこう。荷札なんかもらったって仕方ねえ」

「預けるだけね。あなた勝ったら、これを持って、わたしと一緒にホテルへ来る。わたし、お金で買い戻す。横浜のホテルへ行けば、この支那の金が両替できる」

亨介の手許には、今や四十両を越える駒がある。

「これを全部賭けるのか」

「この割符、その何倍も値打ちあるね」

こんな大きな勝負は、この先一生ないかもしれない。しかし、不思議と気分は落ち着いていた。たいして考えもせず、亨介は駒札をすべて盆ゴザの上に押し出した。

ざわめきが消え、賭場が一瞬静まり返った。

「勝負」

と、壺振りが壺を開けた。

支那人が天にも届くような咆哮をあげた。古来、こんなことを言い出したやつが、博奕に勝ったためしはない。

4

夜明け前に神奈川宿を出て、横浜に向かった。

支那人と髭面の用心棒が並んで先に立ち、少し遅れて亭介。欣蔵はその後ろに子分のようにつき従った。

世の中は、どこかで辻褄が合うようにできているのかもしれない。あれだけ勝っていた欣蔵は、朝までにすっかり取られてオケラになった。貸元に預けてあった脇差はもちろん取られ、身ぐるみはがされた。ふんどし一枚残してもらえなかった。

亭介が勝った金で取り返してやると、欣蔵は両手で拝み、「親分」と呼ぶようになった。それからは横に並ばない。三歩遅れてついてくる。

神奈川宿の南側は、袖ケ浦と呼ばれる江戸湾の海だ。東に湾口があり、湾岸は北から南へゆるやかな「く」の字を描いている。景観のよさは天下に名高い。

横浜村は湾口のいちばん南側、神奈川宿から見ると、対岸の砂州にある。ペリーの黒船がやってくるまで、村の戸数はおよそ百戸、半農半漁の寒村だった。

東海道は、袖ヶ浦の北海岸に沿って湾奥まで行くと、そこから海を離れて西へ延びる。湾の南側は湿地帯で、横浜方面へ行く道はなかった。その頃横浜へ行くには、ひとつ先の保土ヶ谷宿から、大回りして引き返さなければならなかった。

しかし開港以来、袖ヶ浦の湾奥にある芝生村《しぼうむら》から、南側の海岸に沿って横浜へ行ける新しい道ができていた。横浜道といって、幅は三間あった。神奈川宿の昼のにぎわいは、横浜の居留地から異人、商人、荷役の人足などがこの道を通ってやってくるからだ。

まだ明けやらぬ頃、四人は、芝生村から横浜道に入った。すぐ新田《あらた》間川《まがわ》の橋があり、渡ると岡野新田、平沼新田と海沿いに道が続く。

四人の中でいちばん機嫌がよいのは、意外なことに支那人だった。訊きもしないのに、自分の名は王《ワン》だと名乗り、

「イギリス人はみなナンバーワン、言うね」

そう言って大笑いしたりした。

賭場で勝負をしているときとは、ぜんぜん顔がちがった。まるで負けたことなど忘れたように、それどころか大勝ちしたのは自分だと言うように、絶えずにこやかだった。

亨介は油断していなかった。賭場を出るとき、王は髭面の用心棒を呼び寄せ、ひそひそ何か話していた。横浜のホテルへ亨介を連れていって、おとなしく金を払うとは思えなかった。途中で隙を見て、割符を奪い返そうという魂胆ではないか。

亨介は前を歩く髭面の用心棒から目を離さなかった。

博奕で勝った金は、念のために欣蔵に持たせてあった。欣蔵の負けた分を払い、貸元一党に過分なお愛想をしたが、小判にして三十両近い金が残った。当分金には困らない。

石崎川の橋を渡った。まだ陽は上らない。東は海だが、その果てには朝焼けもない。

あたりはうっすら白みかけてきたが、いちめんの曇り空だ。道が急に右へカーブして海を離れ、山間に入った。戸部坂の峠道だ。上り坂になると、王が大げさに溜め息をついた。

「わたし、ここ心臓破りね」

そして何か冗談を言い、ひとりで笑い、亨介が乗ってこないと、振り向いた。

「あなたたちはギャンブラーか」

「ぎゃんばら?」

「つまりあれよ。バクチウチ!」

「おれが博奕打ちかって? 冗談じゃない。博奕は嫌いだ」と亨介。

「あなた、この王に勝ったアル」

「まぐれだよ、まぐれ。おかげで一生分のツキを使い果たしちまった」

「オーマイガーッ」

王は天に向かって嘆息した。

「まぐれにわたし負けたアルか。あなたたちギャングね」

「ぎゃん?」

「ギャング」

「何だ、それ」

「イギリスの言葉で悪党、大盗人ってことよ！」

「そいつは豪気だ。ねえ親分」

と欣蔵が言い、二人は顔を見合わせて笑いだした。前を歩いていた髭面の用心棒が、そのとき振り向きざまに刀を抜いた。用心していなければ、一太刀で斬られていただろう。

王はすばやく飛び退いた亨介と欣蔵を見て、笑みを浮かべた。

「その割符、あなたたちには価値ない。返しなさい」

「それはないぜ。王さん、博奕の借りは女房を叩き売っても返す、ってのがこの国の決まりだ」

「ルールは命あってのモノよ。黙って返せば、命取らない」

山間に開かれた切り通しだった。右は岩肌がむきだしした低い崖で、左は雑木がうっそうと茂る樹海だ。

亨介はやむなく刀の柄に手をかけた。と、そのとき——おそらく雑木の中で待ち伏せしていたにちがいない。前方に、突然三人の侍が飛び出した。すでに刀を抜いている。白刃を振り上げ、怒声を発して迫ってきた。

「攘夷！」

「攘夷！」

夜明けの青い朝霞に、むさくるしいなりをした浪士の姿が浮かび上がった。見覚えがある。昨夜、神奈川の賭場にいた三人組の浪士だ。

髭面の用心棒が、戸惑った顔つきで王の方に視線を走らせた。亨介もとっさに判断がつかなくて動けない。欣蔵はしかし素早かった。亨介の背中をとん、と叩き、

「親分、こっちだ」

と元来た方へ逃げ出した。

亨介も、刀を抜くのはやめて走り出した。

侍が抜刀しても、今ではさほど怖いとは思わない。馬渡村で、侍が刀を構えたまんまなますのように切り刻まれるのを見たせいだ。だが、三人となると、話がちがう。

ちら、と後ろを見た。ひとりが王と髭面の浪人に立ち向かい、二人がこっちを追ってくる。

欣蔵はしばらく走り、亨介を先に行かせた。そして追ってくる二人の浪士に向かって、ばらばらっと何か放り投げた。二人の浪士は「わっ」と顔をおおい、悲鳴をあげて飛び跳ねた。欣蔵が放り投げたものが地面に落ち、それをぺんぺらの草鞋で踏んだのだ。その隙に、亨介と欣蔵は樹海の中に飛びこんだ。

夜は明けたが、曇り空だ。雑木が生い茂る樹海は暗い。暗がりにじっと身を潜めていると、浪士が道を走りまわる音がした。逃げた、くそ、という声もした。

やがてあたりに静寂が戻った。

「親分、行っちまったね」

囁き声を聞いて、亨介は雑木の間から首を伸ばした。少し離れた岩陰に、欣蔵の顔がある。

「親分はよせ。なりたくもねえ。さっきお前が放ったのは何だ」

「なに。ただの石っころさ。こんなこともあるかと思って、神奈川宿を出る前に拾っといたのさ。うんと尖ったやつを。忍者だって逃げるときはまきびしを撒くだろ」

喧嘩はからっきしだと言っていたから、いつも逃げる算段をしているのだろう。

「様子を見てきますよ。念には念だ」

欣蔵は茂みを揺すり、ひとりで道に出て行った。しばらく待ったが、戻ってこない。

亨介は用心しながら樹海を抜けて、道に出た。浪士の姿は見えない。気配もない。欣蔵は道の真ん中で両手をついて、必死に何か捜している。さっき浪士が、石っころを踏んで飛び跳ねていたあたりだ。

「どうした」

欣蔵はふらり、と地面に尻をついた。完全に力が抜けた顔だった。

近づくと、ふところから何かくるんだ手拭いを取り出した。それをいやそうに振った。手拭いの中から、尖った小石がばらばら下にこぼれ落ちた。

「さっきこれを投げるつもりだった」

「何を投げた」

言ってから、亨介は顔色を失くした。ほかに欣蔵のふところに入っていたものと言えば、――金だ。はじめて亨介が博奕で勝ったあの金だ。小判は使いにくいので、一分金でもらった。百枚近くあったはずだ。

「それ全部投げたのか」

「ちくしょう。あいつらひとつ残らず拾っていきやがった」

道理で浪士三人、あっさり引き上げたはずだ。

「すまねえ、兄貴。この借りはいつかきっと……」

欣蔵は坐り直し、頭を地面にこすりつけた。

「いいよ。元々お前にもらった駒だ。それにまだ割符があるぜ。王を見つければ金になる」

しかし最初に襲われたところへ戻っていくと、王はひとり、路肩の崖にもたれて倒れていた。六角形の帽子は飛んで、絹の服は血まみれだった。左から袈裟《けさ》懸《が》けに斬られ、もう虫の息だ。

「何てことを……」

亨介はそばに膝をついた。

「用心棒はどこへ行った」

王は口を動かした。逃げた、と言ったように見えた。強そうななりをして、まったく侍というやつは！

「しっかりしな。王さん、医者を連れてきてやる」

「わたし、もう駄目。あんたたち、見込んで、頼み、ある」

王は血まみれの服に手を入れた。顔をしかめ、賢明に手探りをし、やがて何か取り出した。包み紙に包んだ一通の書状だ。

「これ……届けて……大事な、密書」

「わかった。届ける」

「いくら異人斬っても……異人は次から次にやってくる……この国も、わたしの国と同じになる……その密書、この国の大事」

「安心しな。男と男の約束だ。手紙は確かに預かった」

王は安心したか、急に表情が緩んだ。亨介は王の口に手を伸ばした。もう息をしていない。見開いたままの目を閉じてやり、書状を持った手でしばらく合掌した。

「どうすればいい、この死骸」

「放っとこう」

「ここに?」

「そのうち誰か通りかかって、奉行所に知らせてくれるさ。放っといて、行こう。そんなのに関わりあうと、ろくなことはねえ。おれたちは往来のごみだからな」

その通りだ。亨介も欣蔵もただ歩いているだけで、お上の鼻つまみなのだ。何か気に入らないことがあれば、たちまち往来から掃きだされてしまう。

亨介は立ち上がり、書状をふところに入れようとした。

「すげえな、兄貴。字が読めるんだ」

目をむいて、じっと亨介の手許を見つめている。

思わず書状を見直した。

包み紙には文字が六つ書いてあった。最後に「殿」という字をつけるのは決まりだから、その前の五文字が手紙の受取人の名前だ。

亨介は五つの文字をためつすがめつした。馬渡村の名主の塾で、数年間、亨介も剣術と一緒に学問をやった。むろん字も習った。

下の方の二つは読めた。「太郎」だ。

しかし、上の三文字が読めない。

誰かに読んでもらうしかないが、支那人は「密書」と言った。「この国の大事」だと。だとすると、包み紙の表書きもおいそれと他人に見せるわけにはいかない。

ちくしょう。誰に届けりゃいいんだ。

横浜は、地の底から田舎の海辺に湧いて出た異国の町だった。

居留地は、長崎の出島と同じように、海と川と運河に囲まれている。北が海、西と南の二辺は屈曲した中村川で、東は中村川の下流から海まで開削された堀川という運河だ。異人たちはこの川と運河をクリークと呼んでいて、橋は六本架かっている。

横浜道を行くと、戸辺と野毛の切り通しから野毛橋を渡り、やがてクリークに架けられた吉田橋に出る。これは六本の中でいちばん大きな橋だが、この橋のたもとには幕府の関所がある。

生麦事件のあと、攘夷派の浪士が入り込むのを警戒して、関所の詮議が厳しくなっている、という。

二人は大岡川に沿って迂回して、西側の橋でクリークを渡った。

例の割符が金になるかもしれない、と言い出したのは欣蔵だった。

「波止場のどっかに、船荷の預かり場があったはずだ。割符で荷物を受け取って、中身を売っぱらえばいい」

居留地はにぎやかだった。道にはちょん髷《まげ》の商人と異人が入り混じり、荷車や馬車が行き交っていた。家は、西の日本人街も東の異人街も二階建てが多く、みな大きい。造りは西洋と日本の寄せ集めで、屋根に黒と白の瓦をのせ、たいていは二階を一周するベランダを備えていた。

海には真っ白な帆船が走り、波止場には三本マストの異人船が泊まっていた。波止場人夫が景気のいい声をあげ、いたるところに活気がある。

亨介には見るもの聞くもの、珍しかった。中でも仰天したのは、生まれてはじめて間近ですれ違った異人だった。金髪に赤ら顔で、見上げるばかりの大男だった。頭に角があったら赤鬼だ。馬渡村にも、昔鬼が出たという言い伝えがあったが、正体は異人ではなかったか。

目まいを覚えながら見物していると、欣蔵が戻ってきた。

「イギリス波止場の運送屋が、荷物預かりをやってるそうです。そこじゃねえかな」

横浜の波止場は三つあった。真ん中のイギリス波止場まで行くと、運上所の斜向かいに、荷車がふたつ三つ停まった大きな運送屋があった。正確に言うと貿易代理店で、上海から届いた船荷も、この店を経由して江戸や大阪に運ばれる。

「待ちな、兄貴。この格好はまずいやね」

確かにあやしまれると面倒だ。

二人は三度笠と長合羽を脱ぎ、長脇差と一緒に小脇に抱え、運送屋に入った。間口の広い大きな店で、数人の客が店の者と騒がしく荷物のやり取りをしていた。こんな店の中にも洋服を着た異人が混じっている。

「世の中どうなってるんだ、異人だらけだ」

「公方様も黒船にゃあ勝てねえってことですよ」

欣蔵が小耳にはさんだところでは、横浜の居留地にはすでに二百五十人もの異人が住んでいるという。

「おう兄さん、荷物を受け取りに来たんだがな」

亨介は手の空いた店員をつかまえ、割符を差し出した。着物に前掛けをつけた若い店員は、割符と亨介の顔を見比べた。

「お名前はなんとおっしゃいますな」

「王だ。支那の王さん。おれは使いの者だ」

店員は割符を持ってひっこんだ。欣蔵は油断なくあたりに目を配っている。

やがて奥から、大きな荷物がひとつ運ばれてきた。荒縄で十文字に縛られた木箱で、幅と高さは三尺ほど、長さは四尺ほどある。どこか遠くの港から船で運ばれてきたものだろう。

木箱の荷札に、はっと目が吸い付いた。見覚えのある文字が書いてある。下に「太郎」がついた五つの文字。王に預かった書状を出し、包み紙の表書きと比べてみた。――やはり同じだ。

欣蔵も気づき、何か言いかけた。

それをとめ、書状をしまい、亨介は何食わぬ顔で木箱の荷札を指さした。

「兄さん、この字、なんと読むんだい」

店員は首を伸ばしてきて、

「さいたにうめたろう」

と読んでくれた。文字は、才谷梅太郎《さいたにうめたろう》と書く。

「ふうん」

これが坂本龍馬の変名であることなど、もちろん亨介は知る由もない。

二人で荒縄をつかみ、荷物を表の通りに運び出した。どこかひと目につかないところで中身を調べたい。だが、この大きな木箱を手で持ち運ぶのは骨が折れる。

「荷車か何か、借りられねえかな」

ふところの銭をさらって渡すと、欣蔵は運送屋から荒縄と天秤棒を借りてきた。荷車は、銭が足りないといって貸してくれないという。やむなく木箱に荒縄を継ぎ足し、天秤棒の真ん中にぶらさげた。脱いだ長合羽や長脇差も木箱に載せ、二人で天秤棒を担いで歩きだした。

「ちっくと、待ってくれんかのう」

5

運送屋のある大通りから、生糸問屋が並ぶ日本人街へ入り、しばらく行ってからだった。脇道から男が現われ、二人の行く手に立ちはだかった。

蓬髪で、埃臭い着物を着ていたが、腰に大小二本差している。歳は三十前か。

「なんでぇ」

「おんしらのその荷物のことじゃが。わしの荷物じゃなかろうかと思うてのう」

「何を言いやがる。変な言いがかりを付けると、ただおかねえぞ。これはおれの荷だ」

亨介は天秤棒をおろし、高飛車に出た。侍など、もう屁とも思っていない。せいぜい刀に手をかけて、脅してくるぐらいが関の山だ。

しかし蓬髪の侍は意外なことに、

「いやあ、すまんすまん」

と頭をかいた。

「ほなら、ちっくと訊ねるが、中に入っとるもんは何ですろう」

亨介は黙った。それを見て、侍はにこり、と破顔した。つい笑い返してしまいそうな、妙に人好きのする侍だ。

「おんしのものなら、中身は当然わかっとろうが」

「やかましい。これは王さんという支那人に、おれがもらったものだ」

「ところがのう、その荷は王さんのものじゃない。わしのもんじゃ。長崎から、わしが横浜の王さん宛てに送った荷じゃ」

「だったら王さんのものだろう」

「いや、王さんはちぃと名前を借りただけで、ほんまはわしのもんじゃきに」

「誰だい、あんた」

「こりゃあ先に名乗らんで、失礼ばしたのう。わしは才谷梅太郎、ちゅうもんじゃ」

木箱の荷札にも、その名前が書いてあった。才谷梅太郎が長崎からこの荷を送ったとすると、話の辻褄は合う。王が密書を届けてくれ、と言ったのはこの男か。

亨介はふところに手を入れた。面倒なものを預かっちまった、とあれから青くなっていたのだが、これで肩の荷をおろせる。

だが、密書を取り出す前に、欣蔵が前に出てきた。

「そりゃ通らんぜ、お侍。あんた今運送屋で、おれたちの話を盗み聞きしてたんだろう。才谷梅太郎になりすまして、荷物を横取りする気だな」

「いや。わしはほんまに才谷——」

「ふざけちゃいけねえ。運送屋が、あんたのことを坂本さんと呼んでいた。あんた、返事をしてた」

蓬髪の侍はいやあ、まいったまいった、と頭をかいた。

「聞かれちまったか。これにはちっくとわけがあって」

亨介はすでに木箱の上から長脇差を抜き取っていた。侍が何か言いかけたが、もう聞く耳は持っていない。長脇差を腰に差し、馬庭念流居合いの構えを取った。

「おんし、居合いを心得ちょるんか。やめとけやめとけ」

侍は大きく両手を広げたが、ふと笑顔を消して、目線を二人の背後に投げた。生糸問屋の土塀に囲まれた道で、人通りは少ない。

侍の目線を追って振り向くと、曲がり角に役人らしい姿がひとつふたつ見える。

「ちっくと誤解があるじゃき、そん荷物はしばらくおんしらに預けとく」

蓬髪の侍は、言い放つやきびすを返し、脱兎のごとく走り去った。曲がり角で覗いている役人は、幸いこの道には入ってこようとしない。二人はまた天秤棒を担いで歩きだした。

「何者だろう、あの侍」

「おおかた土佐の脱藩浪士でやんしょう。あのひどいなまりは土佐ですよ」

気がつくと、欣蔵はときどき亨介に向かって丁寧な言葉遣いをする。昨夜、博奕でとられた脇差やふんどしを、亨介が取り戻してやってからだ。

雲はいくぶん薄れ、淡い陽が射している。そろそろ昼に近い。腹が減ってきたが、ふところの銭は乏しい。

二人は我慢して歩き、関所のない橋を渡って関外に出た。居留地の中は役人が見回っているし、やはりひと目につきやすい。

横浜の関外は少し前まで湿地帯で、なんにもなかったという。それが次々埋め立てられて、道ができ、家が建ち、ひとが住むようになった。それでも居留地に比べたら閑散としたものだ。

二人はひと気のない神社に入りこみ、祠の裏で、木箱を地面におろした。

木箱の蓋は、簡単に開いた。はじめは方々にしっかり釘が打ちつけてあったようだが、誰かがすでに開けていた。それも一回ではなく何回も。その結果、今は四隅の釘穴に釘が差し込んであっただけだ。長脇差を抜き、蓋と箱の隙間に刃を差し込むと、蓋はすぐ持ち上がった。

木箱の中にはおが屑がいっぱい詰まっていた。値打ちものの茶碗でも埋めてあるか、と慎重に手探りした。

しかし、出てきたものはぜんぜんちがった。

木箱の蓋を地面に置いて、その上に出てきたものを並べると、

「これは南蛮渡来の……」

「飛び道具……」

そう言ったなり、二人とも二の句が継げなかった。

銃身の長い銃が一丁、拳銃が三丁、それと弾薬と思える四角い包みが五つ六つ。箱は大きいくせに、入っていたのはそれだけだ。

話には聞いていたが、これまで鉄砲など見たことはない。もちろん扱い方もわからない。

「こんなもん持ってたってしょうがねえ。どっかで売り飛ばそう」

木箱のおが屑の中へ戻そうとすると、声がした。

「そいつぁアメリカ国の新式の銃じゃき」

二人は驚いて飛び上がった。祠の低い濡れ縁に、さっきの蓬髪の侍が立っている。二人ともぱっと

長脇差をつかんで身構えた。

「待てち。慌てるな。まずは話じゃ」

侍は大きく両手をあげて、刀は抜かんぜよ、とアピールした。よほど腕に自信がないか、腰抜け侍にちがいない。

「おんし、王さんにその荷をもらったと言うたがじゃが、仔細を話してくれんか」

欣蔵がこっちに顔を向けた。こんな腰抜けを警戒してもはじまらない、という顔つきだ。

亨介は頷き、昨夜からのいきさつを話してやった。

「そうか。王は斬られたか。可哀想にのう。おおかた長州か薩摩の跳ねっ返りにやられたんじゃろ。王が博奕で負けたんならしょうがない。そりゃ、おんしらのもんじゃ」

侍は、二人が拍子抜けするほどあっさり合点した。

「じゃが困った。そりゃわしの商売道具じゃち」

「商売道具？　お侍さんは、侍じゃあないいんですかい」

「ちっくと事情があってのう。侍でもあり商人でもあり、わしもようわからんぜよ」

蓬髪の侍はまた頭をかいた。

天保六年（一八三五年）、土佐藩郷士坂本家の次男として生まれた龍馬は、この年の三月、脱藩して土佐を抜け出した。四月、薩摩藩尊攘派が寺田屋騒動で粛清されると、薩摩藩の動静を探るべく九州に赴いた。その折り、ひょんなことから知遇を得たのが、長崎で貿易業を営んでいたトーマス・B・グラバーだった。

希代の武器商人グラバーは、龍馬の持って生まれた器に目をつけ、雄藩の江戸屋敷を訪ねて新型武器の性能をアピールする仕事を託した。

武器のサンプルは大きな木箱に入れられ、長崎から横浜へ船で輸送された。この荷を、波止場の貿易代理店の倉に隠匿して管理していたのが、王だ。王は居留地でイギリス人の通詞をしながら、グラバー商会の代理人として暗躍していたのだ。

木箱に入っていた武器は、すでに龍馬がほとんど持ち出していたが、最後に残ったライフルが一丁、拳銃が三丁。これが王の博奕好きに端を発した手違いから、こうして亨介と欣蔵の手に渡ったのだ。

「弱ったな。わしがその荷を買い戻せれば良いんじゃが、生憎大枚の持ち合わせがない」

「失礼でござんすが、お侍さん、いくらお持ちで」

すかさず欣蔵が乗り出した。侍はふところから巾着を出した。

「使えるのは一両と二朱、というところぜよ」

「それだけあれば……」

と言いかけた亨介を、欣蔵が目顔で抑え込んだ。

「それじゃあ、ピストル一丁分にもなりませんぜ」

「おんしも商売人じゃのう。けんど、それはご禁制の品ぜよ。下手をすれば島流し。よいのか」

「もとよりあっしら、裏街道を歩いておりやす」

「ほな、それの扱い方は知っちょるんかい。ちょいとわしが教えちゃろうかいの」

侍は濡れ縁をおりてきて、木箱の蓋の方に手を伸ばした。それより速く、亨介は拳銃を一丁つかんで突きつけた。

「兵法も心得ちょるか。けんど、それじゃあ撃てんぜよ」

亭介は拳銃を構えて動かない。この侍、どこか肝の据わったところがある、と思っていた。腰抜けは見せかけではないか。

「ピストルには弾丸をこめんと撃てん、と言うとるぜよ。もうちっくと人を信用しいや。わかったわかった。ほな、わしは手を出さん。口で教えちゃるから、言うとおりにしてみい。今おんしが持っとる拳銃は、スターM1858というて、手早く装塡できる、ちゅうのが自慢じゃ。弾丸はそこの、小さい箱に入っとるぜよ」

亭介は、侍に教わりながら拳銃のシリンダーを外し、弾丸を装塡した。撃鉄を起こし、そばの立ち木に狙いをつけた。

「あとは引き金を引けばいい」

すると撃鉄が勢いよく落ち、火薬が爆発して弾丸を発射する、という仕組みだろう。

「そいつは新型のシングルアクションじゃき、連射はできん。撃つときは、一発ずつ、撃鉄を起こして引き金を引く。ええか」

亭介は引き金に指をかけた。

「ここでは撃つな。誰かに聞こえるとまずいき。起こした撃鉄は、親指で押さえながらゆっくり戻せ。起こしたまんまじゃと、危ないきのう」

亭介は撃鉄に親指をかけ、慎重に戻した。

「長い銃はライフルじゃ。スペンサー騎兵銃というて、連発銃じゃき、その分弾丸の装塡が難しい。チューブ式の弾倉を銃床に差し込むんじゃが、それじゃ、その箱を開けて、弾倉を出せ」

また侍に教わりながら、ライフルにも弾丸を装塡した。

「一発撃ったら、引き金のそばにあるレバーを下に引いて、空薬莢を出せ。そうすれば、次の弾丸が自動的に装塡される」

これも撃つなと言われたから、装塡だけして、ライフルを蓋の上に置いた。

「驚いつろう、それが西洋じゃき、黒船じゃきに」

侍は顎を撫でながら、二人の顔を眺めた。

「のう、おんしら、その武器を使ってこの国のために働いてみんか。このまんまだと異人に乗っとられるぜよ。わしと一緒に、この国の明日をつくらんか。新しい国を」

旅に出てから「攘夷」、「勤皇」という言葉を何回耳にしたか知れない。侍がどんどん脱藩して、幕府や異人にたてついているという。そこに「佐幕」の侍も入り乱れ、何が何やらわからない。

だが亨介には、攘夷も佐幕も縁がない。

「新しい国？」

「そうじゃ。武士も百姓もない。みんなが自分の好きなことをして、好きなように生きていける国じゃ」

「生憎だがお侍、あっしらに明日はねえ」

「ほな、相談じゃ。ひとにものを教わったときは、教授料を払うもんぜよ。一両二朱で、そいつをわしに譲ってくれんか」

「教授料で、一両におまけしときやす。ただし、銃は一丁。どれでも好きなのを一丁お持ちなせえ」

侍は苦笑して、一両小判を取り出した。

「じゃあ、これを貰おうか」

手にした拳銃は、スミス&ウエッソンの第二型アーミー、三二口径の六連式ピストルだった。のちにこの拳銃が、伏見の旅館寺田屋で、幕府伏見奉行の捕り方百数十人に襲われた龍馬の生命を救うことになる。

「才谷梅太郎という方も、お仲間ですか」

亨介は立ち去ろうとした侍を呼び止めた。

「まあ、そんなもんじゃ」

「どこへ行けば会えますか」

「何か用か」

王から密書を預かった、という言葉が口まで出かかった。この侍、おそらく器量の大きな人物だろう。ひと柄も悪くなさそうだ。とはいえ、知っているのは坂本という名前だけだ。所詮、どこの馬の骨ともわからない。

「王さんの伝言があるんですよ」

「ほな、わしが伝えてやるち」

「本人に直接伝えてくれ、と言われたんで」

侍は弱った顔で、あいつは旅が多いきのう、と言った。

「おんし、江戸へは行かんか。桶町に千葉道場ちゅう剣術の道場がある。たぶん二、三日はそこにおるぜよ」

その夜、亨介と欣蔵は品川宿の伊東屋に草鞋を脱いだ。

昨夜の賭場を別にすれば、一両などという大金がふところに入ったのは、生まれてはじめてのことだ。「打つ」方は、昨夜いやというほどやった。あとは当然「飲む」と「買う」だ。

蓬髪の侍と別れると、二人は横浜の居留地に戻り、まず荷物を片づけた。あの大きな木箱を抱えていては、身動きが取れない。要るのは銃と弾薬だ。

天秤棒と木箱は運送屋に返し、拳銃を一丁ずつふところに忍ばせた。ライフルは風呂敷に包み、亨介が袈裟懸けに背負った。弾丸の入った箱は振り分け荷物にして、二人で肩にかけた。

真っ先に向かったのは、居留地の港崎《みよざき》遊郭だった。大店が四軒、小店も数軒あった。

いちばん大きな岩亀楼という店を覗きにいって、驚いた。天井に、尖った氷が何本もぶら下がっていて、今にも頭の上に落ちてきそうなのだ。あれはシャンデリアといって、夜になると、まばゆいばかりに灯《ひ》が入る。そう聞いて、さすが海辺の異国はちがう、と感心した。

この店にラシャメンは何人かいた。しかし、異人の相手しかしない、という。

欣蔵はひどくがっかりし、それならわざわざ上がることはない、と言いだした。店の者を困らせ、あわよくば何かおいしい話にありつく魂胆だったろう。

店の者は一向に困った様子もなく、体《てい》よく二人を外に追い出した。

お天道様はまだ高い。

だが、これから江戸の桶町へ向かうと、着くのは真夜中になってしまう。考えてみたら、その途中に品川宿がある。

あそこは宿場というより、そのまんま大きな遊郭だ、と欣蔵は言う。

「吉原が〝北〟なら、品川は〝南〟。坊やはいい子だねんねしな。品川女郎衆は十匁、って流行り唄を聞いたことねえですかい」

宿場で飯盛り女を呼ぶと、普通は五百文から六百文。品川では銀十匁とる。それくらいいい女が揃っていて、遊び甲斐がある、という意味だ。

江戸にはもちろん憧れがある。これまで江戸が近くなるたびに回れ右をしたのは、その裏返しだ。ふところの一両に背中を押され、亨介ははじめて六郷川を渡った。

品川宿は、南、北、歩行新宿《かちしんじゅく》と三宿が並んでいるが、いちばん江戸寄りの歩行新宿に食売旅籠《めしうり》や水茶屋がひときわ多い。ここは欣蔵が言ったように、宿場というより遊郭だ。伊東屋は、その歩行新宿でも一、二を争う大見世だった。

二階座敷を仕切る遣手の女に心づけをはずんだので、酒と肴がすぐに運ばれてきた。待つほどもなく、女も二人やってきた。気に入らない客だと、いっぺん顔を出していなくなる。そう聞いたが、そんなことはなかった。酒の酌をしてくれて、江戸の言葉でおもしろおかしい話を聞かせてくれる。

「いなかの飯盛り女とはちがうねえ」

欣蔵はうっとりして、宵の内から夢うつつ。そのうちよその座敷から、女がひとり逃げてきた。欣蔵の相方の妹分のようで、

「ねえさん、ちょいと息抜きさせてよう」

ついた客が酒癖の悪い侍で、酔って乱暴をするという。そういえば近くの座敷で、酔った声が薩摩弁で何か怒鳴っている。二、三人いる様子だ。

品川宿は、薩摩藩の高輪藩邸、田町藩邸、さらに芝藩邸にもほど近い。薩摩藩の下級藩士の格好の遊び場になっている。

「薩摩のお侍は好きなんだけどさ、からっとしてて。でも、今日のは駄目。あの手の一見《いちげん》さんは始末が悪いったらありゃしない」

侍はみんな偉そうな顔をしているだけで、腰抜けだ。亨介はこばかにしているし、欣蔵もなぜか侍を嫌っている。侍の悪口を聞くのは心地よい。

二人は、その女の悪口も肴にしてさんざん飲んで食い散らし、相方を抱いて眠りこんだ。一刻か一刻半はぐっすり眠っていただろう。

亨介はふっと目を開いた。まだ行灯が明るくて、欣蔵がごそごそ障子を開けて出て行く姿が見えた。厠《かわや》か、と思い、またうとうとした。気分的には、だからその直後だった。いきなり障子が倒れそうな勢いで開き、欣蔵が中に転がり込んできた。

「兄貴!」

6

亨介は長脇差を抱いて飛び起きた。

渡世人は、どこで寝るときも長脇差を離さない。いつも両手で抱いて寝る。

「喧嘩支度に遅れをとっちゃなんねえよ」

これも利根の川原で会った、あの労咳病みの博徒が教えてくれたしきたりだ。

廊下からぬっと現われたのは、着流しに大刀をぶらさげた侍だった。顔ははっきりとは覚えていなかったが、左の頬の刀傷に見覚えがある。昨夜、神奈川の賭場で、「攘夷、攘夷」と駒札を叩きつけていた侍だ。三人組で、帰り道、王を斬り殺して博奕で勝った金を奪っていった。

「おまんら、こげなところで遊びくさってえ」

宵の内、どこかの部屋から聞こえていた薩摩弁だ。一見さんは始末が悪いったらありゃしない、と女が悪口を言っていた薩摩弁の侍は、あの三人組か。ほかの二人は部屋で寝ているにちがいない。まったく間の悪い話だった。歩行新宿の大見世だから、座敷の数も、客の数も少なくない。なのに真夜中に厠に立った欣蔵が、よりにもよって、廊下でこの侍に出くわしたのだ。侍が前から威張って歩いてくると、いつもはさっと道を開ける。だが寝ぼけ眼の欣蔵は、よけそこなって肩をぶつけた。

「無礼者っ」

欣蔵はむっと相手の顔を見返し、左の頬の刀傷に気がついた。帰り道で襲われ、金を奪われた恨みもある。

「泥棒」

と、思わず叫んだ。

これで侍の方も、昨夜のいきさつを思い出したにちがいない。欣蔵はしまったと逃げ出したが、こうなるともうことはおさまらない。

侍は一歩座敷に踏み込むと、無造作に刀を抜いて、鞘を放った。女が二人、悲鳴をあげて廊下へ逃げ出した。欣蔵は部屋の隅に脱いである長合羽に飛びついた。脇差はその下だ。

侍はしかし目もくれない。ただ亨介を見据え、

「チェイイー！」

と、真っ向から刀を振り下ろしてきた。

その太刀の速さは、亨介の見当をはるかに越えた。横に転がり、すんでのところでかわしたが、ものすごい刀風が鼻先をかすめた。息がとまり、長脇差も抜けない。

顔をあげると、また侍が刀をふりかぶった。

起きる間もない。手に触れた三度笠を投げ、長合羽を投げつけた。

侍はどちらも片手ではねのけた。が、一瞬、長合羽が腕にまきついた。その隙に亨介は長脇差を抜き、斜め上から襲ってきた剣を受け止めた。途端に腕に衝撃が走り、長脇差がはね飛んだ。

これが侍の剣か。

亨介は尻餅をついて、目を見張った。名主の塾で剣術を習い、やくざ者を相手に命のやりとりもした。出入りの助っ人でもあてにされ、自分ではいっぱしやれる気でいた。だが、所詮は百姓のいなか剣法だ。本物の侍の、本物の剣法の比ではない。

これがこの世で最強、と憧れた本物の侍なのだ。

「どげんした」

「なにをしとお」

怒声がして、足音がどかどか廊下を駆けてくる。三人組のほかの二人か。

左の頬に刀傷のある侍が、また一刀をふりかぶった。反射的に亨介は、はね飛ばされた長脇差に視線を走らせた。だが、もう拾いに行く気もしない。どう転んでも勝ち目はない。それを今の一撃でいやというほど思い知らされた。おまけに敵は三人になった。

「チェイイーッ!」

と、白刃が迫ってきた。

もはやこれまで。思わず亨介は目をつむった。

そのとき銃声がした。

はじめて聞いたが、なぜか銃声だとすぐわかった。

目を開くと、刀傷の侍が刀をふりかざして仁王立ちになっていた。その体に、さきほどまでの力が入っていない。よく見ると、侍の目と目の間、額の真ん中にもうひとつ目がある。と、そこから鮮血が噴きだした。同時にふらり、と体が傾いた。

刀傷の侍は地響きを立てて倒れこんだ。

廊下をやってきたほかの二人の侍が、部屋の戸口で立ちすくんだ。亨介も飛び出さんばかりに目をむいた。

だがいちばん驚いたのは、拳銃を撃った欣蔵だったろう。スターM1858を両手で構え、呆然とただ突っ立っている。

「欣蔵っ」

亨介が最初に動いた。欣蔵に声を放ると、旅装束の中から自分のスターM1858を取り出し、立ちすくんでいる二人の侍の頭上に一発撃った。

「てめえら、撃ち殺すぞ」

刀傷の侍とちがって、この二人は見かけ倒しの口だったか。威嚇射撃に顔色を変え、どかどか廊下を逃げ出した。

「ずらかるぞ」

まだぼんやりしている欣蔵をどやしつけ、大急ぎで旅装束を身につけた。廊下に顔を出すと、相方

の女が二人、隅にしゃがんで震えている。一朱金をひとつかみ置いて、

「ねえさん、これで勘定を頼む。迷惑料だ。釣りはいい」

階下におりても、店の入口はとっくに閉まっている。それより窓の外がすぐ屋根だ。ようやく支度を終えた欣蔵を急《せ》かし、二階の窓から屋根の上に這い出した。

「ひっ、ひひ……」

と、泣き声がする。

腹這いのまま振り向くと、欣蔵が屋根瓦に突っ伏して震えている。亨介は屋根にへばりつき、足の先で欣蔵の頭をつついた。

「しっかりしろ」

欣蔵が顔をあげた。泣き声ではなかった。涙に濡れたぐしゃぐしゃの顔で、「ひひっ、ひひひ」と笑っている。この野郎、ひとを撃ち殺したショックでばかになったか。

欣蔵の口が動いている。何かぶつぶつ言っている。

亨介は耳をすまし、そして思わずひやりとした。

「侍を殺してやった。侍を殺してやった……」

うわごとみたいに呟きながら、欣蔵は明らかに歓喜に震えていた。

月が頭上で濡れたように青い。

江戸には北辰一刀《ほくしんいっとう》流の道場がふたつある。

開祖・千葉周作《ちばしゅうさく》が神田のお玉が池に構えた玄武館。周作の弟・定吉《さだきち》が桶町に構えた千葉道場。神田

の道場が〝大千葉〟と呼ばれたのに対し、桶町の道場は〝小千葉〟と通称された。小千葉の当主定吉は、鳥取藩士として鳥取藩江戸屋敷詰のため、道場は長男の重太郎《じゅうたろう》に任されていた。このとき重太郎は三十九歳。さな子という二十五歳の妹がいる。

空に聳《そび》える江戸城を目印に歩いてきた亨介と欣蔵は、鍛冶橋御門を北へとり、やがて桶町の道場前に立った。

門は開けっぱなしで、剣術の稽古をしている声が聞こえた。塾や道場というのは、自由に出入りして構わない。馬渡村の塾長がそう言っていたのを思い出し、門をくぐった。

庭には古井戸があり、数本の立ち木が葉を繁らせていた。隅の方には桔梗がひと群れ。釣り鐘のような紫の花が咲いている。

道場は古井戸の向こうにあった。長屋のような建物で、やはり門が開いている。だが、さすがに上がりこむのは遠慮して、三度笠と長合羽を脱いだ。

「お頼み申しやす」

村で聞いた講釈では、たいてい「どーれ」と野太い声がして、稽古着の門弟がのっしのっしとやってくる。

だが音もなく現われたのは、紅葉を散らした美しい着物姿の娘だった。落ち着いた表情と所作を見ると、二十四、五か。だが、歯が白い。まだひとり者だ。

「こちらに才谷梅太郎というお侍がおいででしょうか」

「では、あなた方でしたのね」

何がおかしいか知らないが、娘はくくっと笑った。すると急に十代の小娘に見えた。切れ長の目で、りりしい顔立ちだから、元々若く見える。

「おいでなんですか」

わけもなく笑われ、亭介はおもしろくない。やや声を荒らげると、奥で磊落《らいらく》な声がした。

「おんしらか。よう来たよう来た。わざわざ江戸まで足を運んでもろうて、すまんじゃったのう」

現われたのは、横浜で銃の扱いを教えてくれたあの蓬髪の侍だ。

「わしはこの道場の古い門弟でのう、長いこと寄宿させてもろうちょった。今も江戸へ来ると、いつも世話になるぜよ」

亭介は無言で娘の顔を見た。

「お訪ねの才谷梅太郎様でございます」

「坂本というのは？」

「このお方です」

亭介がむっとすると、蓬髪の侍はいやあ、すまんすまん、と頭をかいた。

「坂本様がお謝りになることはありません。この方たちが、無知蒙昧なだけでございます」

「む、むちもうまい？」

「だって国定忠治をごらんなさい。ご同業なんだから、あなた方、忠治親分はご存知ですわね。あの親分も、もうひとつ名があって、長岡忠次郎というじゃありませんか。このご時世、ちょいと気の利いたお方ならふたつや三つ、お名前をお持ちなんです」

亭介は言い返せない。くそ、と侍の方に目を移した。

「この娘御はここのお嬢さんでの、千葉さな子ちゅうおひとじゃ。北辰一刀流、小太刀の免許皆伝ぜよ」

「へえ。女剣士でやんすか」

欣蔵が感心した声を出した。その顔を、亨介は睨みつけた。なぜだかわからないが、この侍と娘がしゃくに障《さわ》ってたまらない。

「で、なんじゃったかいのう。王さんから伝言があると言うとったじゃが」

何か言い返してやりたいのだが、この侍、どうも暖簾《のれん》に腕押しという気がする。諦めてふところから書状を出した。

「密書だそうで」

「それで他人には渡せんかったと？　おんし、偉いのう。それでこそ男というもんじゃ。まあ、草鞋を脱ぎや。さな子さん、すまんがこんひとらに、お茶をさしあげてくれんかのう。遠くから大事なものを届けてくれたぜよ」

さな子は口に手をあてて、

「お饅頭はおつけしますか」

と、こっそり訊いた。

亨介の耳にははっきり聞こえたが、肝心の侍の返事がない。草鞋を脱ぎながらちら、と見ると、蓬髪の侍はすでに書状を開き、巻紙をするすると落としながら読み進んでいた。低く唸ったり、息を呑んだり、忙しい。おしまいまで読み終わると、

「ばかな！」

と、ひと声叫び、

「さな子さん、わしの草履を頼みます」

書状を巻き戻しながら奥へ駆けだした。戻って来たときには、手に風呂敷包みがひとつ。それを背中にくくりつけると、さな子がたたきに出した草履を履いて、

「すまん。京へ行く」

と、外へ飛び出した。さっき現われたときとは完全に顔つきが変わっている。今、口にした「京」が、東海道五十三次の西の果てにある「京の都」だとしたら、背中にくくりつけた風呂敷包みひとつが旅の荷物ということか。

「坂本様。お待ちください、坂本様っ」

千葉さな子が草履をつっかけ、龍馬を追って駆けだした。こちらも見事に血相が変わっている。

道場の玄関先に残された亨介と欣蔵の二人づれ、もう書状は渡したし、別に用はないのだが、すでに草鞋を脱いでいた。きょろきょろしたが、ほかに案内してくれそうなひとはいない。

「ここで待っていれば……出ますかね」

「何が」

「饅頭」

道場からは、剣術の稽古の声がひっきりなしに聞こえてくる。ここは江戸でも名高い北辰一刀流の道場だ。馬渡村の塾とはわけがちがう。江戸中から本物の侍が集まってきて、日々、剣術の研鑽をしている場だ。

亨介の脳裏には、昨夜品川宿で襲ってきた刀傷の侍の剣が、焼きついて離れない。本物の侍は、いったいどんな稽古をしているのか。

「ちょいと上がらせてもらおう」

「勝手に？　いいんですかい」

「剣術の道場はいいんだ。本来、お出入り自由」

三度笠は手に提《さ》げて、長脇差とライフルは長合羽にくるんで小脇に抱え、廊下を歩いた。杉戸がある。剣術の稽古の声はその向こうだ。

「ごめんなさい」

ひと声かけて、戸を開いた。

「お初にご無礼をいたしやす。手前、しがない旅の者。ご当家の剣術のご高名を耳にして、失礼を省みず寄せていただきやした。少々拝見させていただいて、よろしゅうございましょうか」

板張りの道場では、二十人近い門弟が、二人ずつ相対して稽古をしていた。誰ひとり亨介の言うことなど聞いていない。こっちを見ようともしない。

「でやーっ」

「とおーっ」

と、声をあげて互いに竹刀を打ち合っている。みな白い稽古着に、面、胴、籠手の防具をつけ、袋竹刀を使っている。見たところ馬渡村の塾の稽古と大差ない。

だが、中に入って眺めていると、やはり打ち込みの速さがちがった。竹刀が舞うたびに風が起こる。

「亨介か!?」

その声はいきなり響いた。門弟のひとりが稽古をやめ、つっ立ってこちらを見ている。だが面頬で、顔が見えない。誰かわからない。

亨介が半ば腰を浮かすと、その門弟が面を取った。

「吉やん」

思わず昔の呼び名が出た。馬渡村の塾で、何年か一緒に剣術の稽古をした名主の長男・吉太郎だ。

「こんなところで会えるとはな」

吉太郎は、稽古の相手に深々と一礼すると、なつかしそうにそばへ来た。月代《さかやき》が青々として、どう見ても立派な若侍だ。

「侍になったのか」

「そうはいかんよ。おれは村の名主の跡取りだ。剣術の修行がしたかったんで、親父に無理を言って、一年という約束で江戸に出してもらった。来年には村に帰る」

そういえばあの晩吉右衛門が、「吉太郎は江戸へ行って、うちにはおらん」と言っていた。この道場に入門していたのか。

「亨介、お前は何の用だ」

「たまたま通りかかっただけさ。用などない」

「わかった。道場破りだな。なら、おれが相手になるぞ」

とんでもない、と手を振ると、吉太郎は快活に笑った。

「吉やんがいるとは知らなかった。立派になったなあ、吉やん。会えてよかった」

吉太郎はちら、と欣蔵に目を移し、それからあらためて亨介の旅装束を見た。顔が曇った。

「お前、村を出たそうだな。舞に話を聞いたよ。屋次郎が迷惑をかけた」

「何を言ってる。次郎ちゃんは関係ないよ。おれが勝手に村を飛び出したんだ。しみったれた百姓なんかやってられるか。なあ欣蔵」

横でかしこまっている欣蔵が「へえ」と頭をさげた。

「旅に出てせいせいしてるよ。こう見えても、おれは博奕は強いんだ。昨夜も神奈川宿でぼろ勝ちしてさ、欣蔵、何があったか話してやんな」

「そうなんですよ。兄貴の博奕が強いのなんの！　相手は横浜の支那人でやんしたがね……」

稽古着の門弟がまったく聞いていないのに気づき、欣蔵はもごもごと話すのをやめた。

「亨介、村に戻ってこんか」

「ばかなことを」

「ここで待ってろ。舞を呼んでくる」

吉太郎はふいに立ち上がった。亨介は仰天した。

「舞？　いるのか、ここに」

「四、五日前に、おやじの使いで出てきたんだ。あいつ、縁談が決まってな。嫁いでしまうと、もう勝手に出歩くこともできん。その前に江戸見物でもさせてやろう、とおやじが出したんだろう。ちょっと待て。近くの先生の家に厄介になってるんだ。呼んでくる」

「吉やん」と亨介は呼び止めた。

「よかったな。縁談決まって」

「あの跳ねっ返りを嫁にもらってくれるとはな。奇特な男もいたもんさ」

「どこの男だ」

「相手は木崎宿の生糸問屋の跡取り息子だそうだ。どこかで見初めて、向こうが申しこんできたらしい。えらく舞に惚れこんで、お姫様みたいな扱いだとおやじが笑っていたが。どうだかな。眉唾じゃないか。誰があんな気の強い娘を——。とにかく待ってろ。すぐ呼んでくる」

7

吉太郎は稽古着のまま、急いで道場を出た。

南へ二、三町行った五郎兵衛町に、道場主の家があって、重太郎とさな子はそちらに住んでいる。吉太郎はじめ門弟たちは、みな道場に寄宿しているのだが、男ばかりでむさくるしい。それで重太郎が、舞を、自分の家に逗留させてくれたのだ。

吉太郎は、春先に江戸へ来てから、剣術の稽古と町見物に夢中で、村のことは忘れていた。弟の屋次郎が博奕にはまってにっちもさっちもいかなくなった、などとは露ほども知らなかった。舞に話を聞いたときは、だから心底驚いた。亨介が無宿になったのは、ばかな弟のせいだ。

そう思うと、亨介に申し訳ない気がしてならない。

もともと亨介のことは嫌いではない。友とするには身分がちがう、というだけだ。ほとんど駈けるような足取りで千葉の家に来ると、がらりと戸を開け、

「舞」

と呼んだ。確か今日はさな子と芝居見物に行くと言っていたが、まだ昼前だ。草履を蹴飛ばし、舞の部屋へ向かった。

先生の家だが、重太郎は所用で出かけているし、さな子はさっき道場にいた。ほかに断りを言うひ

とはいない。

「なんじゃ、騒々しい」

舞は自室で手鏡を覗いていた。障子戸を開けると、振り向いて怒った。

「勝手に開けるな」

おれは兄だぞ。言い返そうとして、吉太郎は詰まった。そこにいるのは、尻をからげて村の悪がきどもと野山を走り回っていた妹ではなかった。よそ行きの衣装に着替え、うっすらと化粧をした舞は、息をのむほど美しかった。生まれてはじめて「美しい」という言葉の意味がわかったような気がした。

「亨介が来た」

目をそらせ、ぼそりと言った。

「誰が来たって？」

「村の亨介だ」

声がない。

目を向けると、舞は口を半開きにして、何か見ていた。吉太郎にはわからないが、何かそこにはないものを。やがて誰かが灯《ひ》でも灯したように、舞の目がまたたいた。

「兄者がここにいる、となぜわかった」

「いや、おれに会いに来たわけじゃない」

「だったら何のために来た」

「たまたま通りかかったと言った。それで稽古が見たくなったんだろう。江戸では有名だからな、桶町の道場は」

舞はまた別のところへ目をやった。ここではないどこか遠くへ。

「亨介が待ってる。会ってやれ」

「わたしが会ってどうする」

「村へ帰るように言ってやれ。お前が言えば、あいつもその気になるかもしれん」

「亨介に村へ帰れ、と？」

「人別帳を外された者がどうなるか、お前にも想像はつくだろう。強がりを言っていたが、ひどくやつれた様子だった。このまんまだと先は見えてる。あいつを無宿にしたのは屋次郎じゃないか。おれたちにも責任はある。亨介を村に戻して、もういっぺん――」

「兄者も、亨介を殺す気か」

「……なんだと？」

「あの晩どうしてわたしが亨介を逃したか、わかっていなかったのか」

吉太郎は眉を寄せた。

「父様は、亨介をだましたのよ。家の証文さえ取り戻してくれれば、水呑なんかに用はない。いいえ、亨介がこのまま村にいて、屋次郎の不始末をひとに喋られたら……名主が頭を下げてせがれの尻拭いを頼みにきた、なんて喋られたら……それで父様は、亨介をかくまうふりをして、土蔵に閉じ込めたのよ。朝になったら役人が来て、亨介を捕まえ、その場で首をはねることになっていた。父様と役人がその相談をしているのを聞いたの。だから……」

泣き声も、しゃくりあげる声もしなかった。ただ舞の目からとめどなくしたたり落ちる涙を、吉太郎は声もなく見つめていた。

「村に戻ったら殺される。亨介には、ほかに道はないわ」

舞は手鏡に向かい、顔を直した。立ち上がると、もう何ごともなかったように部屋を出て、玄関に向かった。吉太郎があわてて追いかけてくる。

「どこじゃ」

「亨介か。道場だ。稽古を見ている」

舞はそのまま家を出て、道場に向かった。途中で行き合った近所の職人が、気圧《けお》された顔で身を引いた。剣術の先生のところにいる娘さん、どこかへ殴りこみでもかける気か、と思ったそうだ。

「亨介」

道場に入り、廊下を歩いた。稽古中は、外から声をかけても誰も返事をしない。杉戸を開いた。中では十数人の門弟が、掛け声をあげて稽古をしていた。

舞は道場を見回した。稽古着をつけた門弟しかいない。

ただ隅の床に、緋桜紋様のしごきがひとつ。

動悸が激しく搏ち出した。緋桜紋様のしごきをひったくると、きびすを返して玄関に向かった。途中、追ってきた吉太郎とぶつかりそうになった。

「舞」

返事もせずに道場を出た。庭を見回し、門の外に出て、左右を見た。急に息が切れ、苦しくなって倒れかかった。まるで二里も三里も駈けてきたみたいだった。

門に手をつき、子犬のようにあえいだ。

「どうかして。舞さん」

どこかから帰ってきたのか、さな子が門前で足をとめた。

亨介はすでに八丁堀を過ぎ、日本橋浜町の町屋筋を歩いていた。

吉太郎がいなくなると、亨介は荷物を持ってすぐ発った。ここにはいられない、と道場を出た。欣蔵が泡を食ったが、

「江戸を出る」

と歩きだした。

三度笠も荷物も歩きながら身につけた。江戸ははじめてで、西も東もわからない。どこに何があるかもわからない。ただ、ここにはいたくない、一刻も早く道場を離れたい、その一心で歩き続けた。

小さな橋を渡ると、両側に大名屋敷が建ち並んだ。

「江戸を出るんだろ。兄貴、道がちがうぜ」

やっと追いついた欣蔵は、はらはらしながら呼び止めた。

前にも後ろにも人通りはない。町屋をぬけた途端に、通行人が消えた。どこかの屋敷から大名の駕籠でも出てくると面倒だ。

「そっち行くと、どんどん江戸にはまっちまう」

亨介が足をとめた。聞こえたか。くるりと体の向きを変えると、今度はこっちに向かって歩いてきた。

その顔つきが尋常ではない。

欣蔵は危うく飛び退った。亨介はその脇を通り、やってきた道を戻りはじめた。その足がめっぽう

速い。欣蔵は息を切らせて追いすがった。

東海道を行くと、また品川宿のあたりで日が暮れる。役人が昨夜の取調べでもしていると、わずらわしい。銀座を過ぎてから道を北へとり、中原街道に出た。家康が駿府の往復に好んで使ったというこの街道は、江戸城の虎ノ門口から平塚の中原まで、ほぼ一直線に通っている。

亨介の足取りがやっと平常に戻った。

「兄貴よ、おれたちすげえ物を持ったよな」

本当は「舞」のことが訊きたかった。舞を呼んでくる。道場の門弟がそう言った途端、亨介の顔つきが変わった。何かわけありにちがいない。

だが、軽々に訊くと、張り飛ばされそうな気がする。

「銃のことか」

だいぶ経ってから、亨介が返事をした。

「昨夜の侍のざま、見たろ。えらそうに段平《だんびら》振り回してやがったのにさ、一発でころっと逝っちまった。剣術もくそもありゃしねえ。ほかの二人も震《ぶる》って逃げちまった。胸がすーっとしたよ」

欣蔵ははしゃいでみせたが、亨介は不快だった。昨夜、刀傷の侍が真っ向から刀を振り下ろしてきたときは、鬼気迫るものがあった。ちくしょう。ここで死ぬのか。これまでか。うろたえながら、どこかに喜色があった。

これが侍なのだ。七つの頃から、この世で最強、と憧れた。あれはまちがっていなかった。そう思うと、いっそ快さもあった。

その侍が、次の瞬間、いとも簡単に倒された。窮鼠《きゅうそ》、欣蔵が無我夢中でぶっ放した拳銃の一発が、あっけなく倒してしまった。

薩摩の侍だから示現流《じげん》か。あれだけの腕になるには、十年二十年のたゆまざる修練があったにちがいない。それが小指くらいしかない拳銃の弾丸一発によって、粉砕された。撃ったのは、喧嘩もろくにできないやくざの三下だった。

何のための修練、何のための剣法、そして何のための侍か。

「それが西洋じゃき、黒船じゃきに」

「このまんまだと異人に乗っとられるぜよ」

銃の扱い方を教えてくれた坂本という侍は言った。

この国は、今、段平を振り上げたあの侍のようなものかもしれない。異国はもちろん拳銃、ライフル。大砲もある。

「兄貴、これからどうする」

「見ての通り。歩いてら」

「おれたちにはライフルとピストルがあるんだぜ」

「だからって変わりゃしない」

「そんなわけないだろ。こいつを役に立てれば、いやでも変わる。はじめに兄貴、訊いたじゃないか。お前、望みはないのかって」

そういえば、どっかで立派な親分に盃をもらいたい、というようなことを言っていた。

「やくざの子分になんかなったって、ろくなことはないぜ」

「それは親分によるんじゃねえか。親分次第で、おれは人生変わると思うよ」

「どっかにいるか、人生変えてくれるような親分が」

「清水港に、次郎長という親分がいる。子分思いで、侠気《おとこぎ》があって、街道一という評判だ」

亨介もその親分の名前は知っていた。村へやってきた講釈師もよくネタにしたし、旅に出てから道で行き合った博徒にも何回か噂話を聞いた。

「これまでは気後れして足が向かなかったが、今じゃあおれにもピストルという頼もしい味方がついてる。これさえあれば百人力だ。次郎長親分に盃をもらって、清水一家二十八人衆の付け出しぐれえにはなれるんじゃねえか」


この寂寥感は何だろう、と舞は思った。まるでひとりぼっちで木枯らしに吹かれているみたいだ。果てしない荒野の片隅で。

亨介が来た。兄の吉太郎にそう聞いたとき、しばらく意味がわからなかった。完全に感覚が麻痺してしまった。猛然と腹が立ったのは、たまたま通りかかった、と言われたときだ。

ばかめ、と激しく亨介を罵った。

いったい天下にいくつ往来があるというのか。きちんと行く先を聞いても、道に迷う者はおおぜいいる。それを亨介、よりにもよって、なぜこんな町を「たまたま通りかかった」のか。それも、舞がたまたま逗留しているときに。

昔から舞は、女子はつまらん、とよく思った。幼い頃は親に従い、嫁いだあとは夫に従い、老いてからは子に従え、と教えられた。何かを選ぶ自由はない。何かしたい、という意志も通せない。いつもひとに言われるまま、一歩退いて従うしかない。いったい何のために生きるのか。

しかし、女がこの世で生きる道はそれしかない。

蛍がそこらじゅうに飛び交った生温かいあの晩、だから舞は、生まれてはじめて父に背いた。これが最初で最後、この生涯でたった一度。そう決めて、亨介と契った。あの一瞬にすべて燃やした。

それからは、また父の言いつけに従ってきた。今度の縁談もそうだ。父に嫁げ、と言われたから承知した。相手がどこのどういう男か、知りもしない。興味もない。それで何の不満もなかった。亨介が来た。昼間、兄の吉太郎にそう聞くまでは。

あの晩の出来事は、舞にとってはもう前世と同じだった。この先、夫に従って生きていくには、そうでなければならなかった。

亨介の大ばか者め。なぜこんな道場へやってきたのか。

「舞さん、起きてたら一杯つきあってよ」

ふすまの向こうから、さな子の声がした。頃はそろそろ五ツだが、すでに少し酔っているような声だ。ふすまを開けると、さな子は銚子を二本、膳に載せて入ってきた。

「若先生はどうされたんです」

桶町の道場を預かっている重太郎を、舞も、兄や門弟たちに倣って若先生と呼ぶ。

「藩の御用で出かけたのよ。海防視察とか言ってたけど、今夜は帰ってこないって。女二人、羽目を外しても大丈夫よ」

舞に盃を持たせると、さな子はなみなみと酒を注いだ。ちろりで湯煎をしてきたようで、ほどよい燗がついている。自分は手酌でくい、と一杯空けた。

この女、小太刀は十八、九の頃に免許皆伝、薙刀も師範の腕だという。その上、小千葉小町と呼ばれる美貌で、まわりの羨望を一身に集めている。だがひとつ、さな子にも思い通りにならないことがあるようだ。

「男はだめね。どうしようもないったらありゃしない」

二杯三杯と空けるうち、ふっと伝法な口になった。

「女のひとりも幸せにできない男が、何が天下の大事よ。聞いて呆れる。そう思わない？」

「坂本様のことですか」

舞は遠慮なく言って、微笑んだ。数日前に会ったばかりだし、歳はさな子の方が五つ六つ上。だが、不思議に気心の通じるところがある。

さな子に許婚《いいなずけ》がいると教えてくれたのは、兄の吉太郎だ。この小千葉小町の許婚とは、いったいどんな男だろう。本人に訊いてみると、さな子は珍しくはにかんだ。

相手は坂本龍馬という土佐藩の藩士で、九年前、剣術修行のために出府して、この道場に入門した。土佐藩邸は鍛冶橋御門のすぐ向こうだから、桶町の道場は目と鼻の先にある。

はじめは一年あまりで帰国したが、龍馬はその後もたびたび出府して、四年ほど前にさな子と婚約した。

しかし、そこから先に話が進まない。龍馬には大望があるそうで、いっときもひとつところにじっとしていない。天下の大事のために、京都、長崎、鹿児島と忙しく歩きまわって、さな子とゆっくり話す時間もない、という。

「またお出かけになったそうですね」

「昨日やってきたかと思ったら、もう風を食らって消えちゃった」

「坂本様のおっしゃる天下の大事って、何なんですか」

「西洋と肩を並べてつきあうために、この国の仕組みを変えること――だそうよ」

「どんなふうに変えるんですか」

「それがわからなくて、あちこち飛び回っているみたい。でもね、女にはそんなのどうでもいいことよ」

さな子の盃が膳の上でからん、と鳴った。

「女の大事は、国の仕組みなんかじゃない。わたしたち女が、この世で生きていくための仕組みよ。男なんかに任せていたら、いつまで経っても変わりゃしない」

舞は思わず目を瞬いた。そんなことを言われたのははじめてだ。そんな考え方があるなんて、これまで思いも寄らなかった。

「舞さん、あなた、何か屈託があるんじゃない。昼間っからずっと浮かない顔よ」

舞は黙って盃を置いた。亨介を捜しに出ようとしたとき、急に息が切れて倒れかかった。つい道場の門に手をついて、一生懸命呼吸を整えた。あの姿を、ちょうど帰ってきたさな子に見られた。

「お兄様にお聞きしたけど。あの旅のひと、幼馴染みなんですって？　村の塾で、一緒に剣術や学問を習ったんでしょう。あなた、何か胸の内で思っていることがあるんじゃない」

「いいえ。村を捨てたひとなど、わたしには何の関係もありません」

舞はきっぱりと首を横に振った。さな子はしばらくその顔を見つめ、「そう」と言った。

「舞さん、縁談がお決まりだそうね」

「はい」

「相手はどこのお方?」

「さあ」

「何をしてる方?」

「さあ」

「お名前は?　お歳は?　背は高い?　太ってる?　その方の好きなものは何?　嫌いなものは?　毎日何を考えて生きてるの?　その方、あなたに何をしてくれるの?　ひとつでもあなた、答えられる?」

舞は何も言わなかった。

「そういうひとに嫁いで、あなた、それでいいの」

「父が決めたことですから」

「わたしはいやよ。そんな仕組みは真っ平。女がそんなふうに生きていかなきゃいけない国なんて、とっとと異人に乗っ取られればいいのよ」

舞は何も言わず、ただ目を見張っていた。こんなことを言われたのははじめてだ。このひとはいったい何者なのか。

「天下の大事なんてわたしにはわからない。でも、女の大事はわかる」

さな子は乗り出し、舞の手をぎゅっとつかんだ。

「第一条、自分の幸せがどこにあるのか知ること。第二条、幸せは自分から獲得すること」

8

四日後、亭介と欣蔵は清水港に着いた。

東海道江尻宿の西の外れからしみづ道に入り、漁村を通りぬけたところが波止場だった。海は絶景だった。白い帆をかかげた廻船がいくつも浮かび、湾の対岸は三保の松原だった。振り向くと、雲ひとつない大きな青空に、富士山がくっきり浮かんだ。

その昔、家康が水軍の拠点とした清水港は、太平の時代になって、甲州信州の年貢米や赤穂の塩などを江戸へ運ぶ中継港として発展した。

次郎長は、この港で自前の廻船を持つ船頭の次男として生まれた。本名、長五郎。親戚筋の米問屋次郎八の養子になり、「次郎八のところの長五郎」から、通称次郎長となった。

この年、次郎長は四十二歳。

清水港には、廻船の乗員が宿泊する廻船宿が百戸、船乗り六十戸、荷揚げ人足二百戸があった。

港の機能は、荷揚げ、荷おろし、運搬を担当する人足の働きにかかっている。これを差配するのが顔役の博徒で、次郎長の器量は〝荷揚げ人足二百戸〟にある。どいつもこいつも一筋縄ではいかない人足を、これだけの人数束ねるのは容易ではない。それを可能にしたのは、博徒次郎長の名にほかならない。

前年の正月、子分石松の仇を討ってから、その名はことに高まった。

森の石松は、次郎長の代参で四国金刀比羅宮へ参った帰路、遠州中郡で、都田の博徒吉兵衛の騙し討ちにあって死んだ。次郎長の女房おちょうへの香典二十五両をめあてにした犯行だった。

これが発覚すると、吉兵衛は「石塔料五十両で手打ちをしてほしい」と申し入れをしてきた。

「おれを、子分の命を金で売る親分にするつもりか」

次郎長は激怒。一家をあげて吉兵衛を追いつめ、ついに七ヵ月後、討ち果たしてその印を石松の墓前に捧げた。かわいい子分の仇怨を晴らす、これが次郎長を街道一の親分に祭り上げたのだ。

清水一家は波止場近くにあった。亭介は念のために、家の外から「ごめんなさい」と声をかけた。ちょうど波止場で人足が騒がしい声をあげていて、中から誰も出てこない。

亭介は戸を五寸ほど開いた。敷居の中へ入らなければいい。

「旅の者ですが、お頼み申します」

やがて家の者が、玄関先まで応対に出てきた。

「御門表にて大声を発し、お許しをこうむります。御当所貸元、次郎長親分さんのお宅はこちらさんでございますか」

「御意にございます。お入りなさいませ」

「どうつかまつりまして。手前、修行中の旅の者でございます。これにてお引き合わせをお願いします」

「それにてはお引き合わせになりませぬ。さあ、どうぞお入りなさいませ」

これを双方きっちり三回やって、亭介は言葉を変えた。

「再三のお言葉に従いまして、敷居うち、ごめんこうむります。なお、荷物持参つかまつります。お許しをこうむります」

亨介と欣蔵は三度笠と長合羽を脱ぎ、入口の戸を全部開いた。左足から入って三歩半進み、一歩戻って、体をくの字に曲げた。そのままじっと動かない。

「どなたかの添書きをお持ちですか」

「ご高名で寄らせていただきました。お頼み申します」

「客人、そうお堅くなく、お楽にお着きなさいまし」

二人はくの字になったまま動かない。

「さあ、お着きなさいませ」

「どうつかまつりまして。これにてお引き合わせをお願いします」

これも双方きっちり三回やって、

「再三の仰せに従いまして、それでは着かしていただきます。ごめんなさい」

そしてしきたり通り、仁義がはじまった。

「お控えなさい」

「お控えなさい」

それからおよそ二刻、二人は三保の松原の砂浜にごろん、と体を横たえた。

旅人が何人か、連れ立って浜を歩いていた。東海道をいっとき外れ、この景勝の地を見物にやってきたのだ。富士を仰ぎ、白砂青松に目を細め、さかんに感嘆の声をあげた。

亨介はもう景色など見る気もしない。仰向けになったまま、長々とあくびを洩らした。すると横で、欣蔵が大きな溜め息をついた。

亭介はまだましだ。はじめからたいして期待していなかった。

だが、欣蔵はちがう。どこかで立派な親分に盃をもらって、一家の末席に入れてもらう。そう思って、この稼業を長い年月やってきた。国定忠治亡きあと、「立派な親分」といえば次郎長を措いてほかにない。

清水一家を訪ね、座敷にあげてもらったときは夢見心地だったろう。緊張で体中がちがちで、ときおり歯が鳴るのが横にいた亭介にも聞こえた。

次郎長は旅に出ていることが多い。数人の子分を連れて、東海道から伊勢街道、伊奈街道、さらに甲州街道と歩きまわる。清水港にいることはほとんどない、という。

とりあえず子分二十八人衆の誰かに挨拶できればいい。

一家の門を叩いたとき、欣蔵はそんな気でいたようだ。

それが運のよいことに、次郎長はたまたま家にいた。そして二人の前にやってきた。実に気さくなものだった。さすが街道一の大親分、おかしな勿体などつけやしない、と感心した。

しかし、そこから先がいけなかった。次郎長は、ひとの噂や講釈で聞いた親分とはぜんぜんちがった。昨今は人足の手間賃が上がってどうのこうの、米や塩の値段があがってどうしたこうした、けちな商売の話ばかり。

子分の石松が騙し討ちにあったとき、

「おれの目の黒いうちは、たとえ吉兵衛に翼があって飛んでいこうが、術を使って地下に隠れようが捜し出し、首を取って石松の怨魂を慰めてやる」

と、啖呵を切った侠気などとんと感じられない。

おまけに幕府の役人がやってくると、そそくさ退席してしまった。

それとなく耳をすますと、役人を相手にお世辞を使ったり、手土産を持たせたり。どうやら清水港の海運の利権を取るのに必死の様子だった。こんな一家に草鞋を脱いだら、富士山麓開拓農民にでもされそうだ。

ひょいと見ると、欣蔵の顔にもありありと落胆の色が滲んでいる。

結局、二人はけつをまくって飛び出した……。

「まいったな」

砂浜に寝転んで波音を聞いていると、欣蔵がぼそりと言った。

「やくざ渡世なんて所詮あんなもんさ。はじめから言ってるじゃないか。もう侠気で食っていけるような時代じゃないんだよ。元々なかったかもな」

「金、ないんだろ」

亭介はふところに手を入れた。清水一家に草鞋を脱ぐつもりだったから、あり金はここへ来る途中に使ってしまった。一家ではけつをまくったから、草鞋銭にもありつけなかった。

「いくらある」

「波銭四枚」

「十六文か」

どうすりゃいいんだ、と欣蔵が泣き言を言った。

「わからねえよ。だから旅をしてると言ったろ。そのうち何か見つかる」

「何が」

「知るか。今とここにはないものだ。見つければわかる。そいつが生き方を変えてくれる」

「兄貴の生き方を、だろ。おれは駄目さ。故郷を出てから、日本一の親分に盃をもらうのだけが楽しみだった。おれにはほかに道はねえ」

「欣蔵、いったいお前いくつなんだ」

「三十二」

亨介は思わず笑い出した。最初に顔を見たとき、二十五か四十、どっちかだと思った。そうしたらちょうど真ん中ときてやがる。

「何がおかしい」

「明日までだ。今日一日歩いて、明日まで生き延びる。ほかのことはどうでもいい。おれはいつもそう思ってる」

亨介は起き上がった。

「行くぞ、欣蔵。とっとと起きろ」

「十六文しかねえんだろ」

「三田の欣蔵がついてれば、めしにも酒にも不自由はさせねえ。そう言ったのはどこのどいつだ。なんとかしやがれ」

欣蔵はうつ伏せになり、両手を砂の上について、尻から起き上がった。そう言われても、できることはひとつしかない。だが、清水一家にけつをまくった手前、この港の賭場に顔を出すのは気が引ける。

二人は東海道に戻り、西へ向かった。府中宿までは一里ちょっとの道のりで、着いたときはまだ日があった。しかし、その先へ行く安倍川には橋が架かっていない。川越人夫に払う渡し賃がない。やむなく府中で日暮れを待ち、欣蔵が賭場を捜してきた。

賭場は、安倍川の川原の船小屋に、ムシロをかけて開かれていた。客は川越人夫が多かった。川越えは暮六ッを過ぎるとご法度なので、川越人夫は、日が暮れるとやることがない。みんないっぱいひっかけて、博奕を打つ。賭場はほかにも四つ五つ開かれているという話だったが、川原の船小屋も結構な賑わいだった。

欣蔵はまた脇差をかたに置いて、駒札をもらい、盆ゴザの前に割りこんだ。

亨介はひとりムシロがけの小屋を出た。長脇差は、村を出るとき名主の吉右衛門に授かったものだ。博奕に負けて、万一取られでもしたら一生顔向けができない。それに博奕の運は、神奈川宿で王とやったときに使い果たしたような気がする。

賭場の見張り番か。土手の上に提灯《ちょうちん》が三つ四つ、手ごろな間隔を空けて並んでいる。

亨介は川原に腰をおろし、川を眺めた。

月が出て、川面はきらきら光っていた。流れが速い。そういえば川越人夫が、今日は〝へそ上〟で渡し賃が五十五文だ、と言っていた。いつもより水かさが多く、流れも速いのかもしれない。

「この世は川の流れのようなものだ」

しばらく眺めていると、そんな言葉が浮かんだ。馬渡村の塾で、塾長の日向林太郎がいつか言った。何かの書物の講義をしていたときだ。

「行く川のながれは絶えずして、しかも元の水にあらず。よどみに浮かぶうたかたは、かつ消えかつ結びて久しくとどまりたるためしなし」

塾に通っていた頃は、学問の講義などさっぱり頭に入らなかった。右の耳から左へ抜けて、すぐ忘れた。今頃になって思い出すのはどういうわけだろう。

川の水は、流れ流れて、海へ出る。ひとは流れ流れて、どこへ出るのだろう。

川にはいずれ流れ落ちる先がある。しかし、ひとにはいつか行き着く先があるのだろうか。

船小屋のムシロがあがり、客が二人、三人と出てきた。博奕に負けて金がなくなった連中か。賭場は日暮れに開いたから、もう結構な時間になる。

賭場を覗いてみるか、と立ち上がった。欣蔵が負けでもしたら、明日一日めしが食えない。

入口のムシロを開けると、油煙のにおいがツンと鼻を刺した。盆ゴザの中心に油皿があり、火がついている。船小屋だからそこそこ広いが、明りはそれひとつきりだ。

薄暗い中で、十五、六人の客が盆ゴザを囲んでいた。どの顔も、油煙で黒くすすけている。

近づいて、欣蔵の手許に目をやった。駒札はやや増えていたが、それほどでもない。今夜はあとがないので、慎重に張っているのだろう。駒が少しずつ出たり入ったりしている。しばらく眺め、小屋を出ようとしたときだった。

外からさっとムシロがまくられた。入口ではない部分だった。そしてそこから、

「お控えなすって」

と低い声。

盆ゴザの真ん中で賭けの差配をしている中盆が、片膝を立てた。

「なんだ、てめえ!」

「お客人」と外の声。「お遊びの最中に申し訳ございやせんが。こちらの貸元に少々仁義がございや

す。お客人に手を上げるような真似はいたしやせんが、ひょっとおけがでもなすっちゃあ、つまりません。そちらよりご退出を願いやす」

ムシロの別の部分がもう一ヵ所、外からまくりあげられた。そしてそこから、

「どうぞ、こちらからご退出を」

と別の声。

盆ゴザを囲んでいた客がいっせいにそちらへ動き出した。手許の駒札を急いでかき寄せた者もいるし、それどころではないといった者もいる。ひっ、というような声をあげ、両手を使って外へ這い出していった者もいる。

賭場荒らしだ!

亨介ははじめて出くわしたから、気づくのに少々暇がかかった。欣蔵につつかれ、慌てて逃げようとしたときは遅かった。外から賭場荒らしが飛びこんできて、たちまち乱闘がはじまった。

「テラ箱置いて、さっさと失せろ」

「どこの者だ。お前ら、生きて帰れると思うなよ」

襲ってきた賭場荒らしは五人。賭場を取り仕切っているやくざの方も、中盆、壺振り、子分三人を合わせて同じく五人。みな匕首をのんでいたが、すぐには抜かない。縄張りをめぐる命がけの出入りとちがって、博奕のテラ銭の横取りだ。誰か刺し殺しでもしたら、割りが合わない。そこはどちらも心得ていて、めったに刃物は使わない。撲ったり蹴ったりの組んず解《ほぐ》れつ。

「くたばりやがれ」

「この野郎!」

客はみな外に逃れていた。だが薄暗い小屋の片隅に、幸か不幸か、逃げ遅れたのが二人。亨介と欣蔵は、間近の乱闘に首をすくめながら目を見交わした。どちらも何も言わなかったが、考えは同じだった。こんなチャンスはまたとない。

博奕のテラ銭を入れたテラ箱は、たいてい貸元が賭場の奥で抱えている。そこで客に駒札を貸す。だが、貸元は賭場を開くときに挨拶だけしてよそへまわり、テラ箱は中盆が手許に置いていた。今も盆ゴザの真ん中にある。

中盆はテラ箱を守っていたが、しかし賭場荒らしと揉りあうのに忙しい。

亨介と欣蔵は、ふところから拳銃を抜いて起き上がった。

「みんな伏せろ。鉄砲弾のお通りだ！」

上に向かって、拳銃を二発、三発とぶっ放した。

銃声は効果覿面《てきめん》だった。やくざ連中も飛び道具の怖さは知っている。油皿ひとつが炎をたてる暗い中、折り重なるように床に倒れこんだ。

中盆はしかし気丈夫だった。ひとりテラ箱を抱え、ムシロをめくって外に這い出した。

亨介は床を三歩跳び、中盆を追って外に出た。川原に灯はなかった。土手の上に三つ四つ見えた提灯もない。賭場荒らしがあの見張り番を倒してきたのだろう。

青い月光の下、中盆はテラ箱を抱え、土手に向かって走っていた。

「タマは奪らねえ。テラ箱を置いて失せろ」

亨介は走りながら叫び、中盆の頭上に向けて引き金を引いた。三発目で、テラ箱が下に落ちた。諦めて放り出したのかもしれない。中盆は拾おうとせず、そのまま必死に逃げていく。

亨介と欣蔵は交代でテラ箱を抱え、川伝いに北へ逃げた。やくざ連中が追ってきたが、亨介がライフルを一発ぶっ放つと、急にあたりはしんとなった。あまりに遠くから飛んできた鉄砲の弾丸に、度肝を抜かれたにちがいない。スペンサー騎兵銃の射程距離は八百二十メートルある。

それからはもう足音は聞こえなくなった。

二人は畑のあぜ道を大きく迂回して、府中宿の近くまで戻り、林の中でテラ箱を開けた。

金額は思ったほどではなかった。客のほとんどは川越人夫で、賭け金はやはり知れている。とはいえこれで当分は宿代、めし代に困ることはない。

「見つけたかもな」

きっちりふたつに割った金をふところに入れ、欣蔵がほくそ笑んだ。

「そのうち何か見つかる。見つければわかる。そいつが生き方を変えてくれる。そう言ったろ、兄貴。ちがったかい」

「いいや、ちがわない」

「見つけたんじゃねえか」

「欣蔵、笠と合羽はどうした」

「いけねえ。賭場に忘れてきちまった。いいよ。こんだけ金があるんだ。新しいの買えば」

「そうじゃない。笠か合羽に、身許が知れるようなことは書いてなかったろうな」

欣蔵は一瞬慌てたが、すぐ「へっ」と笑った。

「おれァ無筆だ」

「誰かに顔を覚えられていないか」

「みんなサイの目しか見てねえよ」

「これからはもっと注意しなくちゃな」

「てことは兄貴、これからも……」

「横浜の王さんがなんとか言った。なんだっけな。イギリスの言葉でいうと」

「ギャングか」

一宿一飯のやくざ渡世はすたれたし、侍の剣はピストルの弾丸一発で木っ端みじんになった。時代はもうやくざでも侍でもない。

欣蔵が言った通り、とうとう見つけたのかもしれない。旅に出てからずっと捜し求めていたものを。

「博奕打ちはやめだ。欣蔵、明日っからおれはギャングになるぜ」

「やだな、兄貴。おれたちは、だろ」

9

湯番の老爺は、無言でくぐり戸を開けた。

外に出て、亨介は思わず震え上がった。日が落ちてからめっきり冷えこむと思ったら、雪がちらちら舞っている。小走りになって、石段をおりた。

相州は湯元の湯、岡田屋という宿だ。

内湯もあるという話だが、せっかくの温泉だ。宿の自慢も、自然石でこしらえた露天風呂だという。

湯壺は川に近い岩場にあった。まるで滝を逆さまにしたように、真っ白な湯煙が天に向かって噴き上げている。自慢するだけあって、壮観だった。

湯煙で見えなかったが、脱衣場はすぐそばにあった。広さは三畳くらい。屋根がつき、三方に板囲いがしてある。脱いだ着物を急いで放り込み、湯の中に足を入れた。

体が冷え切り、はじめは熱くて入れなかった。時間をかけて肩までつかると、心地よさがじーんと頭にのぼってきた。しばらくは目をつむって手足を伸ばした。

「温泉につかって初雪たあ、風流だね」

湯壺はひょうたんのような形で、真ん中に少し岩がせり出している。その向こうから、年季の入っただみ声がした。腹の底まで響くような声につられ、亨介はつい相槌を打った。

「お前さん、さっきの講中のひとじゃないね」

「こうじゅう?」

「宿にいたろ、団体さん。江戸じゃあ今流行ってるんだ。大山詣でを口実にして、何人、何十人って仲間が、講を作って温泉めぐりをしている。ここは街道に近いから人気なんだ」

そういえば宿の中に、騒がしい部屋がふたつ三つあった。

「お前さんはひとり旅かい」

「連れがいますよ。今酔って寝てますが」

湯の音がして、やがてだみ声の持ち主がこっちへ近づいてきた。

湯煙の中に浮かんだ顔は、五十過ぎか。眉が太く、どんぐり眼で、への字の口髭をはやしている。偉そうに見えるが、武士ではない。商人でも、百姓でもない。月代が伸びている。かといって、博徒にも見えない。ちょっと正体がわからない。

「お見かけしたところお兄さん、博奕打ちだね。渡世人だろ」

今はちがうが、面倒なので頷いた。

「旅はもう長いかい。いや、ちょいとひとを捜してるんで、渡世人のお兄さんなら知ってやしねえかと思ってさ」

「誰を捜してるんだい」

「ギャングだよ」

「えっ」

「二人組のギャング」

亨介ははっはー、と笑った。「なんだい、そいつは」

「賭場荒らしだ。街道筋の賭場を襲っては、テラ銭を巻き上げてあっという間に消える。電光石火。その手口たるやまことにもって鮮やか！」

「どんな手口だい」

「飛び道具を使うんだ。ライフルと二丁拳銃。だが、ひとは撃たねえ。たいていは天に向かって一発、二発。『おれたちはギャングだ！　生きていてえやつは、テラ箱置いてとっとと失せろ』。粋だろ、兄さん。命知らずのやくざ連中が、これですっかり形なしってんだから」

「そりゃ豪気だね。おれはまだ出くわしちゃあいないが、どの辺の街道筋だい、連中が現われるのは」

「東海道から中山道、はたまた甲州街道と、それこそ神出鬼没って話だよ」

「それじゃあ博奕もおちおち打てないな。いつ頃からそんなのが出るようになったんだい」

「いろんな噂があるが。あたしが見るところ、まあ半年。去年の夏の祭礼に、小田原の賭場でテラ銭五十両をかっぱらったのが、二人組ギャングの仕事はじめってところだろう。それから仕事の量がはんぱじゃねえから、もっと前からやってるように思えるが」

「はんぱじゃねえって？」

「そうさなあ。これまでに荒らした賭場は、二十や三十じゃきかないだろう」

亭介はうつむいて顔に湯をかけた。噂には尾ひれがつきものだが、それにしても――。

安倍川の川原の賭場で、つい成り行きでテラ箱をかっぱらったのは、十月はじめだった。それからいくらも経っていない。半年どころか、やっと三月《みつき》だ。東海道から中山道、甲州街道と歩きながら、金がなくなると賭場を襲った。

いったんそうと決めてからは、二人に迷いはなかった。侍にはなれない。やくざ渡世はまやかしだ。亭介と欣蔵が生きていく道は、ほかにない。

ときどき山に入っては、ライフルと拳銃の射撃練習もした。

そうは言っても、三ヵ月のうちに仕事をしたのはせいぜい七、八回。あまりことを荒立てないように、できるだけ小さい賭場を狙ったから、テラ銭もたかがしれたものだった。

小田原の祭礼で五十両かっぱらったとか、荒らした賭場は二十や三十、なんて話がいったいどこから出てきたのか。

「そんな話を聞くと、いっぺんギャングの顔を拝んでみたくなるね。どんなやつだろう」

「それが、ひとによって言うことがまちまちなんだ。毛むくじゃらの熊みたいな男だって言うのもいるし、若くていい男だった、なんてのもいる」

「おお寒う……」

と声がして、二人の男が石段をおりてきた。どちらも銀杏髷の町人で、歳は三十半ばか。江戸から来た講中の連中かもしれない。寒さに悲鳴をあげながら着物を脱ぎ、

「ごめんなさいまし」

と湯に入ってきた。こりゃあいい湯だ。生き返るねえ。熱いくらいだよ、この寒空に。ひとしきり歓声をあげ、ひょうたん形の湯壺の底のあたりのところに体を落ち着けた。

「寒い晩は湯に限るねえ」

だみ声の男はそちらへ軽い声をかけて、手近の岩の上にあがった。体からほかほか湯気が立っている。亨介も半立ちになって、胸から上を外に出した。適当に体を冷やさないと、のぼせてしまう。

「ギャングが若くていい男だって？」

「そんな噂もあるってことさ。背が高くて、色白で、役者みたいないい男だって。こいつはまあひいき目だろうが」

「ギャングにひいき目はないやね」

「いやいや、街道筋には喜んでいる者がおおぜいいるそうなんだ。この二人組のギャング、義賊でね、貧乏人が困ってるのを見ると、奪ってきたテラ銭をみんなくれちまうってんだ」

亨介は驚いて声をあげそうになった。

あれは確か甲州街道のとば口だった。下諏訪宿か。飯盛り女を呼んでひと晩遊び、朝、宿の勘定をしたらだいぶお釣りがきた。たまたま宿の飯炊きばあさんが、病で伏せっているという。薬代を恵んでやると、これが涙を流してありがたがる。どうせ賭場を荒らした金だ。ええい、みんなやっちまえ、

と余った金をそっくり宿の使用人たちにわけてやった。いっぺん、そういうことがあるにはあった。

だが、いっぺんだけだ。それで義賊？

「ひょっとしてあんた、役人とか」

だみ声の男は「まさか」と笑った。

「じゃ何だってギャングなんか捜してる」

「話のタネに、いっぺん会ってみたいと思ってね」

「それはやめた方がいいでしょうよ。あれは義賊なんてもんじゃない。実際はとんでもねえワルですよ」

これは湯壺の底の方から聞こえてきた。だみ声の男がおや、という顔を向けた。するとさっきの銀杏髷の町人がひとり、立って湯の中を歩いてきた。

「すいません。小耳に入ったんで、つい余計な口を出しちまって。あんさん方がお話しになっていらっしゃるのは、街道筋の賭場を荒らすという、近頃評判の二人組ギャングのことじゃありませんか」

「知ってなさるか」

「おととい伊勢原宿で、最新の噂を耳にしたところなんです。あいつら、かどわかしをやりましたよ。旅の娘さんを森の中に引っ張り込んで、ひと晩さんざんいたぶって、あくる朝道端に放り出して逃げたんです。かわいそうに娘さん――」

「だ、誰がそんな根も葉もないことを」

亨介は目を吊り上げた。

「誰がって、宿場じゅうその噂で持ちきりで」

くくーっ、といきり立った亭介を不思議そうに見て、

「で、娘さんは、大丈夫だったかい」

とだみ声。

「森の中で首を吊ろうとしたところ、運よく旅のひとが見つけましてね。何とかなだめて連れ帰ったそうです。ギャングは悪党ですよ。義賊なんてとんでもない。なあ富さん」

振り向くと、もうひとりの町人が湯の中を泳ぐように近づいてきた。

「わたしは二人組ギャングが押し込みをやった、と聞きましたよ。沼津の海産物問屋じゃなかったかな。夜中に押し込まれて、主人夫婦がピストルで目を撃たれたって。それもひどいんですよ。縛り上げた主人夫婦の顔を的にして、射撃の稽古をしたってんです。まったくひどいやつらですよ。残虐非道。血も涙もない。おおかた島抜けの極悪人でしょう。あんなやつらとかかわりあっちゃいけません」

亭介は立ち上がり、湯を蹴散らすようにして外に出た。放っておけと思いながら、何か言わずにいられない。

「あんたたちは、自分の目でギャングを見たのかい」

「いや、わたしらが見たってわけじゃあないが」

「だったら、いい加減なこと言うんじゃねえ。ひとの噂なんか、あてになるかい」

手早く着物を着ると、言い捨てて風呂場をあとにした。

温泉気分はふっ飛んでいた。ひとの口に戸はたてられない。かっかしてもはじまらない。そうは言っても、腹の虫がおさまらない。このまんまだと、街道筋で起きた犯罪は残らず自分たちの犯行にさ

れてしまう。部屋に戻り、こんちくしょう、と枕を蹴飛ばした。

「どうしたい兄貴、何を怒ってる」

酔って早々と床についていた欣蔵が目を覚ました。

「どうもこうもあるか。明日は早発ちするぜ。道を変えよう。この筋はけったくそが悪い」

亨介は頭から布団をひっかぶった。

翌朝、暗いうちに起きて帳場へ勘定に行くと、宿の主人と客が何か揉めている。昨夜、風呂で話しかけてきただみ声の五十男だ。訊くと、照れくさそうな顔つきで、勘定が百文ばかり足りないという。

「ちょいと飲みすぎちまってね」

「よかったらついでに出しとくよ」

この男はギャングの悪口は言わなかった。逆に、結構いいことを言ってくれた。これも何かの縁だろう、と亨介は足りない分を払ってやった。どうせこっちは賭場を荒らした金だ。

草鞋をはいて、欣蔵とふたり宿を発とうとすると、だみ声の男が走り出てきた。

「お前さんたち、今日はどこまで行くんだい」

「足が向いたとこさ。決めちゃあいない」

「なら、講釈を聞きにこないか。お代は取らない。今のお礼だ」

「あんた講釈師だったのか」

道理で腹に響くだみ声だ。男は軽く咳払いをすると、への字の口髭を偉そうに撫でつけた。

「あたしは松廼家《まつのや》天祐《てんゆう》だ」

「聞かねえ名だな」

「江戸じゃあちっとは知られてる。義理のある興行師に頼まれて、旅回りをしてるところなんだ。今日は沼津の城下で講釈場が開く。午の刻半(午後一時)からの昼席だ。よかったらおいで。入れるようにしておくよ。お前さん、何て名だい」

旅回りの講釈師は、ときどき上州の馬渡村にもやってきた。講釈場がないので、たいてい神社の境内にひとを集め、立ったまま講じた。昔は辻講釈といって、みんな往来の辻に立ってやったそうだ。沼津はさすがに城下町で、狩野川に架かった橋のたもとに、常設の小屋ができていた。普通は昼と夜、一日二回の興行だが、講釈師が江戸一番の先生ということで、昼席しかないという。

木戸銭は四十五文、それに下足札が四文。

だが、亨介が木戸口で名前を言うと、一銭も取らずに二人を入れてくれた。

板敷きの間に薄い座布団が並び、客は五十人くらいか。結構な入りだ。武士もいれば町人もいて、てんでに何か喋っていたが、やがて鳴り物入りで講釈師が登場すると、拍手が起きた。

松廼家天祐は、黒紋付に縞の袴といういでたちで、堂々と高座にあがった。まだお喋りを続けている客もいたが、天祐がぴしゃり、と張扇で釈台を打つと、途端に静まりかえった。

「ではご案内の通り、太平記の巻三〝変幻自在・楠正成赤坂城の攻防〟をひと幕! と思ったが、本日は、お客様方の顔ぶれ実にうるわしく、久方ぶりに天祐も欣喜雀躍。よって演目を変更し、松廼家天祐とっておきのひと幕を講じようと思うが、どうじゃ。めったに聞けぬぞ」

客席にどよめきと拍手が起こった。

「では、〝瞼《まぶた》の母は、一里先〟」

落語の噺家とちがって、講釈師は一段高いところから偉そうに喋る。ことに天祐は、江戸一番というふれこみだ。ぎょろ目を光らせて客席を睥睨すると、ふんぞりかえって講じはじめた。

新吉という貧しい村の若者が、母をひとり残して、江戸に出る話だった。立派な相撲取りになって、故郷に錦を飾りたい。母に楽をさせてやりたい、と一生懸命に相撲の稽古をする。

しかし、何ごとも甘くはない。いつしかやくざに小遣いをもらい、出入りの助っ人をするうちに、ひとを何人か殺《あや》めてしまう。お上の詮議をうけて、凶状持ちとなった新吉は、やむなくひとり、急ぎの旅に出た。それを慕って、子分が二人ついてくる。

新吉は追っ手を逃れ、子分とともに西、東。

だが、お上の追及は厳しく、どんどん追いつめられて、ついに行き場を失ってしまった。かくなる上は、最後にひと目母に会いたい、と故郷の村へ。

もちろんそこは、お上も合点承知。捕り方がすでに十重二十重にも村を囲んで待ち構えている。子分がそれを知って、命がけでとめようとする。

「親分、逃げておくんなせえ。ここはあっしらが命に代えて」

「ばかやろう」

新吉は邪険に子分たちをふりはらう。顔で怒って、心で泣いて、

「てめえたちとはとっくに縁を切った。さっさと故郷へ帰って、百姓になれ。ぐずぐずしてやがるとたたっ斬るぞ」

「お、親分……」

子分たちは男泣きに泣き出した。

ここら辺で欣蔵が、鼻をぐずぐずやりだした。ちら、と見ると、手拭いを口にあてて必死に嗚咽をこらえている。

江戸一番かどうかはともかく、さすがは江戸の講釈師だった。張扇で小気味よく調子を取りながら、客を話にひっぱりこんで離さない。気がつくと、あっちでもこっちでもすすり泣きの声がする。

やくざの親分子分なんか屁でもねえ。ただのまやかしもんさ。そう思って鼻で笑っていた亭介も、いつしか話に引き込まれ、とうとう胸をつまらせた。

新吉が長脇差を振りかざし、母恋しさに、何十人という捕り方の中に突っこんでいったのだ。

「御用、御用」

待ち受けていた捕り方が新吉に殺到した。凶状持ちのやくざだから、捕り方は一切手加減しない。新吉の長脇差ははじき飛ばされ、何十本という六尺棒、鉄刀、長十手が四方八方から襲いかかった。

体中を叩かれ、斬られ、息絶える寸前、新吉は必死に声を絞り出す。

「おっ母さーん」

瞼の母が住む村は、そこからたった一里先。

だが、新吉の声はかぼそく、村外れの小屋で草鞋を編んでいる母親の耳には届かない。

亭介は必死に奥歯を嚙んだ。その目からぼろり、と涙がこぼれ落ちた。

10

松廼家天祐はほろ酔い機嫌で宿を出て、烏《からす》の森へ向かった。

風は冷たかったが、気分は悪くない。いや、こんなにいいのは久しぶりだ。

元々好んで旅に出たのではない。女でしくじり、谷町に不義理をして、とうとう江戸にいられなくなった。ほとぼりが冷めるまで諸国をほっつき歩くしかない。それが正直な身の上だ。

松廼家天祐といえば、〝粋〟で鳴らした講釈師なのだ。この冬の寒空に、誰が好んで旅回りなどするか。

旅に出て以来、だからずっと屈託が続いていた。夜も眠れず、やむなく江戸の薬問屋から、眠り薬を取り寄せている。高座に上がっても、当然身が入らない。おのずと客の受けもよくはない。それでますます気鬱になり、酒ばかり食らっていた。

沼津の今日の高座も、似たり寄ったりになるはずだった。

昔から〝楠ののぼりを立てて講釈場〟というように、楠木正成が活躍する戦記さえ読んでおけば、客はまず文句を言わない。それでお茶を濁し、早々に引き上げるつもりだった。

だが客席に、あの若い渡世人と弟分が、二人並んで坐っていた。木戸番に頼んでおいたので、入れてもらったのだろう。その顔がネタの新吉に見えて、つい演目を変えた。

別に深い仔細などありはしない。いつも正成ばかりで飽き飽きして、ちょっと目先を変えてみた。まあ、ただの気まぐれだ。

ところが気がつくと、客がひとり残らず身を乗り出していた。天祐の話術に乗って、客席はひとつの船のように揺れていた。操船しだいで、上ったり下ったり、どうにでもなった。

この醍醐味は、高座にあがった者でないとわからない。

天祐も知らず知らず渾身の力をこめて演じていた。

終わったときのあの拍手は、本当に胸の晴れる思いだった。江戸でもこれだけの高座を勤めたことは記憶にない。おそらく生涯を通じ、三本の指に入る出来だろう。

天祐は、雲を踏むような心地で高座をおりた。するとすぐ、あの渡世人が弟分を連れて楽屋にやってきた。二人とも目が真っ赤だった。

「来てよかったよ。なあ欣蔵」

「いい話だった」

と、弟分。どう見てもこっちの方が亨介よりも年上だが、まだ鼻をすすっている。

「先生、ありゃあみんな本当のことかい」

「まさか。講釈師見てきたような嘘を言い、でござんすよ」

「すると、みんな嘘かい。おれたちは涙流して感動したのに、だまされたのか」

「いやいや、嘘といっては語弊があるな。講釈のネタは、最近は実録といって、事実に基づいた話が多いんだが。今日のはあれだ、あたしが作った話。創作というやつでな。実際にあったことではないが、それよりもリアルにこの世の真実を語るもの、というか。その昔、近松門左衛門という浄瑠璃作家が『虚実皮膜』という芸術論を唱えてな、虚構こそが真実味を生む、と」

「難しいことはいいからよ、先生、新吉はこの世にいたのか、いなかったのか」

「もちろんいたさ。新吉はいつの時代にもいる」

「だったらそれでいいよ。なあ欣蔵」

欣蔵は目を閉じてうんうん、と頷く。まるで顎で、餅でもついているみたいだ。

「あんなにいい話なんだ。昼席だけってのはもったいないぜ。どうして夜の興行をしないんだ。夜席の方が、客の入りはいいんじゃないかい」

「夜興行は、講釈の世界では〝小夜講《こやこう》〟といって、格が落ちるんだ。あたしはやらん」

「じゃあ先生、夜は暇かい。だったらおれたちに酒を奢らせてくれよ。宿はどこだい。沼津に泊まるんだろ」

「今宵は三枚橋の上野屋に宿をとっておるが」

「あとで行くよ。これからひと稼ぎしなくちゃなんねえからさ。五ツか五ツ半かな。ちょっと遅いが、今夜は山海の珍味をずらっと前に並べてさ、先生にいやってほど飲んでもらうから。いやあ、それくらい感動したってことよ。待っててくんな」

「そいつあ楽しみだ。待ってるよ」

そうは言ったが、あてにはならない。あの連中が「これからひと稼ぎ」といえば、博奕しかない。勝てば「山海の珍味」だが、そうは問屋がおろさない。まあ気持ちだけもらっておこう、と二人を講釈場から送り出した。

宿で訊くと、烏の森で賭場が開かれているようだという。こっちも博奕は嫌いではない。まだ五ツには間があるし、気分はいい。こんな夜は、サイの目もいいように出てくれるのではないか。

天祐は軽く一杯だけひっかけて宿を出た。

烏の森はさほど遠くはなかった。ムシロ掛けの小屋で開かれている賭場はすぐ見つかった。

盆ゴザを囲んでいる客は十人ばかり。ざっと見回したが、あの二人の顔はない。どこかでもっと大きな賭場が開かれているのかもしれない。

金をいくらか駒札に代えて、盆ゴザに向かった。

博奕は女と同じだ、と天祐はよく思う。こっちの暮らし向きがいいときは、放っといても向こうから勝ち目がやってくる。よくないときは、いくら追いかけても逃げられる。

その晩の天祐は、実に暮らし向きがよかった。とんとん勝って、駒札が三倍近くまで増えた。五ツには、ひょっとするとあの二人が宿へやってくる。そろそろ引き上げるか、と駒札を手許に集めたときだった。ムシロの一部が、外からさっと捲り上げられた。入口ではない部分だ。

「お控えなさい」

外から低い声がした。

「なんだ、てめえ！」中盆がきっ、と気色ばんだ。

「お客人、お遊びの最中に申し訳ございやせんが。少々仁義がございやす。ひょっとおけがでもなすっちゃあ、つまりません。こちらよりご退出を願いやす」

賭場荒らしだ、とすぐわかった。だいぶ前だが、二回ほど出くわしたことがある。十人ほどいた客が、どんどん外に逃げ出した。

天祐がすぐ動かなかったのは、あとで考えると、虫の知らせとでもいうやつか。

ムシロが別のところでさっと開かれ、二人の男が飛び込んできた。

「おれたちはギャングだ！　生きていてえやつは、テラ箱置いてとっとと失せろ」

二人とも三度笠に長合羽という股旅姿で、顔には紺無地の手拭いをふきながし。手には拳銃が一丁ずつ。ひとりは肩からライフルを提げている。

噂の二人組ギャングだ。

賭場を仕切っていたやくざ連中も、もちろん彼らの噂は聞いていたにちがいない。ひょっとすると残虐非道、血も涙もない極悪人、という噂だったか。ギャングのひとりが上に向かって拳銃を放つと、見張りも中盆も壺振りも、テラ箱を置いてあっけなく外に逃げ出した。

天祐もここにいたっては詮方なく、四つ這いになってムシロの外に這い出そうとした。すると後ろから帯の結び目をつかまれた。

「先生、おれだ」

その声と物言いに、なんとなく覚えがある。半分震え、半分不審に思って振り向くと、二人組のギャングがふきながしの手拭いをとってにやり、とした。

天祐はあっ、と声をあげた。


「ひとが悪いな、お前さんたち。先に言ってくれれば、あんなに驚くことはなかったんだ」

「先に言ったら、その場で逃げ出したろ。何しろおれたちは残虐非道、血も涙もねえ極悪人だ」

「それよか兄貴、まず信用しなかったと思うよ。おれたちみてえなサンピンが、噂の二人なんてさ」

「いやいや天祐、これで肝っ玉は据わっておる。ひとが見かけによらないことも知っておる。ひと言言ってくれさえすれば……いやはや、もう少しで腰を抜かすところだった」

その晩は三人で酒盛りになった。沼津宿の外れ、三流どころの旅籠だから、山海の珍味とはいかない。だが祝い事がある、と心づけをはずむと、精一杯の料理を膳に載せて運んできた。

ひとに聞かれてはまずい話も多いので、飯盛り女も呼んでいない。男ばかり三人で、差しつ差されつ、いい気分で酔いは回った。

「先生、おれたちのことを講釈のネタにしないか」

言い出したのは亨介だった。

「おれたちは娘さんのかどわかしとか、押し込みなんかやっちゃいない。これまで誰ひとり殺めたこともない。ピストルは脅しで撃つだけだ。なのに、ひとの噂はあんまりじゃないか。おれたちの本当の姿を講釈で伝えてくれよ」

「せめて濡れ衣の疑いだけでも晴らしてもらいてえんだ。なあ兄貴」

「だったら偽者が出ないようにすればいい」と天祐。

「どうやって」

「絵描きは、絵を描いたら隅っこに自分の名前を入れておくだろう。お前さんたちも仕事をしたら、そこに自分たちの名前を残しておくんだ。何がいいかねえ」

言いながら立ち上がり、天祐は自分の荷物の中から何か取り出してきた。

「これなんかどうだ。江戸のひいき筋にもらったんだが。よかったら、あげるよ」

「なんだい、これは」

「南蛮カルタ。トランプてえんだ。スペード、クラブ、ダイヤ、ハートと四種類。それぞれカードは1から13まである。そこにババが一枚ついて、全部で五十三枚。このカードに〝二人組ギャング〟と書いて、仕事をしたら、その場に一枚ずつ置いてくるんだ。それで本物だとわかる」

「そいつはいいや。なあ欣蔵」

欣蔵も喜色を浮かべ、トランプを手に取って珍しそうにいじっている。

「数字はわかるが、先生、このカードは何だい。髭をはやして、変な刀を持ってるこのおっさんは」

「そいつはキング、王様だ。11から13は絵札と言って、王子、王妃、王のカードだ」

「しゃれてるじゃねえか。なあ兄貴」

「先生、本当にもらっていいかい。今度からこいつを一枚ずつ置いてくるよ」

「兄貴、肝心の〝ギャング〟って字は書けるのかい」

「見損なっちゃあいけない。今から先生に教わるのよ」

天祐は筆と紙を出してきて、〝GANG〟と書いた。

「粋だろ。これでギャングと読むんだ。イギリス語」

欣蔵は嬉し涙を流し、

「先生、こいつはぜひとも講釈にしてもらわなくちゃなんねえよ」

亭介は身を乗り出してパパン、パンと天祐の膝を叩き、

「頼むよ、先生。講釈のネタは、最近は実録が多いって言ったじゃないか。ちがったかい」

「いや、その通り。昔は講釈といえば軍記物、と相場が決まっていたんだが、それでは世界が狭い。そこで大名家のお家騒動とか、仇討ちとか、一般大衆が喜ぶ時事問題をネタにした実録を演目にするようになってな。郡上一揆が起きたときは、早速それをネタにして口演した者もいた。大入りだったそうな。客受けがいいのは、やはり今どきの世相を反映した実録ものだ」

天祐はそこでしばらく考え、

「お前さんたちギャングの活躍は、確かに今どきの客に受けるかもしれん。だがな」

と渋い顔をした。

「何かまずいことでもあるのかい」

「ギャングの真実を伝えるには、お前さんたちとしばらく行動をともにしなくちゃなんねえ」

「いいじゃないか。めし代、酒代、宿代、みんなおれたちが面倒見るよ。さっきの手際を見たろ」

「世の中には、十手捕り縄てえものがあるんだよ。お上だっていつまでも黙っちゃいない。八州廻りは、鉄砲の取り締まりには特にうるさいと聞いてる。おまけにお前さんたちは、街道筋の親分衆の恨みも買ってる。こんだけ賭場を荒らされて、賭場を仕切る貸元が放っとくわけはないやね。命知らずの荒くれどもをかき集めて、早晩、お前さんたちのタマを奪《と》りにくる」

「おれたちと一緒にいて、とばっちりを食うのが怖いってことか」

「ばか言っちゃあ困る」

天祐はからん、と盃を放った。完全に顔色が変わっている。

「痩せても枯れても、あたしは松廼家天祐だ。いつ、どこだって野垂れ死にする覚悟くれえできてらあ。お上だのやくざだのが怖くって、この稼業が勤まるかい」

亨介は畳に転がった盃を拾いにいって、そっと天祐の膳に載せた。

「なら、何がまずいんだ」

天祐はうつむき、手酌でそこに酒を注いだ。

「お前さんたち、いくつだい。亨介さんは二十そこそこ。欣蔵さんはそれよか少し上ってとこかい。若いよな。どっちも若い。人生はまだまだこれからってところだ」

言いながらゆっくりと盃を口に運んだ。

「あたしは見たくないのさ。お前さんたちみたいな若いひとが、むざむざ殺されていくのを」

「ば、ばか言っちゃいけねえ。殺されてたまるか、なあ欣蔵」

「お、お、おれたちにはライフルと拳銃がある。先生、そう簡単にはやられませんぜ」

「ライフルも拳銃も、いつかは弾丸が尽きるだろう」

「当分は大丈夫だよ。弾丸はたっぷりある」

「ちょいと見せてもらってもいいか」

「銃かい。いいさ。これだ」

亨介はふところから拳銃を出した。風呂敷包みを取って来て、ライフルも見せた。天祐は珍しそうに銃口を覗いたり、構えて狙いをつけたりした。

「いったいどこで手に入れた。この国にはないものだろう」

「おれが博奕で勝ったのさ」

横浜のいきさつを話すと、天祐はほほう、と目を細めた。

「ギャングてえ言葉は、横浜の支那人から聞いたのか」

「粋だろ」

「股旅のくせに、イギリス言葉ってのは悪くないな」

「そうだ先生、〝股旅ギャング〟ってのはどうだい。おれたちの講釈の題名にさ」

「いいっ！」と欣蔵が狂喜した。

「なあ先生。おれたちの〝股旅ギャング〟、講釈の演目にしてくれよ」

天祐は盃を置いて、うーんと唸った。

これが文久二年の暮れ、十二月の半ばを過ぎたにしては暖かい晩のことだった。

翌朝、天祐が宿を発とうとすると、亨介と欣蔵が旅支度を終えて待っていた。そして天祐の興行に合わせ、その日は吉原宿、次の日は由井宿、その次は府中宿とついてきた。途中、何回か逃げ出したが、追ってきた。頼んでも断っても、離れようとしない。

ひとの噂など気にしてもはじまらない。放っておけばそのうち消える。そうは言っても、実際はそう簡単に達観できるものではない。この若い二人組には、かどわかしや押し込みの濡れ衣を着せられたことが相当こたえている様子だった。

四日目、天祐は藤枝宿の講釈場で、高座にあがった。

客の入りは悪かった。客の質も悪かった。寺社詣でのついでにちょいとひやかしに入った、という町人の客ばかりで、軍記物など聞こうとしない。船を漕ぐやら、ぼそぼそ仲間と喋るやら、四半刻もいかないうちにそわそわ帰り支度をはじめるやつもいる。

こんな客を相手に、くそ真面目に「太平記」など読んでいては損がくる。

天祐は適当なところで切り上げると、張扇を勢いよく鳴らした。

「さてお客人、ここらで天祐とっておきの演目を講じようと思うがどうじゃ。本邦初公開。ただ今世間を騒がす股旅ギャングのお噂じゃ。実は天祐、ひょんなことから二人組のギャングと知己を得て、その行状をつぶさに見聞きすることになった。言うなれば、〝実録・股旅ギャング行状記〟。この演目を講じることができるのは、いかに世間広しといえど、松廼家天祐をおいてほかにない。これを聞かぬと末代まで損が行くぞ。さあ、もそっと前に出よ。

文久の世の風雲児・股旅ギャング！　残虐非道、血も涙もない極悪人と言われておるが、はたしてその真相やいかに」

ええい、どうにでもなれ、と半ばやけくそでまた張扇をパパン、パン。

すると驚いたことに、いっぺんに客席に活が入った。死んだ魚みたいだった客の目が、みならんらんと輝いてこちらを見つめている。客席の隅でうつらうつらしていた亨介と欣蔵が、両手をついて乗り出してきたことは言うまでもない。

「はじめにお断りしておくが、ここで股旅ギャング二名の名を明かすわけにはまいらぬ。それはちと差しさわりがある。よってその名を、仮に甲介、乙蔵としておくぞ。

まず本日は、巻の一〝股旅ギャング、沼津の夜の賭場荒らし〟」

天祐も調子に乗って、あの晩の賭場荒らしのいきさつをパパン、パパンと語り出した。

11

それからふた月、亨介と欣蔵は東海道をはずれ、甲州から相州、上州と流れ歩いた。寒風が吹きすさぶ冬の厳しい道だった。

講釈師・天祐も一緒だったが、三人連れとなると、何かの拍子にとばっちりが天祐に及びかねない。天祐は、二人の後になり先になりして歩き、夜は同じ宿場の別の旅籠に泊まった。

その間に亨介・欣蔵の股旅ギャングは、方々で五回、賭場を荒らした。その名はどこの宿場にも鳴り響いていて、

「股旅ギャングだ！　生きていてえやつは、テラ箱置いてとっとと失せろ」

亨介が叫んで拳銃を撃つと、賭場を仕切るやくざ連中はそれだけで逃げ出した。股旅ギャングに捕まると、顔を的にして射撃の練習をされる。あいつらは残虐非道、血も涙もないという噂が、やくざ連中を震え上がらせていたのだ。

二人は〝ＧＡＮＧ〟と署名したカードを一枚残し、悠々とテラ箱を奪い去った。

天祐はあらかじめ賭場の客として入り、そのありさまをつぶさに見聞きして、次々講釈にして高座にかけた。

〝股旅ギャング巻の三、おぼろ月夜に涙は捨てた〟

〝股旅ギャング巻の四、木枯らしに血しぶきが舞った〟

〝股旅ギャング巻の五、夜明けに振り向いた人は還らず〟

江戸一番の講釈師が、今をときめく股旅ギャングの行状を口演する。しかも、それがおもしろい。評判が評判を呼び、どこの講釈場も満員になった。

天祐の講釈では、股旅ギャングはただの盗賊ではなかった。やくざやごろつきから金を奪い、それを貧しい人々に分け与える義賊、侠盗として描かれた。

そのため怖いもの見たさで講釈を聞きにきた客が、帰るときにはすっかり股旅ギャングのとりこになった。講釈場を出ると、甲介と乙蔵になりきって、肩で風を切って歩いていく者も少なくなかった。

天祐の講釈の人気とともに、股旅ギャングは義賊・侠盗の風雲児として、いよいよその名を高めていった。

最初のうち、天祐は乗り気ではなかった。正直に言えば渋々同行、やむなく同行だった。

「ばか言っちゃあ困る。お上だのやくざだのが怖くって、この稼業が勤まるか」

つい威勢よく啖呵は切ったものの、誰だってわが身のかわいさに変わりはない。こんな二人に関わりあっては、先々ろくなことはない。なにしろ相手は天下のお尋ね者だ。折りを見て逃げ出そう、と機会ばかりうかがっていた。

それが日を経るごとに、少しずつ心境が変わっていった。

第一に、二人の賭場荒らしを見るのは痛快だった。〝残虐非道〟の噂のせいで、ほとんど抵抗する者はいない。いつも強そうに威張っているやくざ連中が、こそこそ尻尾を巻いて逃げてゆく。二人は芝居のヒーローみたいに、風のように現われ、風のように去った。

それに彼らは憎めなかった。やることはときに乱暴だが、なんというか、人体《にんてい》がよかった。ことに亨介は性格が素朴で、人間が初々しかった。欣蔵の方は歳の分だけ世間ずれしていたが、それでももとことんひとの良いところがあった。

二人とも黙して語らないが、おそらく貧しい農家の生まれだろう。立派な侍や金持ちの商人なんかには洟もひっかけないが、貧しい人たちが困っているのを見ると、何かせずにはいられない。どうもそんな節がある。

あれは武蔵国の秩父あたりだったか。川沿いの道を歩いていると、雪におおわれた寒村を通りかかった。戸数三十というみすぼらしさで、昼どきなのに、どこにもかまどの火が熾きている様子がない。痩せて汚れた子供がひとり、破れ屋の戸口で指をくわえて立っていた。

二人の少し先を歩いていた天祐は、いやな予感がして、さっさと子供の前を通り過ぎた。

だが案の定、後ろからやってきた亨介は素通りできなかった。子供に声をかけると、二日前から何も食べていない、と言う。亨介はふところから銭をつかみだし、子供の手に握らせた。

それから十歩と行かないうちに、十数人の子供がどこからともなくわっと現われ、亨介と欣蔵を取り囲んだ。

「だから言わねえこっちゃねえ」

欣蔵がぼやいたが、その欣蔵にしてからが、自分の銭を出して子供たちにわけていた。村を出ようとすると、今度は大人たちがずらりと並んで土下座した。老いも若きも、男も女もいた。その数はざっと三十人。

亨介と欣蔵のふところには、前の晩に賭場を荒らした金が入っていた。テラ箱から取り出した金がいつになく多く、久しぶりに飯盛り女でも呼ぶか、と宿場に向かって急いでいるところだった。子供たちにわけるときは、それくらいの按配はしていただろう。

だが、もういけなかった。二人はふところの金をそっくりかき出すと、土下座している村人たちの前に置いて、走って村を抜け出した。

この寒い冬空に、結局その晩は焚き火をしながら野宿になった。ばかとしか言いようがない。これは極端な例としても、似たような光景を目にしたのは二度や三度ではない。そのたびに、天祐は自分でもよくわからない理由から、二人と離れがたい気分に襲われた。

江戸の富貴な商家に生まれ、贅沢三昧に育てられた天祐にとって、冬の旅は決して快適ではない。江戸を追われて旅回り、というだけで、片腕をもがれたような苦痛なのだ。

だが、股旅ギャングと日々をともにし、二人の行状を高座で人々に語って聞かせることに、彼はいつしかこの上ない喜びを感じるようになっていた。

二月も半ばにさしかかり、ようやく春めいてきた頃、天祐は相変わらず二人とつかず離れず、中山道の坂本宿で足をとめた。

江戸の日本橋から数えて十七番目の宿場で、ここまでが上州、この先の碓氷峠を越えると信州になる。

雪曇りの日だったが、天祐は午の刻半から、いつものように講釈場で昼席を勤めた。〝股旅ギャング〟ののぼりがものを言い、ここでも客は大入りだった。終わったあとの拍手も割れんばかりだった。

楽屋でひと息入れていると、見知らぬ男が訪ねてきた。

「銀次《ぎんじ》と申します。この界隈で走り使いをやっておりますが、先生の講釈にいたく感じ入って、一献差し上げたいというお方がございます。決してお手間はとらせません。いっときおつきあいを願えませんか」

目が細く、三日月のような顔をした男で、三十二、三か。町人風のなりだが、ひとくせある。それとなく目を配ると、帯の後ろに朱房のついた十手がさしてある。八州廻りの扶助をする目明し番太だ。江戸の目明しにはたちの悪いのが多い。江戸府外、八州内の村々で似たような役割を果たしている目明し番太も、油断はならない。

「それはそれは」

天祐はやむなく笑顔をこしらえ、腰をあげた。

講釈場の前に駕籠が待っていた。

日暮れ前で、雪をかぶった刎石山《はねいしやま》が、真っ直ぐな街道の正面に見える。碓氷峠はあの山の向こうだ。

金持ちの商人が、話のネタに、人気の講釈師に何かくれてやろうというのではないか。

駕籠を見たときは、一瞬そう思った。別に珍しいことではない。だが、連れて行かれたのは商家ではなかった。番所でもなかった。町並みを少し離れた茶店だった。

中には、旅のやくざ者と思える男が何人かいた。縁台が五つ六つあって、ひとりずつばらけてかけていたが、連中が一味であることはひと目でわかった。

ほかに客はいなかった。茶店を一軒借り切っていた。

天祐を中に入れると、銀次はぴしゃりと戸を閉めた。ことと次第によっては帰さない。中の連中の顔はそう言っている。

「あんたが天祐さんかい。わざわざご足労願ってすまなかった。俺は由比の源六《げんろく》てもんだ。まあ一杯飲《や》りねえ」

親分格の男がそばに招き、盃を突き出してきた。歳は三十五、六。色が浅黒くて、人相が悪い。

「では一杯だけ、お流れを頂戴いたします」

断ると余計に面倒なことになる。それは経験で知っている。天祐は両手でありがたく盃を受け取り、ひと口つけた。

「旅の親分さんとお見受けいたしましたが。あたしに何かご用でも」

「まあな」

「どうぞ。お忙しい親分さんにお時間をとらせちゃ申し訳ない。何でもおっしゃってください。あたしにできることならお役に立ちますよ」

「そうかい。そりゃ話が早え。実はお前の講釈だが、近頃股旅ギャングてえやつをネタにしてるんだってな」

やはりそうか。天祐は酒を飲みほし、盃のへりを丁寧にぬぐった。

「おっしゃる通り。演目にしております」

「うちの若い者が聞きに行って、えらく感動していた。いい話だってな。俺もいっぺん聞きてえと思ってるんだが」

「それは痛み入ります。よろしければお席を手配しましょうか」

「それよりどうだい。その股旅ギャングてえやつに、俺を会わせちゃくんねえか。礼はするよ」

「それは困りましたな」

「なぜ困る。お前、連中とは知り合いだっていうじゃねえか。いつも連中のそばにいて、連中のやることを見聞きして講釈のネタにしてるんだろ」

「親分さんのようなお方でも、そういう誤解をなさるんですねえ」

「なんだと」

「あれはみんなあたしの創作ですよ。あることないことって言いますが、あたしのはないことないこと。全部頭の中でこしらえた話なんです。よく言うじゃありませんか。講釈師、見てきたような──」

「嘘だって？」

「すいませんね。親分さんにこんなお暇ざえをさせちまって」

由比の源六はおもしろくない顔で酒を口に運んだ。

「講釈場じゃあ、お前、連中の連れのようなことを言ってるぜ」

「でないと、話に真実味が出ませんから」

「会ったことぐれえあるんだろう」

「めっそうもない」

「コウスケ、オトゾウって名前は」

「ただの符号ですよ。甲、乙、丙、丁。それじゃああんまり色気がないんで、名前らしくしただけで」

「しかしお前の講釈は、その場にいなくちゃわかんねえような、真に迫ってるって噂だぜ」

「恐れ入ります。虚実皮膜と申しまして。そう言っていただくと、講釈師冥利に尽きますな」

源六はますますおもしろくない顔で、銀次の方を眺めやった。おそらく銀次に目くばせでもされたのだろう。やおらそうだったな、という顔つきで、

「なあ天祐、お前がやつらだったらどうする。宿場を通りかかって、講釈場に〝股旅ギャング〟ののぼりが立っていたら」

見返すと、源六はにやり、とした。

「てめえたちが講釈でどんなふうに語られているか、聞きてえと思わないか。それが人情ってもんだろ」

「確かに」

「なら木戸銭払って、講釈場に入るだろう。ひょっとすると、さっきも中にいたかもしれねえ。実を言うと二日前、こっから十里ばかり南へ行ったところで一件やってんだよ、あいつらさ」

源六はふところから紙切れを取り出し、天祐の前に置いた。

一枚の紙に、男の顔がふたつ並べて描いてあった。亨介と欣蔵の人相書だ。

天祐は血の気が引くのを覚えた。欣蔵の顔がよく似ている。下駄みたいな四角い顔で、目と目が離れ、唇がぷっくりだから特徴がとらえやすい。もし本人を見かけたら、こいつだ、とたぶんすぐわかる。

亨介の顔はそれほど目立った特徴はないが、それでも面長で、冴え冴えとした感じはとらえている。

「こいつら、中にいなかったかい」

天祐は首をひねった。

「さあ……」

もちろん亭介も欣蔵も、中で講釈を聞いていた。天祐が高座にあがるときは、二人とも必ずやってくる。今頃はここからそう遠くない旅籠で、酒でも飲んでいるだろう。

「講釈場で、こいつらを見かけたことはねえかい」

「どうも覚えのない顔ですが。すると親分さん、この二人が股旅ギャングで？」

「そうじゃねえか、と俺はにらんでる。贋物がちょいちょい横行してるんで、こっちも難儀してるんだが。よおく顔を見といて、こいつらが講釈場へ来たら知らせてくれ。礼はするよ。いいな」

「そりゃもう親分さんのお言いつけでしたら。どちらへお知らせすれば」

「どこだっていいさ。俺は清水の次郎長親分に盃をもらって、一家を張ってる。ここいらの親分衆はみな親戚筋だ。どこへなと知らせてくれりゃあ、若い者がすぐ俺んとこに飛んでくる」

博奕打ちの親分は、こと縄張りに関しては絶えず近隣といざこざを起こしている。何かあると殴りこみか、出入りになる。親戚筋と言いながら、実際はいがみあっていることが多い。

だが、股旅ギャングは共通の敵だ。二人を捕まえ、見せしめにぶち殺すためなら、喜んで手を組むだろう。

「話はこれくらいにして、まあ気楽に飲んでいけ。俺の奢りだ」

「ありがとうございます。ですが、まだ少々講釈場に遣り残したことがありますので」

天祐は腰をあげ、もう一度人相書に目を落とした。

いつかはこんな日が来ると思っていた。あんまり調子に乗ってると、そのうち痛い目を見るよ。二人にはこれまで何度か注意した。二日前、ろくすっぽ下調べもせずに出かけたときは、それこそ口を酸っぱくして小言を言ったのだ。

「親分さん、それはご公儀のものではございませんな」

「この人相書かい。これは俺が、描かしたものだ」

そこで銀次の顔色をうかがって、

「やつらの顔を見たって者を捜すのに苦労したぜ。なあ、すっぽんの」

と、声をかけた。

この目明し番太、訊いてみると、通称をすっぽんの銀次とか。目撃者を捜して人相書を描かせたのは、こいつにちがいない。

目明しは、奉行所の役人ではない。町方同心が、小遣いをやって、個人的に雇っているだけだ。多くは犯罪者の仲間で、要は仲間の犯罪を密告させて、犯人を捕まえるわけだ。

目明しの方も、だからお上に忠実とは限らない。犯人を探り当てても、同心には内緒にして、それをネタに強請《ゆす》りたかりを働いたりする。

八州廻りに雇われている目明し番太も、似たようなものだろう。本来は、源六のようなやくざ者を取り締まる側の人間だが、ときと場合によっては、こうして連中の手足にもなる。

「さぞご苦労なすったことでしょうね」

ちら、と銀次に笑いかけ、

「ですがその者、信頼できますか」

「なんだと」

　天祐は腹をくくって坐り直した。

「親分さん、実はあたしもいっぺんだけ、股旅ギャングを見かけたことがあるんですよ。この人相書は、どうもそのときの印象とちがうような」

「やつらを見たって？」

「お恥ずかしい仕儀なんで黙っておりましたが。東海道は沼津の宿場で、ある晩博奕に興じておりましたところ、やつらが襲ってきました。あたしはそれがきっかけで講釈のネタにするようになったわけですが」

「いつのことだ」

「ふた月ばかり前でしたか」

「南蛮カルタは」

「その頃は、まだ置いていかなかったようです」

「やつらの顔を見たんだな」

「ほんのちらり、とですが。何しろこっちは震《ぶる》っちまって。目もろくすっぽ見えねえし、相手は手拭いで顔を隠しておりましたしね」

「どんな手拭いだ」

「確か紺無地でした」

「頬かむりか」

「いえ。顎んところで結ばないで、ふきながしにしてました」

また銀次の顔色を見て、「そいつは本物みてえだな」と顔を撫でた。

「それがこの人相書とちがうって？」

「どっちも熊みたいな髭面でしたよ。あれは渡世人じゃなくて、浪人者じゃないですか。おそらくどっかの脱藩浪士ですよ」

「ちょいと待て」

源六が言うより早く、すっぽんの銀次が筆と紙を持ってそばに来た。

「天祐、覚えていることを全部話せ。人相書を作り直す」

こいつか、人相書を描いたのは。

見返すと、銀次が筆を口にふくみ、刺すような視線を浴びせてきた。

12

亨介と欣蔵は、あずま屋という旅籠の階下で酒を飲んでいた。拳銃はふところに忍ばせ、風呂敷に包んだライフルは亨介が背中に背負っている。

「遅いな。何してるんだろう」

あとで落ち合うと言った天祐が、いつまで待ってもやってこない。

講釈場の昼席がはねたのは申の刻（午後四時）で、まだ外は明るかった。それがそろそろ日が落ちる。表の通りでは、旅籠の留女《とめおんな》が黄色い声をあげて旅人の袖を引いている。

「ひょっとして先生、夜席も頼まれたんじゃねえか。大入りだから」

銚子を一本空けたところで、欣蔵が様子を見てくる、と出ていった。

あずま屋の階下はゴザを敷いた敷き台と土間にわかれ、客がにぎやかに飲んでいた。難所の碓氷峠を越えてきた客はもちろん、これから向から客も、みな楽しげに見える。

亨介はもう一本酒を頼んだ。酒は強くないが、今夜は真冬に逆戻りしたみたいに底冷えがする。

留女の声がして、侍が二人入ってきた。

「お二人様、ご案内」

今宿場に着いたところか。雪で濡れた笠を脱ぎ、宿の主人と宿賃の応対をしながら旅装を解いている。すぐ部屋へ上がるのかと思ったら、そばの縁台に腰をおろして酒を飲みだした。話の様子だと、連れの到着を待っているらしい。

ひとりは三十前。もうひとりはそれよりやや若い。身なりから見て、藩士ではない。これも流行りの浪士だろう。どちらも顔中に不精髭を生やし、眼光が鋭い。ことに年嵩の方は、白目がぎらついて見える。

まわりの客が関わりになるのを避けて、それとなく顔をそむけた。

亨介もちらと見ただけで、すぐ目をそらせた。

「講釈場で訊いたらよ、先生、昼席のあと駕籠に乗って出ていったそうだ。ひいき筋のお呼ばれじゃねえかって」

欣蔵はほどなく戻ってきた。不精髭の浪士がそばで酒を飲んでいるのを見ると、声を落として報告した。

「さすが人気の先生だな」

「お呼ばれに与《あず》かるてえなら、本当はおれたちなのに。なあ、兄貴」

「だったらお前、背中に〝股旅ギャング・本人〟ってのぼりを立てて歩くか。あっという間にひいき衆の行列ができるぜ」

ひそひそ言って笑っていると、敷き台にいる宿の主人が表の方へ声をかけた。

「いらっしゃいませ。何かご用で？」

やくざ者が表口からこっちへ顔を突き出し、中の様子を覗いている。主人に向かって何でもねえ、という手真似をすると、顔はすぐ引っこんだ。

しかし今度は、別の顔が覗いた。手に紙切れを持ち、中の様子と見比べている。ひょっとして紙切れは人相書か？

やがてひとりが中に入ってきた。

欣蔵の顔がさっと強ばったのがわかった。

用心しろよ。方々で賭場を仕切っている貸元連中が、そろそろ堪忍袋の緒を切らす頃だ。二日前、ちょいと安直に仕事をしたら、天祐にうるさいくらい注意された。

亨介はふところに手を入れ、いつでも抜けるように拳銃をつかんだ。

やくざ者が縁台の近くで足をとめた。

「股旅ギャングてえのは、お前さんかい」

思わず息がとまった。

亨介はふところの中で拳銃をつかんだまま、わずかに顔をあげた。欣蔵と目があった。その視線を、二人は同時に横へ振った。

土間へ入ってきたやくざ者は、亨介がかけている縁台のすぐ横に立っていた。だが顔は、不精髭を生やした二人の浪士の方へ向いていた。

「なんだと」

若い方の浪士がにらみ返した。

「ちょいと訊きてえことがあるんだよ。ここじゃあ堅気衆に迷惑がかかる。顔を貸してくんな」

「武士にむかって、貴様ぁ！」

浪士は立ち上がり、刀の柄に手をかけた。それをもうひとり、白目を光らせた浪士が手で制した。

「われらは世に立つ浪士組だ。お前たちに用はない」

「こっちにあるんだ。ひとちがいだとわかれば、すぐにお帰り願いますよ。それとも外に出るのは怖えかい」

やくざ者はうすら笑った。侍もなめられたものだ。

立っている方の侍は、真っ赤になってこめかみに筋を立てた。だが、白目の浪士は、落ち着いた顔で腰をあげた。

「なら出ようか」

「土方さん」

「俺ひとりでいい。永倉君はここでみんなを待て。ちょうどいい。亭主、しばらくこれを借りるぞ」

土方と呼ばれた浪士は、表口の隅にあった心張り棒を手に持って、すたすた外に歩み出た。亭介は欣蔵に目くばせして、ひとりで浪士の後を追って出た。

なぜかわからないが、やくざ者は、不精髭を生やしたあの浪士を股旅ギャングとまちがえたようだ。

日はとっぷりと暮れていた。だが雪におおわれた坂本宿は、宿の灯と雪明りに照らされ、夜の底にぼんやり白く浮いている。

外にはやくざ者が五、六人いた。

亨介は知らなかったが、由比の源六が率いる連中だった。みな長脇差を差し、出てきた浪士を取り囲んだ。喧嘩腰だが、浪士は一向にひるむ様子がない。心張り棒をぶらさげ、連中に囲まれて歩きだした。

亨介は酔客を装い、一行の後をつけていった。

それを眺めている者がふたりいた。あずま屋の表口に顔を出した永倉という浪士と、向かいの旅籠の前で身を隠すように立っている目明し番太の銀次だった。

永倉はやがて宿の中に引っこんだ。

銀次はそのあと、もう一度あずま屋を覗きにいった。

人相書に似た浪士が酒を飲んでいる。源六の子分にそう聞いて、さっき覗いたときは驚いた。不精髭の浪士が似ていたせいではない。そのそばに、最初の人相書とそっくりな渡世人がいた。

源六たちはもう浪士のことしか頭になくて、気づかない。銀次はちがった。目撃者を苦労して捜し出し、特徴を聞いて、人相を絵に描いたのは銀次だ。

できたのを見せると、よく似ている、と感心された。

真四角で、目と目がやけに離れ、唇はたらことというとぼけた面だ。どこにでもある、という面ではない。

それで銀次は残ったのだ。

その渡世人は、今も土間の縁台で酒を飲んでいた。そばに宿の下女がいて、何か言って笑っている。江戸の話をしているようだ。墨堤の桜がどうの、飛鳥山の桜がどうの。

「いいねえ。あたしもいっぺんでいいから江戸へ行って、花見でもしてみたいよ」

宿の下女はそう言うと、雨が降ったら三人くらい雨宿りできそうな尻を振って、かまどの様子を見に行った。

銀次は帯にさしていた十手を抜いて、四角い顔の渡世人に近づいた。

「今夜は冷えるね」

渡世人は十手を見て、へえ、と頭を下げた。

「旅のひとだな。どこへ行く」

「おふくろが病で倒れたって知らせがありましたんで、信州のいなかへ帰るところで」

「ふうん。お前さん、どこのひとだ」

「江戸の木場で人足をやっておりやす」

四角い顔の渡世人は急に顔を歪めた。うつむくと、みるみる額に脂汗が滲んだ。

「ちょいと御用の筋で訊ねるんだが。お前さんの名は？」

「平助と申します」

「どうしたい、急に。顔が真っ青だぜ」

平助と名乗った渡世人は呻き声をあげ、下腹をおさえた。顔からはたらたら脂汗が落ちだした。

「どうも冷えちまったみたいで。すみませんが親分さん、厠へ」

「なんだ。早く行きねえ」

目明し番太の銀次は、鼻でもつまみそうな顔で身を引いた。

坂本宿は、中山道でも有数の大きな宿場で、本陣が二軒、脇本陣が四軒ある。二年前――文久元年（一八六一年）十一月、江戸へ降嫁した皇女和宮も、この宿場の下木戸寄りにある金井本陣に泊まった。

街道の両側には旅籠や木賃宿が軒を並べ、みな表に宿の名前を入れた看板を出している。

不精髭の浪士を取り囲んだやくざの一行は、その看板が途切れたところで、家と家の間の路地に入った。路地の突き当たりは、家並みの後ろを通る裏筋だった。雪の積もった山の斜面がすぐそこまで迫り、裏筋は細い。あまりひとが通らないと見えて、路面には雪が残っている。

裏筋を少し歩くと、山へ入る道に出た。そのとば口だけ、朝顔の花のように広くなっている。

「野郎！」

やくざが口々に怒声を発し、長脇差を抜いた。

一行をつけてきた亨介はさっと走り、近くの大木の陰に身を隠した。そのときにはもうやくざの二人が、心張り棒で打たれて倒れていた。

不精髭の浪士は心張り棒を大上段に振りかぶり、残った四人を見回した。

「お前らは世の中の屑だ。生きてる値打ちはない。この場でたたっ斬ってもいいが、今は大事の前だ。見逃してやるから、行っちまえ」

その言葉が終わらないうちに、ひとりが長脇差を構えて真っ向から突きだした。浪士は横に飛んで、その肩口を打ち据えた。骨が砕ける音がして、長脇差が下に落ちた。

「それなら本気を出そうか」

心張り棒を捨て、大刀を抜いた。

「和泉守兼定だ。先月砥ぎに出したところで、斬れ味を試したいと思っていた。土方歳三、参る」

手近のひとりを睨みつけると、浪士は気合を発して斬りかかった。その途端、やくざは一斉に背中を向けて逃げ出した。倒れていた三人も、よろけながら駈けていく。

「お前も仲間か」

浪士は刀を構えたまま、どこへともなく声をかけた。

その場にはもう亨介以外には誰もいない。

亨介は大木の陰を出て、二、三歩前に踏み出した。手はふところの中で拳銃を握りしめている。いつでも抜いて、撃てるように。

「おれはただの野次馬だよ」

雪明りの中で、亨介を見つめる浪士の目がほんの一瞬、白く光った。が、それだけだった。大刀を収め、心張り棒を拾うと、浪士は無言で今来た道を戻りはじめた。

気がつくと、亨介はまた浪士の後をつけていた。つけるというのはこっそり尾行することだから、正確に言うと、浪士の後ろから歩いていた。何かわからない力で引っ張られていた。

家の間の路地を抜けて、街道に出た。道の隅に、屋根のついた水飲み場がある。浪士は首をつっこみ、ひしゃくで水をすくって飲んだ。亨介は少し離れて見ていた。

「何か用か」

浪士がひしゃくを置いて、振り向いた。

「お侍は、どこの藩士でやんすか」

「大和武士《やまとぶし》だ。どこの藩士でもない」

そんな言葉は聞いたことがない。

「ご浪人、ということかい」

「藩という狭い意識に囚われず、広く、世に立つ武士、という意味だ」

これか、と亨介は思った。おれをここまで引っ張ってきたのは、この言葉か。あずま屋でも聞いた。われらは世に立つ浪士組だ、と。

「それはどういう意味だい」

「私利私欲ではなく、世のために死ぬ、ということだ」

この侍が言う浪士組、近々何かやらかすつもりにちがいない。果たすべき役目があるのだ。さっきのやくざにも「今は大事の前だ」と言っていた。

「お侍さんたちの役目はなんです」

「それは幕閣の機密事項だ。口外無用というお達しでな」

「お侍は、つまり幕臣なのかい」

「組長はそのつもりのようだ。役目を果たし、いずれは直参、旗本になる、と」

「お侍は」

「おれか。おれは、組長とは義兄弟の盃を交わしている」

のちに新撰組の副長となる土方歳三は、このとき二十七歳。義兄弟の盃を交わした組長とは、むろんひとつ年上の近藤勇のことだ。

もっとも浪士組の実質的な隊長は、このとき近藤ではなくて清河八郎だった。

二カ月前——文久二年（一八六二年）十二月、出羽の郷士清河八郎は、攘夷の浪士によって乱された治安を回復するため、浪士組を設立するべし、と幕府に上申した。桜田門外で大老井伊を殺されたのをはじめ、攘夷浪士の横行に手を焼いていた幕府は、これを受け入れ、広く浪士を徴募した。

集まったのは脱藩者、農民、やくざ、儒者など二百三十四人。江戸の試衛館道場からは、道場主の近藤勇、土方歳三、沖田総司、原田左之助など九名が参加した。

十日前——文久三年（一八六三年）二月四日、幕府は浪士組にひとりあたり十両を支給して、命《めい》を下した。

「将軍家茂上洛の警護のため、京都の治安を回復せよ」

二月八日、江戸小石川伝通院に集合した浪士組は、江戸を発って、京へ向かった。素性の知れない連中に東海道を行かせるわけにはいかない、という幕府の思惑で、ルートは中山道の木曽路越えになった。

土方は健脚で、たびたび先行しては宿をとって、一行を待つ。

そしてこの夜、坂本宿でたまたま亭介と出くわすことになった。もっとも由比の源六が率いるやくざ連中が股旅ギャングとまちがえなければ、こうして言葉を交わすことはなかったろう。

「お前らは世の中の屑だ、と言ったね。生きてる値打ちはない、と。おれもそうか」

「どう思う」

「おれも無宿だ。やくざ者だ」

「だからといって、屑とは限らん」

「なら、どういうのが屑だ」

「志のないやつさ。世に立つ志のないやつは、屑だ」

「侍に生まれた人間はいいよ。何でもできる」

「いや、身分も生まれも関係ない」

「そうはいかない。おおありさ。百姓は百姓にしかなれない」

見ず知らずの男になぜこんなことを。そう思いながら、なぜかとまらない。

「おれは水呑百姓の生まれだ。剣術は村でいちばん強かった。学問も習った。しかし、何をやっても、水呑は水呑だ。どこまで行っても変わらない。百姓をやめたら無宿だ。生まれと身分がすべてじゃないか」

「いいや、ちがう。おれも元々は侍ではない。生まれは武州多摩の百姓だ。いいか。もう生まれが身分を決める時代じゃない。その者の志、いかに世のために尽くすかで決まるのだ」

土方という浪士は大きく振り返った。江戸の方面から、雪でぬかるんだ道を踏んでやってくる足音がする。ほどなく宿場へ入ってきた。五人や六人ではない。ざっと二、三十人、いやもっと多い。

亨介は驚いて目を見張った。

「浪士組だ」

と土方が言った。

浪士組の者はみな菅笠を被り、腰に大小を帯び、地響きを立てて歩いてくる。吐く息で、まるであたりは煙が立ちこめたようだ。

街道沿いの旅籠から、留女が出てきて客引きをはじめた。

「トシ、宿はとったか」
七、八人で連れ立ってやってきた一行が、土方を見つけて合図をくれた。声をかけてきたのは近藤勇だ。
「もう少し先だ。戸口で永倉君が待っている」

土方は答え、亨介の方に向き直った。

「われらはこれから京に上る。お前も世のために立つ、そう決心したらいつでも来い。仲間に入れてやる」

まだ春浅い上州坂本宿は、陽が落ちてから凍りつくような寒波に見舞われていた。

しかし、なぜか寒さを感じない。亨介はその場につっ立って、浪士組に合流して宿へ向かった土方歳三の後ろ姿を見ていた。

「出ようぜ、兄貴。ここにいるとやばい」

やがて欣蔵が小走りにやってきた。三度笠に長合羽、すでに旅支度を終えている。両手で抱えてきた亨介の旅装を、そう言って押しつけてきた。

「さっき目明し番太が宿へ来やがった。厠へ行くふりをして逃げたんだ」

「おれたちを捜しにきたわけじゃないだろう」

「いいや。天祐先生が今戻ってきて、事情を教えてくれた。由比の源六ってやつが、子分を七、八人引き連れて股旅ギャングを追ってるそうだ。案内人が、目明し番太の銀次。これがくせものなんだ。通り名を〝すっぽんの銀次〟とか言って、食いついたら離さねえ。こいつが人相書もこしらえた。それに街道筋の親分衆もみんな加勢してる。追っ手ははんぱじゃねえよ」

「さっき宿から浪士を連れ出したのはそいつらか」

「天祐先生がでたらめの人相書を描かせたんで、おれたちとまちがえたんだ」

「先生は無事か」

「今夜のとこは大丈夫だ。だが、しばらくは別行動をとった方がいいんじゃねえか、と言ってる。講釈場にも来るなってよ」

言いながら二人は下木戸に向かった。

宿場の木戸は明六ツに開き、暮六ツに閉まる。普通はもう閉まっていて、出入りできない。だが、今夜は侍がおおぜい江戸から到着するから開けておけ、というお達しが出ているという。

「先生がぶつぶつ言ったのも無理はねえよ。ちょいとおれたち、用心が足りなかった。下手すりゃさっき殺られていたぜ」

下木戸を出て、水神宮の前にさしかかると、欣蔵は「桑原桑原」と身を震わせた。

「欣蔵、やばいようならやめたっていいぜ」

「何を。ギャングをやめる？　冗談言っちゃいけねえ。ギャングになって、おれは生まれてはじめておふくろに感謝してるんだぜ。この世に生んでくれてありがとよって」

「またえらく気に入ったもんだな」

「あたぼうよ。股旅ギャングは義賊だぜ。私利私欲でやってるわけじゃない。やくざ者からかっぱらった金を、貧しい百姓や困ってるひとにわけてやるんだ。ひとが喜ぶ顔を見ると、たまんねえよ」

はじめはそんなつもりではなかったが、天祐の講釈を聞いているうちに、いつしか〝義賊〟が板についてしまった。今ではそのために賭場を荒らすこともある。

亭介もそれは嫌でない。ひとが喜ぶことというのは、何かしら世のためになることだ。たとえささやかでも自分にそんなことができるとは、これまで思ってもみなかった。お上の人別帳から外された者でも、それだったらもう少し生きていてもよいのではないか。そんな気もする。

だが、貧しいひとに金をわけてやるのと、土方が言った「世のために立つ」ことは、少しちがうのではないか。それも本質的に、決定的にちがうことが。

だが亭介には、それ以上のことはわからない。

「お、また来やがった。騒がしい晩だぜ」

江戸の方面から、また二、三十人の浪士が真っ白な息を吐いて宿場めざしてやってくる。二人は道の端にどいて、目の前を行き過ぎる一行を眺めた。

「なんなんだ、こいつら」

「幕府の浪士組だそうだ。京に上るところだ、と」

「騒がしい世の中だな。この先どうなるんだろう」

亭介は道の真ん中に出て、通り過ぎた浪士組の一行の後ろ姿を眺めた。

「なあ欣蔵、京へ行ったことはあるか」

「ねえよ。おれたちには縁のねえとこさ」

「行ってみなくちゃわからないだろう」

欣蔵はおっ、という顔をした。

「行きてえのか、京へ。行ってもいいが、危ないぜ。勤皇だの佐幕だの、侍がわけわかんねえことを言って斬りあってる。どこでとばっちりを食うかわかりゃしねえよ。わかった。久しぶりにこいつで決めよう」

亭介の顔をちらり、と見ると、欣蔵はふところからサイコロをふたつ取り出した。上に放り、片手でつかみ、それをもう一方の手の甲に伏せた。

「さあ張った」

「お前が勝ったらどこへ行く」

「さっきも宿の女と話していたんだ。江戸はそろそろ春だぜ。江戸へ行って、花見でもしようじゃねえか」

「半！」

欣蔵は片手を大きく上げて、サイの目を亭介に見せた。

「花を見るなら上野だよ。まるで雪が舞っているみてえに、山全体が真っ白になる。けど、飛鳥山の方がいいか。あっちは酒が飲めるし、無礼講だ」

13

飛鳥山は、山ではない。丘というほど高くもない。誰がひっぱたいたか知れないが、地面にできたこぶみたいなものだ。広さは周囲、数万歩。日本橋からおよそ二里、江戸の北郊外にある。

享保年間、八代将軍吉宗が千二百本の山桜を植えてから、江戸の花見の名所になった。

春三月、飛鳥山は花見の客でにぎわっていた。上野の山とちがって、ここは飲み食いができる。歌舞音曲も勝手放題。酔客が真っ昼間から三味線を鳴らし、小唄を唄い、じゃれあって笑い声が絶え間ない。いつものことだが、花を見ている者などひとりもいない。

香具師《やし》の多吉《たきち》は、飛鳥山の石碑の横で、イカ焼きの屋台を出していた。

どこに店を出すか、場所の割り振りをするのは香具師の顔役なので、文句は言えない。決められたところに出すしかない。当然、日によって当たり外れがある。

その日は大外れだった。石碑の向こうの団子屋ははやっているのに、こっちにはさっぱり客がやってこない。ひとの流れというのは不思議なものだ。

そろそろ七ツという頃、炭火に灰をかぶせて火の加減をしていると、

「いい匂いだな。ケンサキかい、スルメかい」

と声がした。三度笠を被り、長合羽を脱いで肩に載せた渡世人だ。

「うちのは弁慶。見ねえ。大きさがちがうだろ」

「一匹もらうよ」

「へい。お待ち」

多吉は焼けているイカを一本取って、もう一度簡単にあぶって差し出した。そしてあれっ、と相手の顔を見直した。

「どしたい」

多吉は我に返って、目をそらした。

「銭をここへ置くよ」

「ありがとうさんで」

「あの石碑には何が書いてあるんだ。なんだか難しい字ばっかりで読めやしねえ」

渡世人はイカ焼きを食いながら、松に囲まれた石碑の方へ目をやった。飛鳥山のランドマークで、その由来が記してあるという石碑だ。

「親分、学があるね」

「ふざけちゃいけねえ。おれが親分に見えるか」

「遠慮は無用。お客さんはみんな親分だから。いやいや、あれが難しい字だってわかるだけで、たいした学だそうですぜ。何しろ普通の字じゃない。あれを全部読んだひとは、ひとりもいないってんだから」

渡世人は「ふうん」と言い、食いかけのイカ焼きを手にまた石碑を眺めに行った。

連れがいる。似たような格好をした渡世人だが、もう少し若く、背が高い。そっちは団子を食いながら、石碑の前で、何か言って笑っている。

戻ってくるかと思ったが、二人ともそのまま行ってしまった。

多吉はふところから人相書を取り出した。こいつらを見かけたらすぐ知らせろ。お上のお尋ね者だ。そう言って、顔役に持たされたものだ。

一枚の紙に、顔が二つ描いてある。二人組のギャングだそうだ。

今イカ焼きを買いに来た客が、そのひとりによく似ていた。三度笠を被っていたが、えらの張った四角い顔やたらこのような唇が、人相書の絵とそっくりだった。その絵を覚えていたので、思わずあれっ、と相手の顔を見直してしまった。

幸い気づかれなかったようだ。「親分」とおだててやったら、急にでれっとしやがった。お尋ね者にしては、ちょいと能天気に過ぎないか。

だがもうひとり、背の高い渡世人が一緒にいる。そっちの人相は見なかったが、二人組だ。

「急用なんだ。すまねえが先生、ちょいと屋台を見てておくんねえ」

ガマの油売りの浪人がちょうどひと商売終えて、近くの縁台で一服していた。そっちへ声をかけると、多吉は二人の渡世人の後をつけていった。

桜の花びらが風に散り、あたりには花見の客がおおぜい行き交っている。つけていってもそう目立たない。

ふと、花見の趣向ではないか、という気がした。

花見客は、ただ飲み食いしているだけではつまらない、と毎年さまざまな趣向を凝らす。仲間同士で仇討ちの真似をしたり、妊婦が急に産気づいたかと思ったら酒の一升びんを産み落とすという芝居をしたり。もしそんなのに引っかかったとすると、仲間内でいい笑い者になる。

だが顔役は、懸賞金がつくと言った。見つけた者にやる。だからこいつらを見かけたら、すぐおれに知らせろ、と。

金がついちゃあ見逃せない。

顔役の魂胆はわかっている。ただ見かけた、というのでは懸賞金が安い。その段階でおれたちに連絡させて、あとは自分がやるつもりなのだ。二人組の後をつけ、ねぐらをつきとめ、それからお上に通報すれば、懸賞金は三倍になる。おれたちにくれるのは雀の涙だ。そうはいくか。

多吉は誰にも言わず、二人組の尾行を続けた。

上野や墨堤だと、夜になっても花見客のにぎわいは続く。だが、江戸の墨引きの外にあるこの山は、江戸っ子にしてみると道のりが少々遠い。七ツ（午後四時）を過ぎるとみんな帰り支度をはじめ、四半刻（三十分）もしない内にさっとひとが引く。あの二人もそろそろ引き上げるはずだ。

思った通り、二人はほどなく飛鳥山をおりて、岩槻街道に出た。

本郷追分で中山道から分岐し、幸手《さって》宿で日光街道に合流する脇街道だ。将軍が日光東照宮に社参するときに通るため、日光御成街道とも呼ばれている。

田畑の中に一本通った街道だが、幸い人通りは多い。近くの王子権現に参拝した客だ。この界隈には、参拝客をめあてにした茶店や宿もある。

参拝客に混じってついていくと、やがて二人は街道沿いのふく屋という木賃宿に入った。

ふところが淋しいんだな、と多吉は思った。道をへだてた斜向かいにこぎれいな旅籠があるのだが、それと比べると、いかにもみすぼらしい宿だ。

しばらく様子をうかがったが、二人はそのまま出てこない。今夜はあのしみったれた木賃宿に泊まるようだ。

宿の前のふく屋という置き看板をもう一度確認して、多吉はきびすを返した。


「行っちまった。気のせいじゃないか」

亨介はふく屋の戸口で様子を見ていた。欣蔵も出てきて、通りに首を突き出した。

「行っちまったな。けど、ありゃあ先刻のイカ焼き屋だぜ」

「イカ焼き屋が、なんでおれたちをつけてくる」

「由比の源六が、人相書を回しやがったんじゃねえか」

「人相書は、天祐先生が細工したろ。あいつらは浪士を捜してる」

「いいや、やつらだってばかじゃねえ」

天祐の話では、彼らが最初に見せた人相書は、二人によく似ていたという。ことに欣蔵の顔はそっくりだった、と。方針を変えて、またそちらを捜しているかもしれない。坂本宿で、目明し番太に目をつけられたことが気になってならない。

「イカ焼き屋ってのはテキヤだろ。やくざとは仕切りがちがう」

テキヤとやくざは縄張り争いをしない。同じ場所を共有し、お天道様が上っている間はテキヤ、沈んだあとはやくざの縄張りと決めてある。住み分けだ。

「普段はそうだが。顔役に仁義を通せば、テキヤだってそれなりに動いてくれるさ」

「お二人さん、お泊まりになるんですか。どうします」

宿の下女が訊きにきた。

夕刻を迎えたふく屋は騒がしかった。木賃宿は食事がつかない。客はみな持参した米を出して、自分たちで煮炊きをする。かまどが土間にあるので、そんなところに立っていられては邪魔でしょうがない、と下女の顔に書いてある。

「おう悪かったな。泊めてもらうよ。いくらだい」

「おひとり様、三十文いただきます」

亨介はふところから金を出した。

それからおよそ半刻、亨介と欣蔵は宿の二階から街道を見ていた。欣蔵は王子を出て、次の宿場まで足を伸ばそうと言ったが、亨介が反対した。もし欣蔵の言う通り、あのイカ焼き屋がつけてきたとしたら、そのうち由比の源六がやくざ連中を率いてやってくる。

それを確かめたいと思ったのだ。来なければ、この先取り越し苦労はしないで済む。

「やばいぜ、兄貴。やくざじゃねえ！」

春先の短い夕焼けが、日暮れの街道を茜色に染めていた。その中を、数人の男たちが足早にやってくる。その連中の様子を見て、欣蔵が裏返ったような声をあげた。

菅笠を被り、裁着にぶっさき羽織、腰に二刀、手には十手という武士が率いる一行だった。荷物持ちの足軽が二人、従者が三人、先頭には六尺棒を持った案内人も二人いる。

「あれは八州廻りだ」

亨介もいつか馬渡村へやってきた一行を見かけたことがある。

正式の名称は、関東取締出役《かんとうとりしまりしゅつやく》。関八州を巡邏して、犯罪の捜査をし、犯人を捕縛する。町役人とちがって、天領、私領、寺社領……どこでも踏みこんで行けるし、抵抗する者は斬り捨て勝手。とりわけ無宿人の取り締まりに厳しいという話で、八州廻りを見かけると、その周辺から彼らの姿がさっと消える。

欣蔵もいつか痛い目に遭ったのかもしれない。みるみる顔色を変えた。

「おれたちを追ってきたんじゃねえ。ただの見回りさ」

「いや、そうじゃねえ。あいつだよ。坂本宿でおれにバンかけてきやがったのは」

欣蔵は頭を低くして、八州廻りの先頭に立ってこっちへやってくる六尺棒の男を指差した。

「目明し番太の銀次か」

「そうだ。すっぽんの銀次。あのとき聞いていやがったんだ、おれが江戸へ花見に行くって、宿の女と話していたのを」

「どっちだ」

六尺棒の男はふたりいる。背の低い太っちょと、ひょろりと痩せた男だ。

「痩せてる方だ」

亭介も頭を低くして、窓から乗り出すように目を凝らした。

夕焼けはもう空の片隅に後退し、街道は青灰色に沈んでいた。その薄い闇の中で、痩せた銀次の顔は鋭く尖り、ぞっとするほど青白い。

八州廻りが巡邏するときは、その土地に詳しい目明し番太が道案内に立つ。背の低い太っちょがこの辺の目明し番太で、銀次は上州からわざわざ出張ってきたのだろう。

銀次がついてきた理由はひとつ。坂本宿で職質をした渡世人――「平助」と名乗った四角い顔の男が、やはりあやしい。そう思ったにちがいない。

八州廻りの一行は、やがてふく屋の置き看板のところで足をとめた。目明し番太の銀次が、表口からふく屋の中を覗いている。

「やっぱりな。先刻のイカ焼き屋が通報したんだ。おれの面は割れてる」

「ずらかろう」

亭介と欣蔵は、ふく屋の斜向かいにあるこぎれいな旅籠の二階にいた。念のために、あれから宿を移ったのだ。万一に備え、旅装も解いていない。すぐ三度笠を取って、階下におりた。

八州廻りの一行は、ちょうどふく屋に踏みこんでいくところだった。

二人はそれを横目で見て、旅籠の裏口から外に出た。

あたりは薄い墨を流したような宵闇だった。どっちも田畑ばかりで道はない。旅籠の裏をすり抜け、田んぼのあぜ道を二町ばかり行ってから、元の岩槻街道に出た。

「危ねえところだった」

黙りこくって道を急いでいた欣蔵が、やっと口を利いた。

「三十文で、命拾いしたな」

亨介は笑った。宿賃を惜しんであのままふく屋にいたら、今頃は万事休す、だったろう。移った旅籠の方は発つとき払いだったので、払っていない。

「まだ安心はできねえよ。あいつらは執念深い」

欣蔵は歩きながら後ろを振り返った。王子の村の灯りはもう遠い。闇に埋もれた街道をこちらへやって来る者はいない。

岩淵宿までは一里半もなかった。もっと行けたが、この先は荒川があって渡れない。

宿を取ろうとすると、欣蔵がとめた。

「ふく屋にいねえとわかったら、銀次がここまで足を伸ばしてくるかも知れねえ」

岩淵宿は静かで、活気がなかった。宿の数も、泊まり客もそう多くはなさそうだ。もし銀次がやってきて宿改めをすれば、すぐ見つかる。

二人は街道の東側にある集落へ分け入り、寺を見つけた。そう立派ではないが、山門があった。中には観音堂もあった。本堂に上がりこむのは遠慮して、観音堂の床に転がった。屋根があって、夜露がしのげればいい。

長合羽を上にかけ、長脇差とライフルを抱いて目をつむった。

欣蔵がすぐ寝息を立てはじめたが、亨介はなかなか寝つけなかった。足の先が冷えていた。この先どうなるんだろう、という不安が胸をかすめた。

天祐と別れてから、賭場荒らしはいっぺんもしていない。そろそろ持ち金も少なくなってきた。ひと月もすれば、ほとぼりが冷める。それからまたギャングをやればいい。これまでは簡単にそう思っていたが、状況は前より厳しくなった。やくざだけではなくて、八州廻りが討っ手をかけてきた。しかも彼らは、かなり正確な人相書を持っている。

心楽しく眠りに就ける要素はひとつもない。

亭介は体を縮め、冷えた足をこすり合わせた。

「はるぅ……」

という声で目が覚めた。

真っ暗で、どこにいるか思い出すのに暇がかかった。夜半の風に、境内の樹木が音を立てて揺れている。耳をすますと、欣蔵の寝息が聞こえてきた。

すると寝言か。そう思ったとき、また欣蔵の声がした。

「はるぅ……」

誰か呼んでいるような言い方だった。はる、というのは女の名前——欣蔵の女か。

考えてみると、欣蔵はこれまでいっぺんも身の上話をしたことがない。最初に「水呑の子だ」と言ったきりだ。宿や茶店では「江戸の生まれよ」とよく言うが、これはあやしい。本人は江戸っ子を気取っているが、言葉がときどき妙になまる。

三田の欣蔵の三田は、どこかいなかの村の名前にちがいない。

歳は三十二だと言った。とっくに女房や子供がいてもおかしくない。はるは女房か、娘の名前かもしれない。はるはどこで何をしているのか。

侍を見ると、ときどき敵意をむきだしにする。ただ嫌い、というより、激しい憎悪を感じる。これも何かありそうだ。

そんなことを考えているうちに、また眠りに落ちた。

観音堂の板戸から射しこんできた夜明けの光で目が覚めた。昨夜は気づかなかったが、なかなか立派な観音様が上から見下ろしていた。欣蔵はもう起き出したとみえて、姿がない。

亨介はあくびをしながら外に出た。

欣蔵が、境内の隅にある石の地蔵の前で、両手を合わせていた。何か願いごとでもしている様子で、口がもごもごご動いている。

「何を拝んでた」

欣蔵はばつの悪い顔をした。

「拝むんだったら、あっちに立派な観音様があるじゃないか」

「立派なのはだめだ。おれはこういう地蔵さんの方がいい」

欣蔵はどこかいじけた顔で、観音堂へ荷物を取りに行った。昨夜寝言で聞いたはるという名前を思い出したが、亨介は何も言わなかった。

薄曇りの日だった。はるか遠く、筑波山が青い霞の中に浮いている。

寺を出て、荒川まで歩き、川の水で顔と歯を洗った。

渡し場には船が一艘、筏が三つ四つ舫《もや》ってあった。まだ時間が早いとみえて、客はいない。船頭の姿もない。

宿場まで戻り、茶店で粥《かゆ》を食べていると、街道が騒がしくなってきた。朝一番の渡し舟が出る、という。

旅姿の男女が十数人、宿を出て河原に向かって急いでいた。馬の背に荷を積んだ馬子もいたし、荷車を引く人足もいた。茶店のおやじに訊くと、牛馬も荷車もみんな渡してくれるという。

昨夜はあんなに静かだったのに、こんなにおおぜいどこに泊まっていたのだろう。

なんだか化かされたような気分でついていって、亭介はぱたり、と足をとめた。同時に欣蔵も立ち止まった。荒川の河岸へおりるとばロだった。

「くそ。銀次だ」

渡し場に、六尺棒を持った銀次が立っていた。渡し賃を払って船に乗ろうとする客を、ひとりひとり改めている。もちろん銀次はひとりではなかった。八州廻りの一行がそばにいた。

亭介はくるりと向きを変え、宿場の方へ戻りはじめた。江戸へ向かうのは危険だが、とりあえずいったん戻るしかない。欣蔵も黙ってついてくる。

岩淵宿は、長さ四町二十一間（約四百七十八メートル）ある。急ぎ足で通り抜けたときだった。前方から、六尺棒、はしご、捕縄を持った捕り手が隊列を組んでやってくるのが目に入った。捕り手の数はおよそ二十。

亭介はまた足をとめ、欣蔵の顔を見た。

昨日の日暮れ、股旅ギャングと思われる二人組が、王子の木賃宿から北へ逃げ去った。しかし、夜の間は荒川を渡れない。朝一番の渡し船をおさえ、後方から押していけば、二人組の行き場はない、という読みだろう。

欣蔵が今通り過ぎてきた宿場に走った。茶店に入り、ほどなく走り出てきた。

「渡し場がほかにもあるそうだ」

岩槻街道を真っ直ぐ進むと、岩淵から川口へ行く先刻の渡し場に出るが、上流には小豆沢から浮間へ、下流には神谷から鹿浜へ行く渡し場があるという。

どちらもかなり大回りになるが、致し方ない。

二人は宿場の中から小豆沢道に入り、荒川の上流へ向かって走った。

14

岩槻街道は、荒川を渡ると川口宿、鳩ヶ谷宿、大門宿、岩槻宿と北へ伸び、幸手宿で日光街道に合流する。

その日の夜、終点の幸手宿に着いたときはくたくただった。

小豆沢の渡しで荒川を渡り、また大回りして街道に戻り、何しろ一日歩きづめだった。ただ歩くだけならいいが、追われていた。討っ手がいつ後ろから迫ってくるか知れない、という不安は、疲労を倍加した。

旅籠に入り、ひと風呂浴びると、めしの膳を待っているうちにうとうととした。

「渡世人らしいよ、二人連れの」

「それでお前さん、見たのかい、人相書を」

「震《ぶる》っちまうね。そんなやつら、あたしゃ顔を見るのも恐ろしいよ」

「いやいや、顔は恐ろしくもなんともなかった。若い方はどこにでもいそうな感じだし、もうひとりはサイコロみたいに真っ四角で、笑っちまうくらいとぼけた面でさ」

「そういうのが本当のワルなのさ。ひとは見かけによらないって言うじゃないか」

「石川五右衛門も、そういえば本当は二枚目のいい男だったってね。ワルが悪党面をしてるのは、芝居の中だけかもしれないよ」

亭介は薄目を開けた。旅籠の二階にある六畳の部屋だ。旅の商人が三人連れで入っているところに、欣蔵と二人で相部屋になった。

ちらと見ると、欣蔵は行灯の灯が届かない陰に首をつっこんで、寝たふりだ。

「しかし股旅ギャングってのは義賊だろ。ワルじゃないよ」

「わたしも役人にそう言ったらさ。とんでもねえ、あんな悪党はいねえって」

「渡世人といったら、やくざだろ。ろくでなしばっかりだよ」

下女がどたばたと足音を立て、亭介と欣蔵にめしの膳を運んできた。

「ねえさん、遅く着いてすまなかったな」

亭介はわざと明るい声をかけて、起き上がった。欣蔵も寝たふりというわけにはいかず、もそもそ身を起こした。

三人連れが、途端にしんとなった。相部屋の二人がそういえば渡世人だった。まずいことを！　三人ともそんな顔つきだ。

この三人はとっくにめしを済ませているので、やることもない。自分の荷物を開き、何かごそごそやりだした。

「そうですか。股旅ギャングってのは浪士だと聞いてたんだが。ちがいましたか」

亨介はめしを食いながら話しかけた。黙っているとますます気まずくなる。

「こりゃどうも。お耳に入りましたか」

三人は顔を見合わせ、いちばん年嵩の男が口を開いた。

「そうなんですよ。浪士という話もありましたがね。昨夜岩淵宿に泊まっていたら、役人が人相書を持ってやってきましてね」

「なんで岩淵宿に？」

「それがこの街道に逃げ込んだらしいってんですよ、股旅ギャングの二人組が。それで宿場中、宿改めをしていたようです」

やはり昨夜、銀次に先導された八州廻りがあの宿場までやってきたのだ。寺の観音堂で野宿をしていなければ、宿改めで捕縛されていただろう。

「ほかのお二方は、人相書を見ていないようなお話でしたが」

「わたしら二人は、商売の関係で日光街道をやってきたんですよ。このひととは、さっきここで落ち合ったところで」

なるほど、と亨介は言い、岩淵宿で人相書を見たという男に訊ねた。

「それで捕まったんですか」

「まだみたいですね。捕り方が、荒川を渡ってどんどんこっちへ押してきてるようです」

「早く捕まえてもらわないと、困りますね。いちばん迷惑をこうむるのはおれたちなんだ。渡世人というだけで、勘ぐりされちまう。なあ欣蔵、おちおち旅もできねえ」

「まったくだ」

欣蔵は大きく相槌を打ち、お椀で顔を隠すようにして味噌汁をすすった。

そろそろ五ッ半（午後九時）になる。今夜、これから、八州廻りが宿改めにくるということがあるだろうか。

銀次は朝、荒川の渡しで目を光らせていた。荒川と幸手の間には宿場が四つある。ただ逃げるのと、宿場をひとつずつ改めながら追ってくるのとでは速さがちがう。

だが、敵は大人数だ。油断はできない。

めしを食い終わると、それとなく欣蔵を廊下に連れだした。

「どうする。出るか」

「今宿を出たら、部屋のあいつらが怪しむんじゃねえか」

「やぶ蛇か」

その可能性は確かに高い。あの三人に不審に思われ、ここで通報されたら、いよいよ追いつめられる。

幸手宿は、筑波道との分岐点にもなっていて、この辺では飛びぬけて大きな宿場だ。南北に長さ九町四十五間（千六十二メートル）ある。ひとも多い。家数も多い。旅籠だけでも三十軒近くあるだろう。

二人は肚をくくり、部屋に戻って寝床に潜りこんだ。

木を隠すなら森の中だ。

そうは言っても、安眠するほど肝っ玉は据わっていない。外の物音に聞き耳を立て、ちょっとした気配で飛び起きた。結局、眠ったかどうかわからないような一夜を過ごし、夜明け前に宿を出た。

日光街道を行くか、筑波道か、道は二つあった。どちらが安全か判断がつかない。サイコロで決めて、日光街道を北へ向かった。

敵の裏をかいて、日光街道を江戸へ向かって逆行する手もあった。今、銀次から逃れるには、それがいちばんいいという気もした。

だが、所詮いっときのことだ。江戸に入るのはやはり危険だった。

十里歩き、下野国の新田宿に着いた。広大な桑畑の中に旅籠が十軒しかなかった。どこに泊まっても目立つことこの上ない。

次の宿場まで一里もないと聞いて、足を伸ばした。

小金井宿は、江戸から二十二里という巨大な一里塚の向こうに姿を現わした。立派な山門を構えた寺もあったし、宿場の鎮守だという大きな神社もあった。

なるべく目立たないように一泊し、翌朝もまた夜明け前に出立した。

十里歩き、大沢宿に着いた。この辺まで来ると、街道沿いはみごとな杉並木だった。日光がもう近い。次が今市宿で、その次が終点の鉢石《はついし》宿だ。徳川家康を祀った日光東照宮はその先にある。

日光まで行くつもりはなかった。東照宮の威光を守るため、役人の警備は一段と厳しい。

翌朝、大沢宿を出た二人は、次の今市宿で足をとめてサイコロを振った。この宿場は日光街道、日光例幣使《れいへいし》道、会津西街道と三つの道の分岐点だ。

サイの目は半だった。運を天に任せ、日光例幣使道を南へ下った。

朝廷から派遣された例幣使が、日光東照宮に金幣を奉納するために通うこの道は、終点の倉賀野宿で中山道に合流する。

六里半歩いて、楡木宿で宿を取った。

次の日は九里歩き、天明宿で宿を取った。

翌朝、渡良瀬川を船で渡り、それから八里歩いて境宿で宿を取った。

そして次の日、五里半歩き、夕刻前に終点の倉賀野宿に着いた。中山道との追分は宿場の入口にあり、赤い壁の閻魔堂と常夜灯、石の道標が立っていた。

道標は、欣蔵の背より高く、正面に「従是　右江戸道　左日光道」と赤字で彫られていた。

だが、追分でいちばん目立ったのは、道標の横で風にはためいている一本の黄色いのぼりだった。

そこには鮮やかな墨文字で、こう書かれていた。

〝大評判　講釈師松廼家天祐　近日来演
　／演目　股旅ギャングは今いずこ〟

欣蔵には、その中に読める文字が二つあった。以前、似たようなのぼりが講釈場の前に立っているのを見たこともあった。

「見なよ、兄貴。天祐先生がこの宿場で講釈をやってる。これは先生ののぼりだろ」

亨介には、そのほかにも読める文字がいくつかあった。

「天祐先生ののぼりだが、『近日』だ。近いうちにやってきて、ここで講釈をやるって意味だろう」

「近いうちっていつだよ」

下木戸を通って宿場に入り、茶店で一服しておやじに訊いてみた。三日先という返事だった。

「なら、ここで待つか」と亨介。

坂本宿で天祐と別れてから、そろそろ一ヵ月になる。その間股旅ギャングはぱっとしなかった。だが、積もる話はある。久しぶりにあの渋いだみ声も聞きたい。

しかし、欣蔵は慎重だった。

「追いつかれやしねえか」

「八州廻りに？　もう大丈夫だろう。荒川を渡って七日だ」

一本道ならともかく、分かれ道が途中いくつもあった。いかに八州廻りでも、行く先のわからない二人組を追い続けるのは不可能だ。

「しかし、敵にはすっぽんの銀次がついてる」

「大丈夫だよ。あんな野郎、今度見かけたら頭ぶった切って鍋にしてやる。それより欣蔵、いくらある」

「金か」

「久しぶりに先生の講釈を聞くんだ。おひねりのひとつも投げてやりたいじゃねえか」

「この前ギャングをやったのはいつだった。覚えてるか」

亨介は溜め息をついた。稼いだ金は二つに割って、同じように使ってきた。わざわざ訊くまでもない。

茶店を出ると、急に疲れが出て足が重くなった。

宿場はにぎやかだった。本陣の前には関札《せきふだ》が立てられ、下男が忙しそうに玄関先を掃き清めていた。

大名行列でも到着するのだろう。

通りには半裸の人足が、景気のいい声をあげて行き交っていた。訊くと、烏川の河岸で働く船人足だった。

倉賀野宿の河岸は、利根川の最上流にあり、江戸と上信越を結ぶ舟運で一日中活気にあふれているという。

河岸に出てみた。舟問屋の大きな蔵が何軒も建ち並び、川には荷舟が数十艘。人足の数も、目に映っただけで百人はくだらない。それがみな忙しく働いている。

「雇ってくれないかな」

「おれたちを？　そうか。人手が足りねえかもな」

欣蔵がそう言って一軒の舟問屋に入っていった。しかし、すぐに出てきた。

「駄目だ。身元の引受人がいねえと、雇えないってよ」

日は西に傾いて、倉賀野の宿場を赤く染めはじめた。日のあるうちに仕事を片づけようというのだろう。船人足はもう走り回るような勢いで船荷を運んでいる。

亨介と欣蔵は烏川の河岸に立ち、しばらくの間、ぼんやりその光景を眺めていた。

ふところにはもう今夜の宿賃どころか、めしを食う金もない。

「なあ欣蔵」

ちらと見ると、欣蔵もちらと見返してきた。

「やるか」

闇の中に、神社の常夜灯が暗い灯をともしていた。賭場は、神社の裏手、稲荷の森の中に作られたムシロ小屋で開かれているという。

亨介と欣蔵は紺の手拭いを首にかけ、常夜灯に照らされた赤い鳥居をくぐった。

高崎宿の東の外れだ。

股旅ギャングは風のように現われ、風のように去る。ここで賭場を荒らしたかと思うと、次の瞬間にはもう二つ三つ先の宿場を駈け抜けている。その速さ竜巻の如し、と天祐の講釈は語る。だから倉賀野で仕事をして、そのままそこに居続ける、というわけにはいかない。

しかし腹は減るし、日は暮れた。隣の高崎宿まで、一里歩いてくるのがやっとだった。

時刻はそろそろ亥の刻か。短い参道を歩き、拝殿の脇を抜けて稲荷の森に分け入った。一町ほど先に、わずかに灯が見える。ひとの気配もある。

「どちらさんで」

暗がりから声がして、不意に提灯が出てきた。賭場の見張り番だ。

「ちょいと遊ばしてくれるかい」

「どなたかのご紹介ですか」

「通りすがりの旅の者だが。故障でもあるかい」

「故障はないが、お客人、近頃けしからん者がちょいちょい出ます。まことに申し訳ないが、形だけ、お身のまわりを改めさせていただきやす」

見張り番は提灯で照らしながら、片手で二人の腰のまわりを探ろうとした。欣蔵がさっと拳銃を抜いた。

「声を出すな」

亨介はもう見張り番の背後にまわり、後ろから腕を回して首を絞めていた。背が高いので、片腕を首にひっかけて後ろへ引けば、簡単に両手が決まる。

見張り番はもがいた。だが、首に回された手は動かない。

むろん殺しはしない。七つ数えて手を放せば、相手はいずれ息を吹き返す。馬渡村の塾で、塾長に教わった手だ。

見張り番を片づけるときは、この手で落とす。そして手拭いを顔にふきながし、拳銃を構えて賭場に踏み込む。やり口はいつも同じだ。

五つ数えたとき、見張り番の手から提灯が落ちた。

だが、いつもとちがったことがそのとき起きた。暗い森の中に、突然、提灯の灯が降って湧いたのだ。およそ一町四方の中に、その数は十か十一。

「出やがったぜ。ギャング野郎か」

「たたんじまえ！」

口々に怒声をあげ、提灯を掲げたやくざが押し寄せてきた。ぎらりと光る長脇差を振りかざしている者もいる。もう賭場荒らしどころではない。慌てて街道に戻ろうとすると、神社の参道の方からも声があがった。

やむなく二人は、迫ってくる連中の足下に二発、三発と銃弾を放ち、真っ暗な森の奥へ走った。

賭場の見張り番は、これまでせいぜい二、三人。落とすのは簡単だった。賭場に踏み込むのも容易だった。

しかし、敵は明らかに股旅ギャングを警戒していた。見張り番の数は十数人。それもみな提灯の灯を隠し、森の闇の中に潜んでいた。

考えてみると、最初の見張り番は、暗がりの中から不意に提灯を突き出した。それまでは、そこにいるとも気づかせなかった。あのとき変だと察知すべきだったろう。

森を抜けると一面の畑だった。

山は遠い。

追っ手の声と足音に急かされ、畑のあぜ道を懸命に走った。

15

目を覚ましたのは、古墳の林の中だった。

やくざに追われ、真っ暗な畑のあぜ道を走った。おそらく銃弾を恐れたか、連中はそんなに近くまでは迫ってこなかった。

しかし、追うのをやめはしなかった。ときが経つにつれて、提灯の数はどんどん増えた。しまいには何十という数になった。そして二人の居場所に見当をつけ、遠巻きにして、少しずつ接近してきた。

畑の中のあぜ道では行き場がない。山は遠い。街道に戻りたかったが、敵もそれは読んでいた。街道沿いには一町にひとりずつ配し、まわりを提灯で照らして近寄らせない。

二人は街道を遠く見ながら東に向かい、畑の中を歩き続けた。隠れる場所を捜したが、畑の中には小屋もない。やむなく小高い丘の林の中に入りこんだ。木陰に身を隠し、いっとき体を休めるつもりだった。だが、いつの間にか眠っていた。

倉賀野宿の西の外れにある古墳の中だと気がついたのは、明るくなってからだ。

街道にはもう旅人が行き交っていた。ひとの姿は、ちょうど指くらいの大きさに見える。そんな距離だ。古墳の林の中からしばらく透かし見ていたが、昨夜のやくざ連中の姿はない。

二人は林を抜けだし、街道に向かってあぜ道を走った。

高崎の方へは行けない。西からやってくる旅人に混じって、もう一度倉賀野宿に入っていった。

「まずいぜ、兄貴」

茶店の前で、やくざが三人、店のおやじに紙切れを見せて何か言っている。昨夜のやくざのようだ。紙切れは人相書か。

下を向き、三度笠で顔を隠して行き過ぎた。

宿場のほぼ真ん中、高札場の向こうに本陣がある。その前に、駕籠が三丁出ていた。いずれも黒漆に金蒔絵という立派な駕籠だ。そのまわりには従者が十数人、腰を落として控えている。

そういえば昨日、本陣に関札が立っていた。どこかの大名が昨夜本陣に泊まり、まもなく出立するのだろう。

道の反対側を急いで通り過ぎた。大名行列に行きあうと、しばらく動きが取れなくなる。

だが、宿場の下木戸が見えてくると、足がとまった。やくざが数人、木戸を通る旅人に目を光らせている。人相書のようなものを持って、連中を指図している男に見覚えがある。

「銀次だ」

六尺棒は持っていない。あれは八州廻りの案内をするときだけか。今はやくざ者と同じように、長脇差を一本腰に差している。だが鋭角的な青白い顔は、すっぽんの銀次にまちがいない。するとやくざ者をたばねているのは、由比の源六だろう。

欣蔵に目くばせをし、目立たないように引き返した。

「どうする、兄貴。やつらきっと向こうの上木戸にも張りついていやがるぜ」

となると、この宿場を出られない。

本陣の前は騒がしくなっていた。従者がどんどん出てきて、駕籠のまわりに隊列を組んで控えている。供の従者が全員揃ってから、大名が出てきて駕籠に乗るのだろう。

関札の文字が読めないので、旅籠の下男に、どこの大名か訊いてみた。

「いや、大名じゃない。例幣使さ」

毎年、日光東照宮で、四月十五日から家康の命日である十七日まで、大祭が行なわれる。朝廷が、その祭礼に金幣を奉献するために遣わす勅使のことを、日光例幣使という。

倉賀野から日光へ向かうこの街道を、日光例幣使道というのはそのためだ。

旅籠の下男は、なぜか吐き捨てるような言い方をした。よほど例幣使を嫌っているようだ。

「行列の人数はどれくらいだい」

「今年はそう多くなかった。まあ五十人ってとこだろう」

多いときは八十人から、九十人になるそうだ。大名行列となると、一万石の小大名でも百人はくだらない。

日光例幣使と随員二名が乗る駕籠は、下木戸の方を向いている。その前後に控えている従者もみな同じ方向を向いている。

亭介は道の反対側を通って、後ろの方へ回っていった。

行列の従者はその役割によって、服装がちがう。よく見ると、着ている物がまったく似合っていない者がいる。元々の従者でなく、荷物運びをするために即席で雇われた人夫だ。

最後尾にいる二人の長櫃持ちもその口だった。丈の短い、うぐいす色の着物がまるで似合っていない。

欣蔵にふた言三言囁くと、亭介は長櫃持ちのそばへ行って話しかけた。

「お前さんたち、そこの問屋場で雇われた人足だろ」

「なら、どうした」

「巾着が落ちてたんだ。二両も入ってるんで、今泡を食って落とし主を捜してる。ひょっとしてお前さんたちじゃないか。ちょっと見に来な。ちがうかい」

人間、欲をかくと目がくらむ、というのは本当だ。長櫃持ちの人足は、二人してのこのこついてきた。

問屋場には馬をつないでおく小屋がある。そこに連れ込み、欣蔵と二人で落とし、うぐいす色の着物をはぎ取った。

その場で雇った人夫の顔など誰も覚えていない。

亭介と欣蔵は、自分たちの着物と荷物を長櫃に入れ、人夫になりすまして行列の最後尾で控えた。

日光例幣使が、二名の随員を従えて本陣から姿を現わした。烏帽子を被り、白塗りの顔になまず髭を生やした四十くらいの公卿だった。

三人が乗りこみ、駕籠が上がった。それを合図に、その数およそ五十名という一行が進み出した。

亨介と欣蔵は二人でひとつの長櫃を担ぎ、一行の最後尾に付き従った。

通りからひとの姿が消えていた。行列に行きあったら、農民や町民は土下座、武士も蹲踞《そんきょ》の姿勢で見送る慣わしだから、わざわざ外に出てくる者はいない。

下木戸の前でうろついていたやくざも、どこかへ姿を消している。

日光例幣使の一行は下木戸を通り、閻魔堂の前の追分を「左日光道」と記された方へ進んでいった。

亨介にとっては、昨日まで四日がかりで逆に歩いてきた道だ。しかし、歩く方向のせいか、妙な着物で長櫃を担いでいるせいか、風景がちがって見える。

変だな、と思ったのは、次の玉村宿を通過するときだった。旅籠も店屋も民家もみな雨戸を閉め、誰ひとり外に出ていない。まるで宿場中が息をひそめ、触らぬ神に祟りなし、とでも言っているように見える。

次の五料宿も、柴宿も同じだった。

一行はその次の境宿で休息し、昼食をとった。先触れがしてあったとみえて、この宿場には豪華な酒肴の用意がしてあった。例幣使はもちろん、二名の随員、従者も大いに飲み食いした。

ところが驚いたことに、例幣使はいっさい金を払わない。小さな包み紙をもったいぶって方々にばらまき、逆に宿場から金を取っている。

「お前、例幣使の行列についたのははじめてか。なら、びっくりするのも無理はないが。あれは〝御供料〟といってな」

亨介がわけを訊くと、沓持《くつもち》をしている人夫が薄ら笑いで教えてくれた。

朝廷が、正月三箇日に神前に供えた御膳飯を、干し飯にして八万個に分ける。これをひとつずつ、十六弁の菊紋を捺印した包み紙でくるむ。日光例幣使の一行は、道中の宿泊料や飲食代として、この包み紙を差し出すのだ。金をとって、売りつけることもあるという。

「〝御供料〟なんかもらって、何かの足しになるのかい」

「万病の薬になるそうだ」

「効くのか」

「まさか。ただの干した飯だぜ」

日光例幣使には、毎年京都の公家が任命される。その費用としてはおよそ三百三十石、金に換算すると三百何十両という金が与えられる。

だが、例幣使はそれに飽き足らず、道中でさまざまな役得にありつこうとする。〝御供料〟をばらまいて金を集めるのはほんの一端に過ぎない。通り道の宿場は、だからみんな雨戸を閉めて、ひたすら一行が通り過ぎてくれるのを待つ。

だが、そう簡単には通り過ぎてくれない。

次の木崎宿に入ったときだった。例幣使と随員二名を乗せた駕籠が、突然大きく揺れ出した。

「相談せんか、相談せんか」

と、駕籠の中から叫び声がする。

駕籠かきが足をとられてよたよたした。駕籠に乗っている例幣使と二名の随員が、自分で駕籠を揺らしながら大声で叫んでいるのだ。しまいに三人は、悲鳴をあげて駕籠から転げ落ちた。

五十余名の行列がぴたりと停まった。

「痛い、痛い」

例幣使は倒れたまま、甲高い泣き声をあげた。

「無礼者めが！　日光例幣使をなんと心得おる」

二名の随員は起き上がり、宿場中に響くような大音声を張り上げた。

両側の旅籠や家々は、みな雨戸を閉めていた。だが、どこからか、商家の主人らしき白髪頭の男が羽織袴をつけて走り出てきた。そのあとから番頭、手代といった身なりの者が三人、四人。

「例幣使様、どうかお許しを」

この宿場の世話役だろう。羽織袴の主人は土下座をして、地面に頭をこすりつけた。その後ろに番頭、手代が這いつくばった。それを見て、ほかの家からも次々にひとが飛び出してきた。静まり返っていた宿場はいっぺんに騒然となってきた。

「これが本当の強請りってやつさ」

行列の後尾で沓持をしている人夫が、また薄ら笑いを浮かべ、亨介と欣蔵に教えてくれた。こうやって宿場の者を脅し、入魂金《じっこんきん》をせしめるのだという。入魂とは心づけの意味だが、要は強請りたかりの金だ。

「薄汚ねえ、貧乏公家め」

欣蔵が顔を歪めた。

亨介は何も言わなかった。欣蔵の声も、まわりの騒ぎも、すでに聞こえていなかった。行列のいちばん後ろで呆然と目を見開き、土埃の中に立っているひとりの女を見ていた。

街道沿いの大店から出てきたご新造だった。

彼女の姿形は、以前とはまるでちがった。髪は、若いご新造がよく結う丸髷だった。眉はなかった。口許にはお歯黒のついた歯が覗いていた。着物はどこかの女将のような紫の市松小紋だった。昔と同じところはひとつもなかった。

しかし、舞だ。ひと目でわかった。

そういえば江戸の小千葉道場で、長男の吉太郎が言っていた。あいつ、縁談が決まってな。相手は木崎宿の生糸問屋の跡取り息子だそうだ。

どうして今の今まで気づかなかったのか。ここがその木崎宿ではないか。

亭介の目には、舞ひとりしか見えていなかった。舞も驚いたのか、口を半開きにして亭介を見つめていた。そのままときが停まったみたいだった。

「やだ亭介。いったい何よ、その格好」

突然、舞が笑い出した。


四半刻後、亭介と欣蔵は佐野屋という生糸問屋の二階から、日光例幣使の行列が木崎宿を発って行くのを眺めていた。

宿場の世話役たちは、駕籠から転がり落ちた例幣使と二名の随員を、拝むようにしてそばの旅籠に運びこんだ。けがの手当て、つまり入魂金を手渡すためだ。

あの宿場で狼藉があった、日光例幣使がけがをした、などと幕府に報告されたら、あとでどんなお咎めを受けるか知れない。

一行にも休息をとらせ、お茶やお菓子を出してもてなした。

その間に、舞は人足を二人雇って、亨介と欣蔵に着替えさせた。そしてうぐいす色の衣装をつけた人足を一行の長櫃持ちに仕立て、亨介と欣蔵を裏口から自宅に連れこんだ。

佐野屋は街道沿いに上州櫓造りの店を構え、宿場でも一、二を競う大店だった。

「お客さま方あ、脚絆がほこりまるけだ。おらが洗ってこまそ」

どこの生まれか知らないが、二人にお茶を運んできた下女だ。

「いいよ、ねえさん。どうせおれたちはすぐに発つ」

「なら、ほこりだけ払ってこまそ。ぬぎなぬぎな」

下女は二人のそばに来て、無理矢理脚絆を脱がせてしまった。ねえさんといっても、歳はまだ十かそこら。前髪を垂らしたほんの子供だ。

「あれま、こっちのひとのはやぶれてるぞ。こら、ぬわなくちゃなんねえ」

「そんな手間なことしなくていいよ。だろ、欣蔵」

「てまなもんか。こげなやぶれた脚絆はいて、旅なんかできね。まちなまちな。おらがぬってこまそ」

「すまないな。ねえさん、何て名前だい」

「たみ」

下女は二人の脚絆を持って、どたばた部屋を出て行った。

「いい子だな。よく働いて。まだ子供だろ」

欣蔵は何も言わない。さっきから黙ったままだ。

見ると、幼い下女が出ていった方をぼんやりした顔で眺めている。ことによると——そう思い、亨介はためしにそっと呼んでみた。

「はる」

欣蔵はびくっとなって、目をこすった。

「なんだって」

「あの子のことさ。気立てがよくて、働き者で、いい子だな」

「冗談じゃねえ。親の顔が見てやりてえよ。あんなガキのうちから働かせて」

亨介は苦笑して、たみがいれてくれたお茶を口に運んだ。

「欣蔵、生まれはどこだ」

「本所深川。江戸っ子さ」

「嘘をつけ。水呑の子だと言ったじゃないか。どこか、どのつくいなかだろ」

「亨介、開けるよ」

ふすまが開いて、舞が顔を出した。

「やれやれだ。やっと行ってくれた」

「例幣使の行列か」

「あんなのが天子様のお使いだなんて、世の中どうなってるんだろうね」

舞は言いながら二人の前に来て、きちんと膝を折った。この生糸問屋に嫁いできて、まだふた月か三月だろう。だが、大店の内儀の所作がすっかり板についている。

「亨介、お前、江戸の道場に来たんだって？　どうして逃げた。わたしに顔向けできない事情でもあったのか」

「ひと聞きの悪いことを言わないでくれ。急ぎの用があったんだ」

あのときは、気づくと足が勝手に動いて体を道場の外に運んでいた。つまり、逃げたのだ。舞に会いたい気持ちが一としたら、その反対の気持ちが十か二十あった。たぶん縁談が決まった、と吉太郎に聞いたせいだろう。

「このひとは？」

「欣蔵。旅の連れだ」

舞を紹介すると、欣蔵は腰をあげて仁義を切ろうとした。

「やめて。わたし面倒臭いの、大嫌い」

欣蔵は坐り直した。「すいません」

「舞、どうしておれたちを引き止めた」

「頼みがあるの」

「おれに？」

「あんたたちに。お礼はするわ。あんな行列の荷物持ちなんかやってるより、よっぽどお金になるわよ」

おれたちは金に困って荷物運びの人足をやっていたわけじゃない。一瞬、誤解を解こうと思ったが、そうすると余計面倒なことになる。

「こんな大店のおかみが何を言ってる。ものを頼むんなら、いくらだってひとはいるだろう」

「店の者には頼めないの」

「内緒ごとか」

「他言は無用。いいわね。ばれたら磔《はりつけ》、獄門よ」

「大仰なことを」

だが舞はにこり、ともしない。帯に挟んであった懐紙の包みを抜いて、亭介の前に置いた。

「それは路銀。足りなくなったらそう言って。お礼は別よ」

亭介は懐紙の包みを開けた。小判が五枚入っていた。どんな用件にしろ、冗談ではなさそうだった。

「何をしろ、と」

「股旅ギャングを知ってるわね。捜して、ここに連れてきて」

ひょっとして何か知っているのか、と舞の表情をうかがった。

「どうしておれたちにそんなことを……」

「あんたたちみたいに堅気じゃなくて、旅馴れていて、一日中暇じゃないとできない仕事だから」

「ちげえねえ」

と欣蔵が笑い、亭介に睨まれ、笑うのをやめた。

「股旅ギャングは天下のお尋ね者だ。ここへ連れてきて、どうする」

「そのとき言うわ」

「おれたちには言えない。信用できないってか」

亭介は五両の小判を懐紙に包み直し、舞の前につき返した。

「なら、頼むな。欣蔵、行くぞ。邪魔したな」

荷物を取って、部屋を出ようとすると、ふすまが外から開いた。

「あれま。お客さま、もうお発ちけ？」

「そうじゃないの。たみ、誰も二階へ上げるんじゃないよ。これからお客様と大事な話があるから」

たみは「へえ」と返事をして、両手で胸に抱いてきた脚絆を、二人に向かって差し出した。

「こっちのひと、うまくぬえたかどうか、わかんねが」

「ねえさん、ありがと」

欣蔵が深々と頭を下げると、たみは「ばかこけー」と笑い、きまりが悪そうにどたばた階段を駈けおりていった。

亨介はふすまを閉めた。向き直ると、ふところから拳銃を抜いて、ぴたりと舞に向けた。

「じゃあ聞こうか。おれたちに何の用だ」

16

舞はけげんそうに眉を寄せ、亨介が突きつけた拳銃を見た。

しばらく経って、ぱっと飛び跳ねるようにしてふところを探った。勢いが余り、挟んであった紙切れが下に舞い落ちた。股旅ギャングの人相書だ。顔がふたつ描いてある。

畳の上で広げ、二人の顔と見比べた。

「やだ。そっくりじゃない、このひと。なんて言ったっけ。欣蔵さん？　どうして目の前にいて気がつかなかったのかしら」

舞はのけぞって笑い出した。

「亭介のせいよ。こっちの絵。亭介がこんないい男なわけないでしょう。これじゃあまるで役者じゃない」

変わらないな、と亭介は思った。それまでまるで大店のおかみのお面でも被っていたみたいだった。その顔がいっぺんに消えて、昔の舞に戻っていた。陽気で、勝気で、怖いものなしで野山を駈け回っていた子供の頃の舞に。

亭介は拳銃をふところに収め、もう一度窓際へ行って坐りこんだ。欣蔵も頭をかきながらそばにきた。

「用件は何だ」

笑い声がぴたりとやんだ。

「聞いたら、いやとは言わせないよ」

「だからおおげさなんだよ。なにごとだ」

「佐野屋善左衛門《ぜんざえもん》の首をとって」

「誰だ、そいつ」

「この宿場の世話人よ。さっき例幣使が難癖をつけてきたとき、真っ先に飛び出していったのがそう」

あの男か。羽織袴で飛び出してきて、例幣使に土下座をしていた白髪頭の爺さんだ。

「待てよ。佐野屋って――」

「そう。この家の主人。大旦那。わたしの旦那様のお父様」

亭介は思わずあたりに目を配った。こんな話がお上に知れたら、確かに磔、獄門だ。親殺し、主人殺しはとりわけ罪が重い。

「冗談はよせ。お前、本当に怖いもの知らずだな」

「いいえ。怖くてたまらない。体じゅうが震えているの、わからない？」

生糸問屋の跡取り息子が、どこかで舞を見初めて、向こうから結婚を申し込んできた。えらく舞に惚れこんで、お姫様みたいな扱いだ。兄の吉太郎にそう聞いて、舞は幸せに暮らしているとばかり思っていた。

だが、ちがったのか。

「おれたちは殺し屋じゃない。盗っ人だ」

「ただの盗っ人じゃないでしょう。講釈で聞いたわ。いっぺん隣の宿場まで聞きに行ったの。股旅ギャングは私利私欲で盗みを働いてるんじゃない。義賊だ。世直しのために泥棒をやっているって」

「世直し？」

そんな言葉は初耳だ。くそ、天祐め。

「ちがったの」

「いや、ちがわない」

「だったら佐野屋善左衛門をやっつけて」

「なんだって生糸問屋の主人を――」

「それは表の顔よ。裏で何をやってると思う」

舞はすっと立ち上がり、ふすまを開けに行った。

「たみ」

下の方で「へえ」と声がして、たみが勢いよく階段を上がってきた。

「大旦那様、まだお帰りじゃない？」

「へえ。まだだあ」

「旦那様は？」

「宿場のよりあいへ、いったきりだあ」

「誰も二階へ上げないでね」

たみは「へえ」と返事をして、元気に階段をおりていった。

「あの子、いくつだと思う。九つよ。ふた月前、越後の出雲崎から、この宿場の飯盛り女に売られてきた。大雪が積もった三国峠をはだしで歩かされ、霜焼けだのあかぎれだの、手足にいっぱいこしらえて。やっとここへ着いた日に、客を取らされそうになった」

「客って――九つのガキじゃないか」

「信じられないけれど、そういう趣味の客がいるの。まだ娘にもなっていないような子供を、無理矢理どうにかしたいって客が。それ聞いたときは、めまいがした。あんなに驚いたことはなかったわ。

あんまり不憫だったから、旦那様に無理を言って、わたしがたみを買い取った。

でもね、あの子ひとりじゃないの。この宿場には、たみと同じような子がいっぱいいるの。嫁いできてはじめて知ったけど、ここ、有名なんだってね。幼い子供を飯盛り女にしてるって。唄もできてる。玉村宿は塩市で、お隣りの柴宿は煙草市、そのお隣りの木崎宿なら童女市、コリャコリャって。わざわざそれを目当てにやってくる客も多いそうよ」

「どうしてここが……」

「そんな宿場になったか？　この町のせいじゃないわ。たまたまここに、たちの悪い女衒《ぜげん》がいるから。越後の貧しい農村をまわって、幼い女の子ばかり買い取ってくる女衒が。これでもうわかったでしょ」

舞はうなだれ、声を落とした。

「その女衒の元締めが、佐野屋の主人、善左衛門」

「許せねえ……」

欣蔵の低い声がした。下を向き、こぶしを握って肩を震わせている。

「おれがぶっ殺してやる」

「落ち着け、欣蔵。おれたちはやくざ相手の盗っ人だ。堅気の素人衆には手を出さない。はじめにそう決めたじゃないか。悪いが、舞――」

「そうかい。とんだ見損ないをしちゃったよ。何が義賊だ。世直しだ。けちな賭場荒らしが偉そうなこと言うんじゃないよ。とっとと帰んな」

「あのな、舞。殺しと盗みはわけがちがう」

「頼まないよ。わかった。わたしがひとりでやるよ」

「いいや。おれがやる」

「この宿場で正気なのはおれだけか」

やがて亨介は溜め息をついた。

「舞、この店に奉公人は何人いる」

「住み込みのひとが七人。八人かな、たみを入れて。あと昼間だけ手伝いに来てくれるひとが三、四人」

「家族は？」

「大旦那様と旦那様とわたし、三人だけ。お姑さんは先《せん》に亡くなったって」

「お前の亭主はどういうひとだ」

「ひとは悪くないわ。久四郎《きゅうしろう》といって、わたしのことはとても大事にしてくれる。でも、それだけ。大店のぼんぼんで育ったからね、うらなりの瓢箪《ひょうたん》。父親の言いなりよ」

亭介は頷いた。

「倉賀野宿に明日かな、講釈師の松廼家天祐が来る。誰か使いをやって、講釈が終わったらこっちへ来るように言ってくれないか」

「天祐って——」

「そうだ。股旅ギャングの講釈師だ。お前が聞きに行ったのも、天祐先生の講釈だ。亭介が困ってると言えば、きっと来てくれる」


佐野屋は朝、大戸を跳ね上げて店を開く。日が暮れると大戸を下ろし、くぐり戸から出入りをする。五ツ（午後八時）になると、たいてい丁稚《でっち》がこのくぐり戸の戸締りをする。そのあとは誰も中に入れない。

主人や番頭が遅い時間に帰宅すると、そっとくぐり戸を叩いて、丁稚に開けさせる。

そのため丁稚は、誰か帰ってこない者がいると、寝床に入れない。大戸の内側の土間にムシロを敷いて、うつらうつらと待たなければいけない。

その晩丁稚は、四ツ半（午後十一時）に、安心して寝床に入った。

九ツ半（午前一時）、黒い影がふたつ、佐野屋の大戸に忍び寄った。紺の手拭いで頬被りをして、風呂敷包みを背負った亨介と欣蔵だった。

くぐり戸を押した。丁稚が戸締りをした戸は、下の方から内側に持ち上がった。

二人は苦もなく店の中に侵入した。

そのとき向かいの家の陰に、黒い影がもうひとつ忍んでいた。二人が佐野屋に呑みこまれたのを見届けると、道の真ん中に出て、歩きだした。ぶらりぶらり、と酒に酔っているような足取りで。

木崎宿には、旅籠が三十六軒ある。みな飯盛り女を置いた女郎屋だ。この宿場は、そのため日光例幣使道でいちばんの賑わいを見せている。

女郎屋は江戸の吉原を真似て、真夜中でも店を開いている。閉まるのは、吉原と同じ大引け（午前二時）だ。

だから町は、まだあちこちでざわついている。

黒い影は、酩酊した男が色町に誘われて歩いているように見えた。だが、女郎屋にしけこむ気はない。酔ってもいない。そう見せていただけだ。めったにないが、宿場役人が気まぐれを起こし、何かの拍子に巡回してこないとも限らない。

「股旅ギャング第二幕、いよいよ開演」

渋いだみ声が呟いた。

もし誰かがそれを耳にしたら、講釈師・松廼家天祐の声だとわかったかもしれない。

「先生、弱った。股旅ギャングが悪党の首を獲らなきゃならねえ。どうやればいい」

亭介に泣きつかれ、天祐はやむなく佐野屋押し込みの絵図を描いた。

やむなく、というのは建前で、内心は小躍りだった。義賊、世直しという謳い文句が受けて、これだけ人気の上がった股旅ギャングだ。いつまでも、やくざ相手にけちな賭場荒らしをやっているだけでは飽き足りない。ここらでひとつ何か大きなことを——と、期待していた矢先だった。

旅に出てから、天祐はひどい不眠症にかかっていた。おそらく江戸を追われたストレスだろう。いなかの水は合わない。根っからの江戸っ子なのだ。

眠れない夜は辛かった。ついくよくよと、このまま江戸へ戻れなかったら、などと考えてしまう。そんなときは酒を飲んでも酔えない。逆に神経が冴えてきて、まんじりともせずに朝を迎えたりする。

江戸の薬問屋から、仕方なく眠り薬を取り寄せるようになった。漢方とちがって、西洋の薬は即効性があった。一包を湯に溶いて服用すると、たちまち寝入る。その薬が、押し込みの絵図を描くのに大いに役立った。これも何かの因縁だろう。

二人の首尾を思い描き、天祐はふふ、と笑みをこぼした。

佐野屋に侵入した亭介と欣蔵は、まず手燭をつけて、くぐり戸の戸締りをした。丁稚が寝たあと、こっそり開けにきたのは、下女のたみだ。開いたままだと、店の中に手引きをした者がいる、と悟られる。

大戸の内側は奥行き一間ほどの土間で、その向こうに板敷きの店頭と帳場。障子戸のついた店座敷。手燭を頼りに通り抜け、坪庭に面した回り廊下に出た。台所、風呂、内蔵など、どこに何があるかは、舞に聞いて頭に入っている。

回り廊下を歩き、ふすま越しに、奉公人の部屋を見て回った。

南蛮渡来の眠り薬の効き目は予想以上だった。聞こえるのはいびきだけだ。

二階へ上がると、とっつきの客間に入った。昨日、日光例幣使の一行を窓から見送った西の部屋だ。隅の雨戸をひとつ外し、侵入路を作った。賊は、隣家から屋根伝いに入ったように見える。

その隣りは控えの間で、もうひとつ隣りが久四郎と舞の寝室だ。広々とした八畳間で、夜具がふたつ、真ん中に並べて敷いてあった。

かがんで手燭を向けた。

夜具に横たわっている舞の目がきらり、と光った。亭主の久四郎はその向こうでいびきをかいている。

亭介は手燭を畳の上に置いた。舞が半身を起こした。欣蔵が風呂敷包みから荒縄を出し、舞を後ろ手に縛った。口には布を押しこみ、さるぐつわを嚙ませた。

亭介は夜具の向こう側へ回りこみ、久四郎の耳に囁いた。

「声を出すな」

たみが眠り薬を溶かしたのは、奉公人が寝しなに飲むお茶だけだ。久四郎のいびきがとまり、目が開いた。亭介はその鼻先に拳銃を突きつけた。

久四郎の顔に怯えが走り、口が大きく開いた。悲鳴が飛び出す前に、亭介は片手でその口を塞いだ。

「声を出すな。乱暴はしない。わかったか」

間が空いたのは、ことの次第を呑みこむ時間だったろう。久四郎は震え出し、二回、三回と頷いた。

「起きて、両手を後ろに回せ」

久四郎は震えながら起き上がり、両手を背後に回した。さるぐつわをされた舞が目に入ると、くしゃっと泣きそうな顔になった。三十過ぎか。舞はうらなりの瓢箪と言ったが、顔は育ち過ぎたトウガンだ。ヌーボーとして、ただ大きい。それと比べ、手足はいかにも貧弱だった。ガキの頃から喧嘩ひとつしたことはなさそうだ。歯ががちがち鳴っている。

欣蔵が両手と両足を縛り、さるぐつわを噛ませた。

「ここでじっとしてろ。邪魔をしなければ、一切危害は加えない。わかったか」

久四郎は夜具に転がされ、また大きく二回、三回と頷いた。

二人は舞を引っ立てるようにして、部屋を出た。

佐野屋善左衛門は二階の東側、仏間の隣りにある六畳間でひとり眠っていた。白髪頭の痩せた男で、歳は六十二。一代でこの身上を築いただけあって、性根の据わった男だ、と舞は言った。

その通り、深夜押し込み強盗に拳銃を突きつけられても、息子のように震え出すことはなかった。

「なんだい、お前さんたち。押し込みか」

額が狭く、目が小さい。獲物を狙う猛禽のような顔に見える。夜具の上に起き上がると、さるぐつわをされて坐っている舞をちら、と見た。

「せがれはどうした」

「心配ない。部屋で寝てる」

「せがれの大事な嫁に手をかけるのはよしとくれ。金ならやる。盗るもの盗って、早く出てっておくれ。その方が、お前さんたちのためだろう」

「さすが佐野屋善左衛門さんだ。話が早い。隣りの金蔵を開けてもらおうか」

「店の内蔵は下だよ」

「先刻見せてもらったんだ。隣りの仏間にもひとつあるね」

「あれにははした金しか入っていない。わたしの小遣い銭だ。金は下の内蔵だよ」

「下へ行って、奉公人を起こしでもすると面倒だ。あんたの小遣い銭をもらえばいい」

善左衛門はしょうがないという素振りで立ち上がった。たんすの引き出しから金輪のついた大きな鍵を取り出し、隣りへ行くふすまを開けた。

仏間は畳を四枚、縦に並べた部屋だった。仏壇の横に、観音開きの金蔵がひとつある。

善左衛門は大きな鍵を差しこみ、扉を半分開けた。漆の箱を取り出し、蓋を取った。切り餅が五つ入っていた。ひと包みが一分銀百枚。二十五両だ。

「持って行きな」

ざらっと開けた。

しかし、二人の賊はつっ立ったまま、手を出さない。見上げると、紙切れが一枚降ってきた。〝GANG〟という署名が入った南蛮カルタだ。

善左衛門はさすがに顔色を変えた。噂は耳に入っている。

「股旅ギャングか」

「すまないな。本当に欲しいのは金じゃない」

「お前さんたち、本物かい。偽者が横行してるという話だが」

「どう思う?」

「本物だったら、本業は賭場荒らしだろう」

「本業は世直しだ」

「近頃はみんなそう言うが。だったらうちに押し入った目当てはなんだ」

「この宿場に、飯盛り女は何人いる。百八十人か、二百人か」

「うちは生糸の商いをしてるんだ。飯盛り女のことなんか、知ったことか」

「その中に、十にもならない子供が三十五、六人いる。もっとか。知ったことじゃない、とは言わせない。あんたが女衒を使って、越後の貧しい村から買ってきた子供たちだ。旅籠に預けて、毎日客を取らせている」

「ばかなことを」

「白を切るつもりか」

「いいや、お前さんたちがとんだ誤解をしてるってことさ。仮にもわたしは木崎宿の世話役だよ」

「乙蔵、その金蔵を調べてみな。中に子供たちを買い取った証文があるはずだ」

欣蔵は観音開きの扉を両方開き、中に入っている漆の箱を三つ四つかき出した。箱の蓋が転がって、書付がそこらに散乱した。

「ご新造さんよ、縄を解くからその書付を調べてくれ。佐野屋さんの大事な書付だ。他人には見せたくないってものもあるだろう」

善左衛門は舌打ちをくれ、

「舞さん、いいよ」

と自分で書付を拾いだした。他人どころか、せがれにも誰にも見せたくない書付がたくさんありそうだった。

「飯盛り女の証文か。手燭をそこに置いとくれ。暗くて見えやしない」

ぶつぶつ言いながら書付をよりわけ、束にしてぽいと放り出した。

「これで全部だ」

亨介はしゃがんで枚数を数えた。三十八枚あった。ふたつに畳み、ふところに入れた。

「これはあんたが子供の売買をしているという証拠品だ。お上に訴えたとき役に立つ。もらっとくよ」

「お上に訴えるつもりなのか」

「いつでもそうできるってことさ。野暮はしない。その代わり、夜が明けたら、この三十八人の子供を郷里へ帰せ。証文がなけりゃ、ここに置いておくことはできまい。子供たちには餞別をやってくれ。遠い道を歩かせるんだ。ひとり十両」

「十両!?」

「下の内蔵には千両箱が唸ってんだろ。安いものだ。それともお上に訴えようか」

「わかった」

「越後まで、道中はおれたちがついていく。追っ手をかけても無駄だ。途中で何かしようたって、そうは問屋がおろさない」

「もういいだろう。用が済んだら帰っとくれ」

「もうひとつ。あんたがまちがいなく約束を果たす、という証しが欲しい」

善左衛門は猛禽のような目を瞬いた。

「あんたの身内をひとり、預かる。おれたちと一緒に越後まで旅をして、子供たちが無事郷里に着いたら、解放しよう」

「人質を取る気か」

「息子の久四郎さんか、それともご新造さんか。どっちがいい」

善左衛門は顔に怒りをたぎらせた。

「せがれはうちの跡取りだ」

「もしものことがあっては取り返しがつかないってか。だったら、確かな証しだな。久四郎さんを預かって、越後まで旅をしてもらうことにしよう」

「待て」

善左衛門の顔に、はじめて狼狽が走った。

17

「鬼の悪左衛門《あくざえもん》も、ひとりきりの跡取り息子、せがれを思えばただの親。『頼む。せがれは病持ちだ。生まれついて心の臓に病がある。人質にとるのだけはやめてくれ』。
これを聞いた股旅ギャング。『あんたもひとの親だな、悪左衛門さん。なら、幼い子供を人買いに買われていった親の気持ちもわかるだろう。三十八人の子供たちは、つつがなく親元へ返してやっておくんな。おれたちも、あんたの大事な跡取り息子には一切手を出さねえよ』
やれ嬉しや、と悪左衛門、思わずばったりとその場に両手をついた。そのとき、どこからともなく巻き起こった一陣の風。悪左衛門がはっと顔を上げると――」
パパン、パン！　と張扇の音。

「不思議やな。すでに股旅ギャングとご新造の姿はそこになく、あたりには黒洞々たる闇が広がるばかり。

どこへ消えたか股旅ギャング。はたまた彼らと共に姿を消した悪野屋の美しいご新造の運命やいかに」

パパン、パン！

「さて、本日はこれまで」

中山道は倉賀野宿。講釈場をいっぱいに埋めた観客から、割れんばかりの拍手と歓声があがった。おひねりもふたつ三つ飛んできた。

幕袖から下男が走り出て、ぺこぺこしながらおひねりを集めていった。

それを尻目に、松廼家天祐は悠然と高座をおりた。だからやだよ、いなか者は。これでおひねりがたった三つかい。手を叩くならおあしを出せってんだ。

ぶつぶつ言いながらも、上機嫌。幕袖にひっこむと、待ち構えていた下男が囁いた。

「先生、例のお客さんがお着きで」

「おお来たか」

「お言いつけ通り、楽屋へお通ししておきました」

天祐は楽屋に急いだ。

亨介と欣蔵はあの翌日、舞と三十八人の童女を連れて、三国街道を北へ向けて旅立った。道中の世話をさせるため、という舞の頼みでもうひとり、下女のたみも一行に加えられた。

天祐は以来、中山道の宿場を西へ東へ、行ったり来たり。股旅ギャングの新しいひと幕を高座にかけながら帰りを待った。

指折り数えてみると、あれから早や二十三日。

「先生、達者だったかい」

亭介と欣蔵は旅装束のまま、楽屋で笑顔を浮かべた。気のせいか、ギャングの風格のようなものがついてきたように見える。

「元気そうだな、お前さんたち。ご新造さんは？」

「もう木崎の家に着いてるだろう」

「道中、なにごともなかったかい」

天祐は手早く着替え、とっておきの渋いお茶をいれてやった。

「話には聞いていたが、先生、三国峠は険しいねえ。春だからよかったが、真冬の大雪なんぞに降られたら、どうなったことか」

欣蔵が口を切ると、たちまち話がはずんだ。おおぜいの童女を連れて、高崎宿から越後の寺泊宿まで三十三次、五十一里の道のりだ。土産話はうんとある。

「子供たちは、みな無事で親元へ？」

「ああ送り届けたよ。みんな風邪ひとつ引かず、元気なもんだった」

「親御さん、さぞかし喜んだろう」

「そりゃあ、もちろん……」

急に亭介の歯切れが悪くなった。

「ほかの子はよかったんだが。たみが――」

そのとき楽屋の扉が開き、木戸番が顔を出した。

「先生、今、早駕籠が着きましてね。先生に会わせろって、すごい剣幕でねじ込んできたひとがいるんですが」

見ると、亨介と欣蔵はもう衣桁《いこう》にかけた羽織袴の陰に姿を隠している。天祐は感心しながら腰をあげた。

「誰だろう。ねじ込まれる覚えはないんだが」

何か言いかけた木戸番を押しのけるようにして、旅姿の女が入ってきた。

「それが先生――」

「ああ、よかった。間に合った」

天祐は驚き、とりあえず楽屋の扉を閉めに行った。

「舞さん、あんたは木崎の店に帰ったんだろう」

「帰ったわよ。だから、急いで出てきたんじゃない。亨介はどこ？」

「どうした舞。忘れ物か」

衣桁の羽織袴の陰から、亨介と欣蔵が出てきた。

「いたいた。置いてけぼりを食うんじゃないかってひやひやしちゃった。天祐先生、今日から股旅ギャングは三人組だから、よろしくね」

「何を言ってる。お前は生糸問屋のおかみだろう」

「ギャングにさらわれたおかみが、今さら店に戻れると思う？　わたしも仲間に入れてもらうよ」

「舞さん、あんた考えちがいをしているよ。はたから見ると、たまたまおれたちはかっこよく見えるかもしれない。でもね、旅から旅なんて暮らしは大変なんだ。店に帰った方がいい」

欣蔵が年の功を発揮して、舞を説得しようとした。

「三国峠の永井宿だったかしら。もう歩けねえって、熱を出して寝込んだのはどこの誰？　わたしとたみが、朝まで交代で看病してやったんじゃない。わたしたちがいなかったら、あんた山の中にひとり置き去りよ。わたしに向かって意見できるの？」

「面目ねえ」と欣蔵。

「おれたちはお尋ね者だ。舞、仲間になってどうする」

「決まってるでしょ。世直しをするの。それが股旅ギャングの仕事じゃない。たみの家のこと、忘れたの？」

亭介は黙って下を向いた。

そう言えば「たみが――」と、さっき何か言いかけた。

「たみはどうした。親元に帰したんだろ」

天祐が訊くと、

「そのつもりで連れていったんですけど。あの子の家、子供がほかに七人いて……」

舞も歯切れが悪くなった。

「お母さん、そりゃ喜んでくれたけど、でも辛そうで。たみがその顔を見て、内緒でわたしたちに頼みにきたんですよ。かかさんが困るから、置いてかないでって」

やはりそうか、と天祐は思った。貧しい農家が娘を売るのは、当座の金のためだけではない。口減らしの意味もある。

「仕方がないから、あの子ひとりは木崎のお店に連れて帰ったんです。わたしは甘やかされて育ったから、そんなこと思いもしなかったけれど」

舞はきっとなって、亨介を睨んだ。

「親と子が一緒に暮らせないなんて、こんな世の中に誰がしたの？」

「だからって、お前が」

「いいえ。もう決めてきたの」

勢いよく袂を探って、布の袋を取り出した。そこからざらざらっとこぼれ落ちたのは、目のくらむような山吹色の小判がざっと百枚。

「これでわたしも大泥棒よ」

「お前、店から持ち出したのか」

「旦那様の手文庫からくすねてきたの。何のために家へ帰ったと思ってるの」

「そんなことして……わかってるか。十両盗んだら死罪だぞ」

「もう木崎の家には帰れないってことね。帰ったら首をはねられちゃう」

楽屋の扉が音を立て、また木戸番が顔を出した。

「先生、またひとりねじこんできたんですが」

木戸番が言い終わらないうちに、

「舞様あ」

と後ろから叫び声があがった。

舞がぎょっ、と立ち上がった。下女のたみが、自分の体の三倍くらいありそうな木戸番を押しのけるようにして入ってきた。

「いたいた。舞様あ、早かごって早えもんだな。おら、おってくのに必死こいてよ、死ぬかと思った」

「お前、店から駆けてきたのかい、早駕籠を追って」

「おいてけぼりを食っちゃかなわねえがら、はあ、死ぬ気でかけっこしただ。舞様あ、家をおん出る気だね。おらもいっしょにつれてってけれ」

「ばかなこと言うんじゃない。わたしが家を出るわけないだろう」

「嘘こくでねえ。おら、娘っ子だぞ。おなごの気持ちはわかるだあ」

たみはあはあは、と笑い出した。

「わたしがどこへ行くか知ってるのかい」

「どこでもええべ。舞様がいないとこにくらべたら、どこだって極楽だあ」

「先生、なんとか言ってくれ。収集がつかねえ」

亨介は頭を抱えた。天祐はやむなく張扇を取って、パパン、パン!

「役者が揃った。おもしろくなってきたねぇ」


亨介は薄目を開けて、行灯を見た。

たいていの旅籠は、行灯の油を注ぎ足してくれない。行灯皿に入っているだけの油が切れると、灯は消える。泊り客がもう少し起きていたい、用をしたいと思っても、部屋が真っ暗になっては寝るしかない。

けちな旅籠は、最初から皿に少ししか油を入れない。だからたちまち暗くなる。三国街道を行く間、泊まった旅籠はとりわけけち臭かった。子供たちを遊ばせてやろうとしても、すぐに油が切れて真っ暗になった。子供たちは毎晩のように、残念そうな声をあげたものだ。

だがその夜、部屋は一向に暗くならない。亨介はくそ、と布団をひっかぶった。

倉賀野宿のとある旅籠だった。

股旅ギャングは舞を入れて三人組。そこに童女と講釈師が加わって、五人連れとなった一行は、講釈場を出ると、別々に宿をとった。

亨介と欣蔵の人相書は、どこの宿場にも出回っている。特に倉賀野では、以前、すっぽんの銀次とやくざ者に追われて危ない目に遭った。用心するに越したことはない。

亨介と舞は夫婦、欣蔵とたみは親子、天祐はひとり旅という触れ込みで、三つの旅籠にわかれた。泊り客が多いときは、夫婦者でもよく相部屋にさせられる。そのつもりで泊まったのだ。だがその晩、宿は静かなものだった。亨介は六畳の間で、舞と布団を並べて寝ることになった。

こんなことははじめてだった。

おまけに今夜に限って、なかなか行灯の灯が消えない。消えればすぐに寝たふりをするのだが。

「手」

突然、舞の声がした。

亨介は目を開いた。いつ油が切れたのか、いつの間にか部屋は真っ暗だった。

「手を出せ」

何だろうと思いながら、亨介はそろりそろりと布団から片手を突き出した。暗がりで何か捜すような音がして、その手を舞がつかんだ。

「亨介、お前、怒っているな。わたしが木崎へ嫁いだことに」

「まさか」

「だったらどうしてわたしを放っておいた。二十日以上も旅をして、お前はいっぺんもわたしに手を出そうとしなかった」

「子供がおおぜい一緒にいたじゃないか。帰りだって、欣蔵とたみがいた」

「今は誰もおらぬ」

亨介は、無言で舞の手を握り返した。一年前の初夏、蛍がうるさいくらい飛び交ったあの晩、村外れの蚕小屋で抱いた舞を忘れてはいない。月光に濡れた両足を割って入りこむと、舞は陸に上がった魚のようにびくん、と跳ねた。青白い肌は魚のように冷えていたが、体の芯は熱かった。

「わたしを抱きたくないのか」

亨介は返事をしなかった。するまでもなかった。

「どうしてこっちへ来ない」

何だろう。胸のどこかに氷塊のようなものがひとかけこびりついている。

「今は」

とだけ言った。今は、何なのか。今でなくなったときは、何なのか。自分でもそのあとに続く言葉がわからなかった。

三国街道を旅しているときは、ひとの女房だと思っていた。何があっても指一本触れない。でないと子供たちを送り届けたあと、佐野屋に戻してやれない、と。

ところが舞は、また佐野屋を飛び出してきた。二度と帰れないように盗みまで犯して。亨介にはどう扱っていいかわからなかった。どうするのが舞にとっていちばんよいことなのか。だからもう一度暗がりの中でぎゅっと舞の手を握り、――離した。

翌朝早く、五人は相前後して宿を発ち、中山道を下った。

目明し番太の銀次も、由比の源六も、あれから姿を現わさない。越後まで、童女を連れてひと月近く旅をしたおかげで、どうにか足取りを消せたようだ。

しかし誰が、どこで目を光らせているか知れない。

一行は、夫婦、親子、男ひとりと三手にわかれ、街道を行くときは後になり先になりして歩き、宿はそれぞれ別に取った。

天祐は三日に一度、講釈場で〝股旅ギャング行状記〟を口演した。

甲介と乙蔵が、ある商家のお内儀を人質にして逃走した、という噂が立ったときは、世間は「女まで盗む、極悪非道の股旅ギャング！」と指弾した。

しかし、それは悪左衛門に買われた幼い子供たちを、親元に送り届けてやるためだった。それが済むと、人質だったお内儀が二人の男っぷりに惚れ、なんと夫も身上も捨てて彼らの仲間になった。

これが天祐の講釈を通じて広まると、股旅ギャングの人気はますます上がった。「人妻強奪」という行為が、ひたすら夫への忍従を強いられている婦女子の小さな胸に、密かな性的ドリームをかきたてたのだ。

「あちしも強奪されたい！」と。

天祐の講釈は押すな押すなの大盛況で、おひねりが初詣の賽銭のように飛ぶようになった。

亨介と舞、欣蔵とたみは行く先々で貧しい村をまわり、日々の暮らしに困っている者たちに惜しげもなく金を分け与えた。むろん、面と向かって金を渡すようなことはしない。誰にもわからないようにそっとどこかに置いて、すばやく立ち去る。

それでもひとびとは、あとで決まって噂した。

「どこの誰かは知らないけれど、股旅ギャングがやってきた」

舞がくすねてきた百枚あまりの小判は、半月と経たないうちに使い果たした。

五月に入ってすぐ、天祐が昼席を終えて宿で一杯やっていると、舞が二人のギャングを引き連れ、意気揚々とやってきた。

「先生、いよいよ股旅ギャング三人組の出番だよ」

「よっ」

と天祐。

「そいつあお誂《あつら》えだな。そろそろ講釈のネタが尽きてきたところだ。前祝に、お前さんたちも一杯どうだい。今夜はあたしの奢りだ。飲んどくれ。おーい、ねえさん、酒を頼む。肴も何かみつくろって。勘定はいくら安くついたって構わないよ。こちとら江戸っ子でえ。さあ、じゃんじゃん持っといで」

18

夕暮れの川風が、開け放った障子窓から入ってきた。窓の外には元荒川が流れ、川向こうの台地には沼に囲まれた古色蒼然とした平城がひとつ。武蔵国は岩槻藩の城下だった。

口入れ屋の番頭は与兵衛《よへえ》といった。

いなかの水呑百姓の七男で、七つのとき、口減らしのためにこの岩槻城下の口入れ屋に奉公にあがった。以来三十余年、今では店の大黒柱と呼ばれるようになった。主人の覚えもいいし、使用人の評判も悪くない。近々のれんわけの話もある。

たったひとつの悩みの種は、——嫁がいない。

もうだいぶ前、世話をしてやろうというひとがいて、ふたつ三つ話はあったのだ。が、まだ早い、今から嫁などもらっては肝心の商いに差支える、と勤めに精を出すうち、いつしか四十を越えてしまった。

こうなると、いよいよもらいにくくなる。

ひょっと始末の悪い女なんかもらった日には、せっかくの身上を持ち崩す。変に色っぽいのをもらったりすると、あの番頭も色ぼけか、と笑われる。かといって、でか鍋に目鼻を描いたような女なんかもらいたくない。

そんなわけで、与兵衛はこの頃女嫌いだった。

口入れ屋の店内には、どこぞに奉公したいという女子衆が押しかけて、たいていわあわあやっている。以前は大目に見ていたのだが、それも耳についてたまらない。

「お前さんたち、静かにおし。わたしが帳面付けをしてるのが見えないのかい。そんなにわあわあ騒がれた日には数字をまちがえちまう。これだって、お前さんたちのためにやってるんだよ。お前さんたちが勤めに出て、ちゃんとお給金をもらえるように……おいおい、お前さん、芋を食うのは構わないよ。お前さんの芋だ。食うのはいいが……芋が芋を食ったら共食いだ？　誰だ、ばかなこと言って笑ってんのは。わたしが言いたいのはね、こら、芋の皮を店の柱になすりつけるんじゃない。誰が掃除をすると思ってるんだい。仮にもわたしはお前さんたちの身許引受人だよ。わたしがいなきゃ、どこのお店にだって奉公できない。わかってんのかい。少しはわたしの言うことも……こらあぁ、猫のひげを抜くんじゃない！」

与兵衛が帳場の結界の中から首を伸ばして女たちに小言を言っていると、外から商家の丁稚が飛びこんで来た。

「口入れ屋のおっさん」

「番頭さんと言いなさい。またお前か」

「大至急、女子衆さんをひとり店に寄こしてほしいそうです」

「お前さん、平松屋の丁稚だろ。店に帰って、いっぺん主人の喜太郎《きたろう》さんに言ってごらん。平松屋さんにはもう誰も行きたがりませんって」

「なんでですか」

「あの店に奉公していてわからんか。お前、今朝はお店で何を食べさせてもらった」

「まんま、たくわん、おみそ汁」

「麦ばっかりの冷えためしと、たくわんの尻尾がふた切れか。みそ汁の実はなんだった。歯で噛めるようなものが何か入っていたか」

「今朝はすごいもんが入ってました！」

「しじみだろ。箸でつまもうとしたら消えちまった、ちがったかい」

「おっさん、なんでわかるんですか。わたい、びっくりしましてな、おもよどんに訊いてみたら、それはしじみじゃない、お前の目ん玉がみそ汁に映ったんだって」

「この城下、いや関八州を捜しても、あんなにけちで人使いの荒い店はまずないな。あこぎな商売をしくさって。そこの女子衆さんたち、誰か平松屋さんに行ったたってくれるか。その川っぺりの質屋さんだ」

店のあちこちでわあわあやっていた女子衆が、途端にしんとなった。この町で、平松屋の悪名を知らないものはまずいない。

「ほら、言わんこっちゃない。少しは奉公する身にもなってもらわないと……丁稚のお前に言ってもはじまらんか。まあま、考えてみれば、お前もふびんな丁稚だな。ここに大福のひとつもあれば、お前に食べさせてやるんだが。ないものはしょうがないな。帰りなさい」

丁稚がしゅんとなって店を出ようとすると、どこからか遠慮がちな声がした。

「番頭さん、わたしでよければ行かせていただきます」

与兵衛は驚き、いったいどこの女がそんな奇特なことを、と結界の中で伸び上がった。そしてさらに驚いた。

その娘、歳の頃は十八、九か。髪はおとなしいひっつめで、着ているものも粗末だが、これがくらくら目まいのするようないい女。まわりでわあわあやっている女子衆が、たった今秩父のお山から掘り出されましたという芋だとしたら、まるで三保の松原を軽やかに舞う天女に見える。

「おまおまお前さん、なまなま……」

口をぱくぱくやりだした与兵衛を見て、丁稚がぷっと吹き出した。

「丁稚、お前は店の外で待ってなさいっ」

真っ赤な顔で怒鳴りつけ、与兵衛は懸命に気を落ち着けた。

「おお前さん、名前は」

「舞です」

「見馴れない顔だが、どこの娘さんだ」

「すみません。少し事情があるんですけれど……だめでしょうか」

娘はしょんぼりうつむいた。

「だだめだめってことはないが」

ははん、と与兵衛は合点した。今、ちらりと娘の口許から覗いたのは、お歯黒だ。つまり、もう娘ではない。まわりでわあわあ言っている芋とちがって、おそらく武家のお内儀だ。お家おとりつぶしか、脱藩か。とにかく夫が浪々の身で、稼ぎがない。やむなく身分を隠し、奉公に出ようというのだ。

「まかせなさい。わたしが親代わりになって、世話してあげる。だが、平松屋はいけない。あんなあこぎな質屋はありゃしない。町のみんながどんだけ泣かされてきたことか。平松屋でいい？　だめ。お前さん、知らないからそんなこと言う。まあ聞きなさい。あの質屋、毎月五日と十五日になると、いきなり店を早仕舞いしちまうんだ。なぜか、わかるかい。

五日と十五日は、利息の払い日。品物を預けてるひとが、一生懸命働いておあしを持っていくだろ。すると、店が早仕舞いしちまって、払えない。次の日行くと、昨日で支払いの期限が切れたから、もうひと月分利息を払え！　なけりゃ品物は流すよ。こんなひどい話があるかい。

平松屋の喜太郎ほどあこぎな人間はまあいない。あこぎの国から、あこぎを広めにきたって男なんだ。あの質屋に奉公するのだけはやめなさい。わたしがもっといい店を見つけてあげるから……平松屋に奉公したい？　平松屋がいい？　どうしても？　お前さんも変わってるね。しょうがない。じゃあ試しに行ってみるかい。待ちなさい。今書付を書いてあげる」

与兵衛は溜め息混じりに筆をとり、さらさらと走らせた。

「これ丁稚、この女子衆さんをお店に連れていってあげな」

「へーえ」

平松屋の丁稚が、舞と名乗った女を連れていこうとすると、与兵衛は名残惜しそうに声をかけた。

「いやになったら、いつでもやめていいんだよ。ここへおいで。もっといい奉公先を世話してあげる。いいかい。わたしが親代わりだってこと忘れるんじゃないよ」

親代わりか、と与兵衛は思った。親の代わりになんかなりたくない。なってみたいのは亭主の代わりだ。小股の切れ上がった、というのはあんな女のことにちがいない。

あんな女が嫁になってくれるんだったら、身上なんか持ち崩したって構やしない。番頭の与兵衛は色ぼけだ？　好きなように笑うがいいさ。あんな女が嫁になってくれるなら。

いや嫁に、なんて贅沢は言わない。いっぺんでいい。一生にいっぺん、あんな女を抱けたら。


その頃、岩槻藩は財政難にあえいでいた。

安政二年（一八五五年）の大地震で、城下に多大な被害をこうむった藩は、国をあげて懸命の復興をはかったが、うまくいかない。二年後、やむなく幕府から多額の金子を借り受けて、復興資金にあてた。

ようやく城下はひと息ついたが、今度はその金の返済に苦しむことになった。

折りも折り、幕府は岩槻藩に、皇女和宮降嫁の際の道中警護を命じた。

第七代藩主・大岡忠恕《ただゆき》は、忍びがたきを忍び、助郷人馬のほかに藩士三十四名を派遣した。この経済的な負担は城下のみならず、国中の村々を疲弊させ、ひとびとはみな痩せ細った。

民衆が貧困にあえぐとき、それに乗じて丸々と肥え太るのが質屋の常だ。

むろん、すべての質屋がそうとは限らない。困窮するひとびとにとって、ひと筋の光明となってくれる質屋もないではない。だが平松屋は、あいにく〝常〟の方の質屋だった。

岩槻城下、元荒川の川っぺりに、平松屋はなまこ壁の質屋蔵を三つ並べていた。店はその左隣りにあり、見上げるばかりの二階屋だった。大戸がおりると、まるで戦さ場の要塞に見える。

丁稚が口入れ屋から舞という女を店に連れ帰ったのは、五月四日の昼前だった。

この季節、一年のうちでもっとも日が長い。商家にとっては稼ぎどきだ。たいていは昼商いだから、時間が長いだけ商いが増える。

だが翌《あ》くる五日、平松屋はまだ陽が高いうちから大戸をおろしてしまった。

「驚いたな。本当に早仕舞いしやがった」

それとなく様子をうかがっていた亨介と欣蔵は、あたりに目を配りながら店の前を通ってみた。

大戸に貼り紙がついていたが、二人には読めない。帰って天祐に話すと、ぶらりと出かけていって、代わりに読んできてくれた。

「本日は〝蔵改め〟につき勝手ながら店仕舞い、だそうだ。考えたものさ。あこぎなやつてえのは、悪知恵だけは働くねえ」

口入れ屋の与兵衛に言わせると、あんなにけちで人使いの荒い店はまずない、という平松屋。店を早仕舞いしたからといって、奉公人を遊ばせておくわけもない。大戸をおろしたあとは、主人喜太郎の号令の下、総動員で三つの蔵を出たり入ったり。預かった品物の埃を払い、虫干しをしたり、油を差したり、手入れをしたり。日が暮れるまで忙しく〝蔵改め〟をして、ようやく静かになった。

それからおよそ二刻半、川っぺりの暗い通りを影がふたつ移動して、平松屋の大戸に忍び寄った。紺の手拭いで頬被り。言わずと知れた亨介、欣蔵の二人組だ。

大戸のくぐり戸を押し開けると、音もなく中に侵入した。

真っ暗な店の土間の片隅に、ぽっと灯った手燭がひとつ。奉公人として店に入りこんで二人を手引きしたのは、これも言わずと知れた舞。ほかの奉公人は、蔵改めの疲れと眠り薬で、とっくの昔に白河夜船。手燭ひとつで、舞はすばやく二人を二階に導いた。

平松屋の主人喜太郎は、お内儀と二人、二階の奥座敷で眠っていた。

亨介と欣蔵は長脇差を抜き、手燭にぎらりと光る刃を、寝ている二人の鼻先に突きつけた。暗い中では、拳銃よりもこっちの方が迫力がある。

「平松屋さん、起きてくれ。騒ぐとためにならないよ。おかみさんもいいね。言う通りにすれば、乱暴はしない。わかったね」

その仕事の絵図を描いたのは舞だった。

佐野屋からくすねてきた小判をばらまきながら、ひとり思案をめぐらせていたにちがいない。小判が尽きると、早速二人を呼んで、新たな仕事をもちかけた。商家押し込み——悪行を極める大きな商家に押し入って、金蔵の大金をせしめるというモノだった。

欣蔵ははじめ反対した。舞に、これ以上罪を重ねさせたくない、という気づかいだった。

「兄貴も足を洗った方がいいんじゃねえか。舞さんのために」

亭介にはこっそりそんなことも言った。

街道を歩いていると、ときどき八州廻りや宿場役人が、旅人の身許を改めている場面に出くわした。股旅ギャングの捜査だとはっきりわかったこともある。

亭介とちがって、欣蔵は面が割れていた。人相書には、欣蔵とそっくりな似顔絵が描いてある。そんなこんなで、弱気になっていたせいもあったろう。

だが結局は、舞の「世直し」という言葉に説得された。「悪いやつ」から金を奪って「貧しいひとびと」に分け与えるという「世直し」は、欣蔵にとっても抗しがたい魅力だった。

三人組となった股旅ギャングは、かくして岩槻城下の質屋平松屋に押し入ったのだ。

喜太郎夫婦にぎらりと光る刃を突きつけた半刻後、彼らは百五十余両の金子を奪って逃走した。あとに残してきたのは、舞が〝GANG〟と署名した南蛮渡来のカルタが一枚。

これがはじまりだった。

半月後には常陸国筑波郡の海産物問屋、その半月後には下野国足利郡の米問屋、その半月後には上野国利根郡の廻船問屋……と、次々悪名高い商家に押し入った。

いずれも驚くほどうまくいった。

やり口はいつも同じだ。

悪行の評判高い商家を見つけると、まず近くの口入れ屋へ行って、その商家の求人を調べる。こういう店は使用人もいつかないから、絶えず下男、下女の募集を出している。

下男の場合は亭介か欣蔵、下女の場合は舞が、住み込みでその商家に入って様子を調べ、二、三日経った夜、中からくぐり戸を開く。残る二人が侵入する。南蛮渡来の眠り薬で、店の者はみなぐっすり寝込んでいる。

三人は悠々と金蔵を開き、大金を奪い取って逃走する、という寸法だった。

やくざ連中が常に戦闘態勢で仕切っている賭場に比べたら、いなか町の商家など、防備はないにひとしかった。

眠り薬を使ったのは、けが人を出さないためだ。もちろん何人か、薬を口にしないで寝ていない者もいた。しかし拳銃で一発、威嚇射撃をするだけで、たいていの者は縮み上がった。いなかの商家はやたら大きく、拳銃だったら、銃声が外まで洩れることはまずない。

舞は強盗を子供のようにおもしろがった。村の男の子に混じって、棒切れを持って野山を駈けめぐった七つか八つの童女に戻ったみたいだった。

たみも話を聞いておもしろがった。

「舞様あ、おらも押し込みにつれてってけれ」

まるで芝居見物にでも連れて行けというように、しょっちゅうねだった。

もちろんこれは、舞が頑として許さなかったが。

夏も盛りとなった七月はじめ、甲州街道のとある宿場で、一行は股旅ギャングの新たな人相書を目にした。

甲介と乙蔵に謎の女がひとり加わって、三人組。誰が描いたか知れないが、謎の女ギャングの似顔絵が、また絶世と言いたくなるような美女。

これを天祐が見過ごすわけがない。

その翌日の講釈では、早速女ギャングが主役を演じることになった。

〝股旅ギャング巻の十八　真夏の海に女ギャングの命が燃えた〟

これで天祐の講釈は、いよいよ引く手あまた。天井知らずの人気を呼んだ。それまでは押すな押すなの大盛況だったが、とうとう押しても引いても入れない客が続出し、講釈場の外に長い行列ができた。高座にはおひねりが山を作るほどになった。

その年の夏、股旅ギャング三人組は飛竜のように天空を駈けた。

天祐の講釈によって、その名は関八州のみならず、尾張、京、大坂にまで広まった。

しかし、祭りには終わりが来る。

19

「亨介、ご覧。赤とんぼ」

「早いな。もう秋か」

ひと夏を関八州で暴れまわった股旅ギャングの一行は、秋風とともに東海道を上った。

賭場荒らしとちがって、商家の押し込みは重罪だ。それも取り締まれない、となってはお上の威光が地に落ちる。八州廻りも町方も血眼になり、ついに火付盗賊改めも出張ってきた。江戸周辺にいては、さすがに息がつけなくなったのだ。

駿府の城下に入ったのは、八月の半ば過ぎだった。

この町には、去年、清水港の次郎長を訪ねて以来、足を踏み入れたことがなかった。街道一の親分と憬《あこが》れていた次郎長に失望させられ、足を向ける気にならなかったのだ。

たまたま噂に聞いた話では、清水港の海産物の商いをしている海幸屋という大店が、弱い者いじめをして暴利をむさぼっているという。

「通りかかった縁だ。ひとつ次郎長に恥をかかせてやろう」

近くの口入れ屋を訪ね、いつものように欣蔵が住み込みの下男として雇われ、三日目の夜に押し入った。内蔵の鍵も難なく開けた。

ところが、ほとんど金が入っていない。書物が山と積んであるだけだ。

おそらく次郎長一家に注意されて、股旅ギャングの押し込みに備えたのだろう。どこか別の場所に、秘密の金蔵を作ったのだ。

しかし、入って三日目の下男には、その場所の見当がつかない。

やむなく引き上げようとした。すると舞が、うず高く積まれた書物を手燭で照らし、うっとりした顔で動かない。木崎宿の佐野屋に嫁いでから、舅の善左衛門が嫌うので、書物を読ませてもらえなかった。ここにある書物が読みたい、と言う。

かっさらうのは造作ない。

三人は風呂敷を広げ、包めるだけの書物を担いで、海幸屋をあとにした。

翌日から、舞は書物に没頭するようになった。早めに宿に入り、食事と風呂のとき以外はひとりで書物を読みふけった。天祐の講釈で二、三日同じ宿場に滞在するときは、朝から晩まで書物を手放さなかった。

いったい何を読んでいるのか、と何回か亨介は書物を覗きに行ったものだ。

しかし、読める文字が少なくて、内容はさっぱりわからない。舞に訊いても、生返事しか返ってこない。ひとりで殻に閉じこもっている。

書物を読むようになってから、舞はどんどん寡黙になっていった。

大井川を渡り、掛川、浜松、吉田、岡崎と東海道の旅は続いた。

ふと気がつくと、舞は笑顔を失っていた。「世直し」のためとギャングの仲間入りをした頃、あんなに生き生きとはしゃいでいた彼女が、ときおり溜め息をつくようになった。

そんな頃、股旅ギャング三人組がはじめて仕事につまずいた。

尾張国に入り、名古屋の呉服問屋に押し入ったときのことだった。

御三家筆頭尾張藩には、南に門前町として栄える熱田、北の台地に城下町名古屋がある。

店の者はうまく眠らせ、金蔵も開けた。思ったほどではなかったが、金貨銀貨取り混ぜて、百両ほどの金をふところにした。ところが、いざ引き上げる段になって、赤い大きな犬が飛びかかってきた。

飼い犬がいることはわかっていた。だが、いつも裏庭の井戸のそばで、ひもでつながれていた。おとなしくてめったに吠えもしない、と店の者はみんな言った。

舞の手引きで二人が家の中に侵入したときも、犬はまったく吠えなかった。いることも感じさせなかった。

その赤犬がいつの間にか忍び寄り、表のくぐり戸から外に出ようとした三人に突進してきたのだ。

吠えない犬は怖い、というのは本当だ。赤犬は、最後の二、三間はほとんど空中を飛び、三人のしんがりにいた欣蔵のふとももに食らいついた。

亨介はやむなく拳銃を抜き、赤犬を射殺した。

欣蔵は驚いたことに、倒れたまんま動けなかった。舞とふたりで手足を持って、なんとかくぐり戸から外に出した。そこからは亭介が背中に背負って、深夜の城下町をよろよろ駈けた。

それを見たか、犬を撃った銃声を聞いた者が、町方へ報せに走ったにちがいない。やがて追っ手の呼子がすぐ後ろまで迫ってきた。

舞をひとり先に行かせ、亭介は動けない欣蔵を背負って、別の道を懸命に駈けた。自分でもよく逃げ切れたものだと思う。

朝になると、欣蔵は熱を出して寝込んだ。たみがつきっきりで看病して、日付が変わる頃にどうにか熱はおさまった。

しかし、傷の治りは悪かった。二日経っても腫れが引かず、痛みも消えない。

舞は何度も医者を呼ぼうとした。そのたびに、欣蔵が反対した。捕り方は、あの晩、ギャングのひとりが犬に襲われたことを知っている。欣蔵を背負って走る亭介に、もう少しでお縄をかけるところだったのだ。城下の医者には、当然触れ書が回っているだろう。傷の手当てどころか、わざわざ捕まりに行くようなものだ。

「おれをさらし首にする気かい」

欣蔵にそう言われると、舞も黙るしかなかった。

「少し遠いが、けがにいい湯治場があるそうだ」

名古屋城下大須の講釈場から帰ってきた天祐が、亭介に耳打ちした。

「この一年、お前さんたちも気が休まる暇がなかったろう。欣蔵のけがが治るまで、ここらでひと休みしたらどうだい」

「もう治らないんじゃねえか、おれ」

「コロリじゃないぜ。犬に噛まれたぐらいで、ばか言うな」

「おれの村に、昔、犬に噛まれて死んだやつがいたよ」

その湯治場は、城下町名古屋のはるか北、美濃国の山の中にあった。脇街道を歩いて二日の距離だと言われたが、亨介が欣蔵を背負って歩き、着くのに丸々四日かかった。

湯の効能書には〝切り傷、刺し傷、外傷、けがの痛み〟とあり、昔は信長や秀吉配下の高名な武将も、合戦で負傷した折りによく足を運んだという。

山間に孤立した湯治場で、四方に山の稜線が見える。

欣蔵は板敷きの休憩所で足を伸ばし、遠い山に目を投げた。まだ二本の足では歩けない。湯煙を立てる湯壺は、宿から少し離れた岩場にある。湯壺への行き帰りは、誰かに肩を借りなければならない。湯に入るときは、両手で這うようにして体を運ぶ。見るからに不自由そうだ。

それにしても弱気になったものだ。

「それは犬が、悪い病気にかかっていたせいだ。噛まれたせいじゃない」

「いいや、たたりだ」

「なんだと」

「おれがまだ小さかった頃、村が野犬の群れに襲われてさ。食いものを守るために、大人たちがみんな犬を殺した。そのたたりだよ」

「くっだらねえ。いわしの頭を拝んでる婆あの方がまだましだ」

だが欣蔵はにこりともしない。

「欣蔵、本当はお前どこの生まれだ」

「おふくろは熱田の出だが、おれが生まれた村は川の向こうだ。美濃のいなか。中江村」

「三田村じゃないのか。三田の欣蔵だろう」

「三田は神田《みた》。神さまに捧げる米を作る田んぼって意味さ。熱田にいるおふくろの一族が、代々神田を耕していたんだ。先祖にめっぽううまい米を作る爺さんがいて、褒美に段々畑を三枚与えられたってのがおふくろのたったひとつの自慢だった。嫁いだ先が、米も何にもできねえひどい村だったからな」

美濃のいなかだったら、何にしてもここから近い。欣蔵が弱気になったのは、そのせいもあるかもしれない。きっと生まれ故郷を思い出したのだ。

亨介も馬渡村の山や川を思い、すぐ頭の中から追い出した。

生まれ故郷はなぜだろう、いつもひとを悲しくさせる。

「親兄弟は達者か。家族が誰か、村にいるんだろ」

欣蔵は何も言わず、目をそらした。

「病気とかけがなんてものは、自分次第だ。治す気がなけりゃ治りゃしない。しっかりしろよ。お前を背負って歩くのはもうごめんだ」

天祐は名古屋に腰をすえて、四つか五つの講釈場に代わる代わるのぼりを立てている。引っ張りだこだ。

この湯治場には、だから四人でやってきた。欣蔵のけがのほかに、亨介にはもうひとつ気がかりがあった。舞のことだ。

舞は憑かれたように、相変わらず書物を読みふけっていた。駿府でかっさらってきたのを全部読んでしまえば、熱は冷める。そうすれば元に戻る。威勢がよくて、子供みたいにはしゃぎまわる元気な舞に。

そう思っていたが、あては外れた。やっと全部読み終わったと思ったら、また適当に取り出しては、読み直している。そして浮かない顔で、考えこむ。

そんな欣蔵や舞を見ていると、亨介もつい憂鬱になってくる。

元気なのはひとり、たみだけだった。湯宿ではめしが出ない。湯治客はみな自炊する。亨介が近くの村で米や野菜をわけてもらってくると、たみが料理して出してくれる。

たみは、まかないの仕事をするのが本当に楽しそうだった。包丁を使いながら唄を唄っている声がよく聞こえる。今夜のおかずは何がいい、としょっちゅう三人に訊きまわる。そしてあはあは、とよく笑う。

亨介にはその笑い声だけが、せめてもの慰めだった。

半月余り経ち、欣蔵のけががようやく快方に向かったある日の夕刻、舞の姿が急に見えなくなった。欣蔵もたみも、一刻ほど姿を見ていない、という。

あたりはそろそろ暗くなる。

亨介は不安になって捜しに出た。

湯宿からは、脇街道へ通じる狭い道が一本あるだけだ。まわりは雑木が生い茂った斜面で、ひとが踏みこんでいける道はそう多くない。舞の名前を呼びながら雑木の間を歩いていると、川のせせらぎが聞こえてきた。目の下に清流が光っている。

亨介は雑木につかまりながら、斜面をおりた。

山間の清流だった。流れが速く、音に勢いがある。川幅はせいぜい二間ほどで、左右の河原は白く乾いた小石がびっしり埋めている。

舞は、河原でひとり泣いていた。

亨介が河原におり、小石を踏んで近づいても、まったく気づかなかった。舞は小石の上にしゃがみ、書物をいっぱい抱えて泣いていた。泣きながら、書物を破いては川に流していた。

亨介はそばに腰をおろした。

しかし、声をかけることができない。

だから何も言わず、木の葉のように川を流れていく書物の切れっぱしを眺めた。

山の端がわずかに赤くなり、やがて宵闇が山の斜面を降りてきた。ここからは湯宿の灯も見えない。日が落ちると、真っ暗になる。帰り道も覚束《おぼつか》ない。

「帰るか」

やむなく声をかけた。

もう少し何か言いたいと思ったが、やめて、舞の肩を抱き寄せた。

舞は胸に顔を埋めて泣きじゃくった。

「わたしがしたかったのはこんなことじゃない」

泣きやむと、体のどこかからいっぺんに言葉があふれてきた。

「家も捨てた。夫も捨てた。何もかも捨てた。それはいいの。後悔なんかしていない。でも、何のため？　わたしがここにいるのは何のため？　わたしはここで何をしてるの？　世直しなんてえらそうなこと言って、わたしは何の役に立っているの？　昔は書物が先生だった。いつも松明みたいに行く先を照らしてくれた。今は何にも教えてくれない。ねえ亨介、教えてよ。わたしは何のために生まれてきたの？　何のために生きているの？　わたしは親の言いなりになって、顔も知らない男の嫁になんかなりたくなかった。好きな男と暮らしたかった。家もお金も、何にもいらない。好きな男と所帯が持てればそれでよかった。そんなことも叶えられなかった。

どうして女は自分のしたいこともできないの？　どうして世の中はこんなふうにできてるのよ」

同じだな、と亨介は思った。馬渡村で塾に通っていた頃も、舞は同じようなことを言った。女子はつまらん。親の言いつけ通りになるしかない。どうして女子は、自分の好きなように生きられないのか、と。

だが、男もそうだ。水呑百姓のせがれに生まれたら、一生水呑のままだ。やめたら無宿。自分の好きな生き方など望むべくもない。

世直しというなら、その根本を正すべきだろう。

股旅ギャングは何をした？　木崎宿の童女を三十八人、女衒から解放して親元に送り届けた。しかし、ひどい目に遭っている童女は、ほかにも何百人、何千人といる。

悪いやつから金を奪って、貧しいひとびとに分け与えてきた。しかし、貧しいひとびとはほかにも何万人、いや何十万、それこそ数え切れないほどいる。

こんなことを続けて何になるのか。

「のう、おんしら、わしと一緒に、この国の明日をつくらんか。新しい国を」

いつだったろう。誰かがそんなことを言った。

「そうじゃ。武士も百姓もない。みんなが自分の好きなことをして、好きなように生きていける国じゃ」

横浜で会った蓬髪の侍だ。ライフルや拳銃の撃ち方を教えてくれた。江戸の小千葉道場へ手紙を届けに行くと、そこにもいた。あれはどういう意味だろう。

舞に教えてやりたくて、考えた。

しかし、わからなかった。武士も百姓もなくなったら、世の中はどうなってしまうのか。想像もつかない。だから亨介は黙って舞を抱いていた。

翌朝、いつものように湯壺へ行く欣蔵に肩を貸そうとすると、

「ひとりで歩いてみるよ」

と欣蔵が言う。

「そうか」

亨介は頷き、後ろからついていった。欣蔵は休み休みだが、しっかりした足取りで石段をおりた。湯壺に着くと、さすがに息を弾ませた。が、まだ余力を残しているように見える。

「もう大丈夫だな。ここまで来れば、あとは早い。じきに元の体に戻るよ」

「兄貴のおかげだ。世話になった」

「わかってりゃいい」

笑って引き返そうとしたが、欣蔵が何か言いたそうだった。そばの休憩所に腰をおろし、着物を脱

いで湯に入っていくのを眺めていた。

「さんざん世話になって申し訳ねえが。兄貴、ここらでおれは足抜けさせてもらうよ」

やがて湯の中から欣蔵が言った。

「しゃれじゃねえが、この足じゃあギャングは無理だ。おれがどじを踏んで、兄貴や舞さんにもしものことでもあったら浮かばれねえ」

「そうか」

「もう四、五日したら、歩くぐらい、不自由はなくなるだろう。そうしたらひとりで山をおりる」

「おりてどうする」

「おれの在所が、ここから近い。この前言ったが、木曾川を渡ってすぐそこだ。川がしょっちゅう氾濫して、米はとれねえ、何にもとれねえ、村中みんなが食うや食わずってひどいとこだ。二度と帰らないつもりで飛び出したが、もし生きているなら、かかあと娘がいる」

「はるさんか」

欣蔵はえっ、という顔で見返した。

「いつかお前、寝言で名前を呼んでいた」

「はるは娘だ。生きていれば九つ。ちょうどたみと同じだ」

「かみさんは?」

越後からたみが売られてきた話を聞いて、それであんなに激高したのだ。

「とき」

「おときさんか」

「かかあも娘も、村を捨てたおれを恨んでいるだろう。迎えてくれるかどうかわからんが、在所で死にたくなった。いけねえか」

「いいさ。好きなようにしろ。だが欣蔵、けがは治ったんだ。死ぬの生きるのって話じゃないぜ」

「もう年だ。その上こんな大けがをした。この先そうは長くねえってことさ」

「年って、三十二だろ」

「すまねえな。兄貴にはちょいとサバを読んでいた」

言うと欣蔵は湯煙をくぐり、とぼけた顔をつき出してきた。

「おれはもうじき四十だよ」

「ふざけやがって……」

亭介は思わず笑い出した。釣られて欣蔵も笑い出した。

こんな愉快な気分で笑ったのは何日ぶりだろう。そう思ったとき、欣蔵が急にしゃくりあげ、目を押さえた。


「いい湯治場だねえ。あたしもこんなところでのんびりしたいよ。世間はやたら騒々しくって、いけない」

十月に入ってすぐ、天祐が湯治場へやってきた。欣蔵のけががよくなったので近々山をおりる、と舞が手紙で知らせたのだ。講釈場は渋ったが、無理矢理休みをもらってきたという。

湯煙で緩んだ四人の顔を見ると、天祐は坐りこんで溜め息をついた。

「先生、何かあったのかい」と亭介。

「お上の屋台骨が、いよいよぐらつきはじめたってことさ」

天祐が言うには、――このところ、街道を往来する侍がめっぽう多い。十数人の小集団を作り、立派な駕籠をふたつ三つはさんで忙しそうに行き来する。

「何だろうと城下の事情通に訊いてみたらね、近頃ご政道が改まったらしいんだ」

公武合体を推進する島津久光は、勅使・大原重徳を奉じて江戸に乗り込み、朝廷による一連の幕政改革を建議した。この結果、一橋慶喜が将軍後見職に、松平春嶽が政事総裁職に就いた。

これまで幕府を支えてきた参勤交代制度も、以来、緩和されることになった。一年おきだったものが、三年に一回になり、江戸の滞在期間も百日以内と短くなった。

また願い出れば、人質として江戸藩邸に居住を義務づけられていた大名の子女が、帰国することも許される。

このため各藩の藩主が、何かと理由をつけては妻子を国許へ連れ戻るようになった。以来、江戸から諸国に帰国する高貴な婦女子の一行が、後を絶たない。その場合、参勤交代のような行列は作らず、最小限の人数で帰国を急ぐ。

女乗物をふたつ三つはさんだ十数名の侍の一行は、まずこれだ、という。

「そもそも世は勤皇佐幕の大動乱だ。京都は風雲急を告げ、江戸は混乱している。各藩の軍資金や賄い金が、江戸表から京へ絶えず移動している。そこへ持ってきてこの〝出女〟だ。街道筋はごったがえしているよ」

天祐は窓辺に立って、みごとに色づいた山に目を投げた。

「将軍様の世も、そろそろ終わりかね」

「先生」と欣蔵が声をかけた。

「世の中よりひと足早えが、おれはそろそろ終わりにするよ」

「えっ」

「おれは抜ける。色々世話になったね」

「それじゃあ、股旅ギャングは」

「幕ってことさ」

そう言ったのは亨介だった。これには欣蔵も驚き、口を半開きにした。

「何も兄貴まで――」

「いいや。お前がいなくなったら、おしまいだ。おれもそろそろ潮時だと思っていた」

「たみ、炊事場へ行って、洗いものをしといで」

たみが「へえ」と返事をして、元気よく立っていった。

欣蔵はちら、と舞に目をやった。舞がこうやってたみを遠ざけるのは、たいてい仕事の打ち合わせをするときだ。舞は欣蔵を見返し、微笑した。

「お前、在所に戻るんだって？　だったら、たんとおあしを持って帰らなくちゃあね」

「そりゃ、あるに越したことはないが」

「どう欣蔵、最後にひとつ、股旅ギャング一世一代の大仕事をやってみないか」

「何かあてでもあるってか」亨介が訊いた。

「天祐先生、尾張名古屋の町中に、なんとかって人買いの商人が大名屋敷みたいな豪邸を構えているって話、聞いたことありませんか」

「そういえば大須観音の界隈に、あるね、一軒。いかにも見栄っぱりの名古屋人がおっ建てたっていう見本みたいな金ぴか御殿が」

「町のひとは、みんな人買い御殿と呼んでるそうです。美濃や三河のいなかから、いたいけな女子供をさらってきては、あくどい商売をしてるって。相手にとって不足はないってのはこのことさ。どう。人買い商人を吊るし上げて、金蔵を空っぽにしてやろうじゃないか」

だが欣蔵は、浮かない顔で黙ったままだ。いっぺん気が弱ると、人間、立て直すのは難しいのかもしれない。目をぎらぎらさせて賭場や商家に押し入った頃の覇気はない。

舞に目くばせをすると、亭介はそっと腰をあげた。

「気にするな、欣蔵。在所に持って帰る土産ぐらい、おれが何とかしてやる。養生しな」

だが三人が部屋を出て行く前に、欣蔵は顔をあげた。

「待ってくれ。おれも股旅ギャングのはしくれだ。最後にひとつ、でかい仕事をして幕を引きてえ。舞さんの言うとおりだよ」

「よっ」と天祐。「さすが三田の欣蔵、男だね」

「ついては最後の大仕事だが」

「心配ないよ。わたしが人買い御殿に入りこんで――」

「いや舞さん、どうかな、おれにひとつ絵図があるんだが」

舞がちらり、と亭介の顔を見た。亭介は頷き、欣蔵の顔に目を戻した。

「なんだ欣蔵、言ってみな」

「街道には、今、小人数の侍行列が行き交っている。そう言ったよね、天祐先生。侍の行列は、お宝をたくさん積んでいるんじゃねえかい」

「まあな。大名の奥方の一行だったら、金目のものも国許に持ち帰ろうと一緒に運んでいるだろう。京へ軍資金を運ぶ一行だったら、それこそ荷物には大判小判がうなってる」

「おい欣蔵。まさか侍行列を」

「いけねえか」

「連中が泊まるのは宿場の本陣だろう。手引きもなしに、夜中に本陣に忍び込むのは難しいぜ」

「真っ昼間、街道を歩いているときに襲えばいい。こっちには南蛮渡来の飛び道具がある」

「相手は仮にも侍だ。たった三人で鉄砲を向けて、どうなる。お宝を放り出して、逃げてくれると思うか」

「侍に脅しはきかないだろうね。痩せても枯れても意地はある」

「だったらお前、どうやって」

「撃ち殺せばいい」

亨介の顔から血の気が引いた。舞も天祐も、息をのんで欣蔵の顔を見つめている。

「品川宿で、薩摩の浪士を撃ち殺したのを覚えてるだろ。飛び道具さえあれば、侍の刀なんか怖くねえ。鉄砲をがんがん撃ちまくって、侍なんかみな殺しにしちまえばいいさ」

「正気か、欣蔵」

「今までおれが、こんなに正気だったことはねえよ」

坐りこんだ欣蔵の目は、いつの間にかぎらぎら光を放っていた。

「がきの頃、お父とおっ母がいっぺんだけ、熱田のお祭りに連れていってくれた。夜店がきれいに並んでいて、極楽ってのはこんなとこかと思ったよ。おっ母が水飴を買ってくれて、甘くて舌が溶けそうだった。おれは嬉しくって、蛙みたいにぴょんぴょん参道をはねて……侍が差してる刀にぶつかった」

亨介は息をとめ、舞は目をつむった。天祐は顔を背け、やがて太い息を洩らした。

「お父もおっ母も、土下座して謝った。額を地べたにこすりつけて、血が出るくらい謝った。けど、駄目だった。遠巻きにしてた見物人が二、三人、神社の宮司さんのとこへ走ってくれたみてえだけど、間に合わなかった。お父は丸太みてえに、前から斬られて死んだ。おっ母はおれにしがみついて、おれを体の下に入れて地べたに突っ伏したから、背中を斬られて死んだ。それでもおれを放さなかった。おれはおっ母の血で、体じゅう血まみれになって泣いていた」

それで身の上話をしなかったのか。それで侍を。そう思いながら、亨介は奥歯を噛んでいた。

何かある、という気はした。品川宿で、薩摩の浪士を撃ち殺して屋根に這い出したときだ。欣蔵は「ひひっ、ひひひ」と笑い出した。涙に濡れたぐしゃぐしゃの顔で、侍を殺してやった、侍を殺してやった、うわごとみたいに呟きながら、歓喜に身を震わせていた。一瞬、ショックで頭がおかしくなったかと思ったが――。

やがて舞がそばへ行き、膝をついて、両手で欣蔵の頭を抱いた。

「亨介、弾丸は残ってる?」

亨介は立ち上がり、振り分け荷物を調べにいった。

「ライフルかい、拳銃か」

「どっちも」

「あるよ」

「侍行列の侍をみんな蜂の巣にするぐらい残ってる?」

「ああ大丈夫だ」

もう一度欣蔵の頭をぎゅっと抱いて、舞は立ち上がった。トレードマークの南蛮カルタは、まだ半分くらい残っていた。中から一枚、ハートのAを抜き出すと、舞はそっと欣蔵の前に置いた。

「亨介。欣蔵に書くもの出してやって」

「おれは駄目だ。字は書けねえ」

「書ける字が三つあるでしょう。いつか練習してたじゃないの。見てたわよ」

筆と墨が出てくると、欣蔵はがちがちに固まった顔で、ハートのAに〝GANG〟と書いた。

「この世の中を作ったのは侍よ。これまでさんざん弱い者いじめをしてきた侍に、ひと泡吹かせてやろうじゃない。天祐先生、これが本当の世直しでしょう」

天祐はふところから張扇を取り出し、部屋の柱をパパン、パン!

「カーッ! 痺《しび》れるねえ」

20

東海道五十三次の三十九番、池鯉鮒《ちりゅう》宿の手前に広大な一里塚がある。

東西およそ五間半、南北は街道をはさんで約五間という小高い丘陵だ。普通、一里塚は榎木だが、江戸から数えて八十四里、この一里塚には松の大木が物見櫓のようにそそり立っている。

舞はその松の根元に身を隠し、ライフルを抱いて、東から街道をやってくる旅人を見ていた。

このあたり、道幅は四間、並木敷地はそれぞれ一間半。並木敷地というのは道の両側に築かれた小堤で、松が枝振りを競うようにずらりと一列に並んでいる。

青く晴れた冬空に、凧がひとつ揚がっていた。

舞が潜む一里塚から東の方へ、八町ほど下った街道脇だ。冬枯れた田畑の真ん中で、粗末な綿入れを着た童女が凧の糸を引いている。

のんびりした顔と風情で、近くの村の子がひとりで遊んでいるように見える。——たみだ。

これまで舞は、いっさいたみを巻きこまなかった。今度もその方針は変えないつもりだった。

しかし、遠く離れた場所に身を潜めた三人が、街道をやってくる侍の一行を同時に見極めなければいけない。そのためにはどうしても合図が必要だった。

といって天祐が凧揚げ、というわけにもいかない。

天祐は道の向かいの一里塚に身を隠し、ことの成り行きをうかがっている。襲撃には参加しない。一部始終を見届けるだけだ。

亨介と欣蔵は、街道の左右に分かれ、それぞれ小堤の松並木の陰に身を潜めている。

ここから見えるのは、凧揚げをしているたみだけだ。天祐も、亨介、欣蔵の姿も見えない。

舞は両手に息を吹きかけ、こすり合わせた。

日は高いが、風は冷たい。じっとしていると手がかじかんでしまう。

突然、凧が飛ばされた。亨介の合図で、たみが糸を放したのだ。

凧は風にあおられ、高く飛翔した。

舞は街道に目を転じた。ここにいると、二階の屋根から通りを眺めているみたいだ。ライフルを引き寄せ、銃口を松の木の間から街道に向かって突き出した。右の人差し指を引き金にあて、視線を遠くへ投げた。

やがてライフルの射程に、華やかな侍の行列が入ってきた。

ちょうどこの頃、アメリカの南北戦争でも大いに活躍していたスペンサー騎兵銃は、射程距離八百二十メートルを誇る。だが、距離が長くなればなるほど、命中精度は落ちる。

舞は湯治場を出る前、毎日山中にわけいり、距離三百メートルで射撃訓練をしてきた。その距離なら、確実に命中させることができる。行列は次第にその距離に近づいてきた。

舞は息をとめ、照準を定めた。

行列と言っても、見たところ総勢十四、五人。真ん中に馬に乗った侍がひとり、その前後に徒歩の侍が七、八人。みな家紋の入った黒漆の陣笠を被り、野羽織、野袴をつけた立派な侍だ。残りの数名は荷物運びの人足だから、これは数に入らない。

行列が、距離三百の射程に入った。

スペンサー騎兵銃が火を吹いた。馬に乗っている侍がのけぞり、馬から転げ落ちた。それを合図に、街道の左右の松並木からも銃弾が飛びはじめた。亨介と欣蔵が放つスターM1858の銃弾だ。

行列が乱れ、侍が何か叫びながら動きだした。

舞はライフルのレバーを下に引いた。空薬莢が飛び出し、次弾が装填される音がした。銃口を上げ、照準を定め、引き金を引いた。

二弾目は、刀を振り上げてこちらに走ってくる侍に命中した。

街道の真ん中で、敵は身を隠す場所もない。人足はみな荷物を放り出し、背中を向けて逃げだした。舞はまたライフルのレバーを引いた。スペンサー騎兵銃はレバーアクションで、装弾した七発の弾丸は連発がきく。銃口を上げ、狙いを定めた。

三人の侍が刀を抜き、見えない敵を捜して走っていた。四人の侍が拳銃を抜き、見えない敵に向かってめった撃ちしていた。

股旅ギャング三人組の銃弾が、残る七人の侍に襲いかかった。

勝負はあっという間についた。

その行列は、江戸藩邸から京都に向かう会津藩伝令役の一行だった。彼らの荷の中には、京都金戒光明寺に仮本陣を置いた京都守護職松平容保《かたもり》に届ける賄い金が入っていた。

一行が身につけた陣笠、野羽織には、いずれも会津三つ葉葵の紋が入っていた。誰が見ても、ひと目でそうと知れる。この白昼、天下の往来で、会津藩に弓を引く狼藉者が現われるわけがない。そう思い、道中の襲撃を予想しなかった一行の不覚だった。まして三方から、見えない敵によって銃の一斉射撃を受けるなど夢にも思わない。

スペンサー騎兵銃は戦闘中に装塡ができず、七発しか撃てない。だがスターM１８５８は、ピン打ち式薬莢で、弾丸を装塡しながら撃ち続けることができる。

結局そのとき、三人が放った弾丸は合計三十三発。その銃声がやんだとき、会津藩伝令役の侍は、ひとり残らず、道のあちらこちらに散って倒れていた。

あとには侍が乗っていた馬が一頭、人足が放り出していった長櫃と挟み箱が三つ、四つ。

亨介が松並木の間から姿を現わし、街道に飛び降りるのが見えた。

舞はライフルを風呂敷に包み、背中に背負って、一里塚の丘陵を滑りおりた。街道と田畑との境杭に、馬が三頭つないである。一頭に飛び乗り、亨介のところまで駈けた。

亨介は道に放り出された長櫃を開けようとしていた。豪華な飾りがついていたが、長櫃には用はない。錠前を叩き壊し、無理矢理蓋をこじ開けた。

「すげえ……」

あとは声がない。

舞は馬をおり、横から長櫃を覗きこんだ。中には千両箱が五つあった。舞にも予想外の金高だった。しかし亨介とちがって、彼女は小さい頃から何度も千両箱を見ていた。生家の蔵にもあったし、嫁いだ木崎宿の生糸問屋にもいくつか積んであった。すぐ気を取り直し、欣蔵が〝GANG〟と書いたハートのAを長櫃の中に放った。

「欣蔵は？」

亨介がやっと気づいて顔を上げた。

侍の行列を狙った最後の大仕事は、でき過ぎというほどうまくいった。計画通りにことが運び、手に入った金は予想したよりはるかに多い。

しかし、ひとつだけ誤算があった。敵の侍もまた銃器を持っているかもしれない、その可能性をまったく考えなかったことだ。

一行十人の侍のうち、五人がふところに拳銃を呑んでいた。そのうちの四人が、狼藉者の襲撃を知って拳銃を抜いた。彼らには敵の姿は見えなかった。最初に馬上の侍を撃ちぬいた銃弾は、途方もなく遠いところから飛来したように見えた。彼らは恐慌をきたし、ところ構わず銃を乱射した。四人がそのときめった撃ちで撃ちつくした銃弾は、全部で二十八発。

そのうちの二発が、偶然、近くの松並木の陰にいた欣蔵の胸を撃ち抜いたのだ。

その衝撃で、並木敷地の小堤から転げ落ちたにちがいない。見つけたとき、欣蔵は街道脇の境杭にひっかかった荷物みたいに倒れていた。

着物は血に染まり、すでに虫の息だった。

亨介がしゃがみ、そっと抱き起こした。欣蔵は何か言いたそうに唇を震わせた。

「何だ、欣蔵」

亨介がその唇に耳を近づけた。欣蔵が何か言っているようで、うんうんと頷いている。

それを見ながら、舞はただ声もなく立っていた。欣蔵が侍の行列を襲撃しようと言い出したとき、そそのかしたのは舞だ。舞がそんなことをしなければ、亨介はとめたかもしれない。

「ひとが来るぜ。時間がないよ」

何か異変を察知して、一里塚のところから駈けつけてきたにちがいない。松並木の小堤を見上げると、天祐がまわりの様子を気にしつつ立っていた。


濃尾平野を流れる木曾川、長良川、揖斐川を木曾三川という。

この三川は、下流部で合流、分流を繰り返し、網の目状に流下してはたびたび水害をもたらした。有史以来、この地方の歴史は、水害との戦いそのものだった。

慶長十三年（一六〇八年）、徳川家康は尾張国を洪水から守るため、木曾川の左岸に御囲堤《おかこいづつみ》を築いた。犬山から木曾川の河口まで長さ十二里、高さは五間から八間ある。

築堤の真意は、大阪の豊臣方の侵攻に対する防備だったが、以来、尾張国は水害から守られた。しかしそのため、木曾川の右岸は以前にもまして水害が頻発し、被害は深刻化した。

欣蔵の在所中江村は、この木曾川の右岸、中でも水害のひどい美濃国海津郡にあった。

対岸から木曾川を渡れば早いのだが、しかし、橋がない。渡し場もない。西国からの侵攻に備え、東海道は木曾川と御囲堤によって完全に分断されているのだ。

亨介一行は熱田から七里の渡しで桑名に渡り、そこから馬を引いて、川沿いに美濃の山中に向かった。馬は三頭。千両箱が重いので、振り分け荷物にして馬の背につけてある。

亨介のふところには、欣蔵の位牌が入っていた。

あの日、一里塚につないでおいた三頭の馬は、亨介、欣蔵、舞が奪ったお宝を積んで逃走するためだった。追っ手を警戒し、天祐、たみとはあとで落ち合う手筈だった。

しかし、欣蔵はもう馬に乗れない。やむなく亨介が担いで同じ馬に乗せ、残る一頭には天祐とたみが乗って、五人一緒に逃げた。

逃げ込む先は用意してあった。天祐が、名古屋のひいき筋に頼んで、町屋を一軒借りてくれたのだ。

鳴海宿から丘陵の中の脇街道に入ると、五人は一目散に名古屋を目指した。

その町屋は、碁盤割りと言われる名古屋の中心にあった。城下の町人の数は七万人。ひとが潜むなら、ひとの中だ。

夜を待って、城下の南寺町にある寺に、欣蔵の遺体を運んだ。檀家ではないし、まして欣蔵は無宿者だ。いくら天祐の口利きでも葬儀は無理だと思ったら、金の威力はすばらしかった。舞がどん、と小判を積むと、和尚は顔色を変え、即座に葬儀の手配に走った。

あれから四日――。

「なあ亨介、おときさんを捜しあてたら、本当に千両箱をひとつくれてやる気かい」

半日歩いた昼下がり、田んぼの彼方に中江村の集落が見えてきた頃、天祐が馬を引いて横に並んできた。

「欣蔵の取り分だ。やつがしたかったようにさせてやるさ」

息を引き取る寸前、欣蔵は亨介に言い残したのだ。在所のかかあと娘を頼む、と。

「しかし、こんないなかで千両箱を出したら、ことだぜ。まわりは小判なんて見たことがねえってお百姓ばっかりだ。おときさんの家に千両箱がある、なんて村の連中に知れたら……」

確かにそうだ。悪い料簡を起こす者が出ないとは限らない。いや、きっと出る。

「村の者には知られないように、こっそり渡すさ」

「しかし、おときさんが小判を使えば、ばれちまう。いくら金があっても、一生使えないってことになるぜ」

「おときさんひとりが小判を使うから、ばれるんでしょ」

そう言ったのは舞。

「おときさんにはこっそり千両箱を渡して、あと村のひとにもみんな小判を配っておけばいいわ」

「カーッ」と、天祐。

「さすが女ギャング、豪気だねえ」

中江村は木曾川のほとりにあって、戸数わずか五、六十。見るからに貧しそうな村だった。

もし生きていれば、と欣蔵は言ったが、ときもはるも健在だった。家はすぐわかった。ほかの三人は外に待たせ、亭介がひとりで中に入った。

ときは、欣蔵のひとつ下だと言っていたから、三十九か。しかし女手ひとつで娘を抱え、苦労が絶えなかったせいだろう。歳よりはうんと老けて、弱々しく見えた。

「遠いところ、わざわざありがとうございました」

亭介が位牌を差し出し、欣蔵の死を告げると、深々と頭を下げた。

はるは母親のそばで何も言わず、じっと位牌を見つめた。欣蔵に似てえらの張った顔だが、つぶらでかわいらしい目をしていた。

「欣蔵さんは、さぞ自分を恨んでいるだろう、といつも気にしていました。最期のときも、おときさんに申し訳なかった、詫びてほしいと」

「謝るくらいなら、帰ってくればいいものを」

ときは淋しそうに笑った。

「どうせ食いつめて、帰る路銀もなかったんでしょう」

「いいえ。江戸で成功して、ひと財産築いたんです。それで帰ろうとした矢先、流行り病に倒れまして」

「いいですよ、気を遣ってもらわなくても。あのひとがまさか――」

「いや本当です。これを預かってきました」

亭介は風呂敷包みを差し出した。中身は千両箱だが、包みを解かなければ何かわからない。

「どうかお受け取りを。ただし、お願いがございやす。中をお改めになるのは、あっしがお暇してからにしておくんなさい。もうひとつ。欣蔵さんの遺言で、これと同じものを村中の方々にお配りしてまいりやす。その様子をご覧になって、これはそのあとお使いくださいくれぐれもお気をつけて。ごめんなすって」

亨介は逃げるようにおときの家を出た。

幸い冬野菜の取入れで、村のひとびとはほとんど畑に出ていた。その隙に家々をまわって小判を五枚ずつ置き、暗くなってから桑名宿に帰り着いた。

旅籠の多い宿場だった。宿の留女に訊くと、百二十軒あるという。その晩は伊勢参りの団体客が何組も入ったそうで、暗くなってもひとがおおぜい道に出ていて、にぎやかだった。

だが用心して、宿は別々にとることにした。舞とたみが旅籠に入るのを見届け、天祐を家の陰に呼んだ。

「さあ、おしまいだ。先生も千両箱をひとつ持って、そろそろ江戸へ帰りな」

「お前さんはどうする気だい」

「決めちゃあいないが」

決めていた。いつからか、中山道の坂本宿で会った浪士のことが頭を離れなくなっていた。われらは世に立つ浪士組だ。そう言ったあの不精髭の浪士、土方歳三。われらはこれから京に上る。お前も世のために立つ、そう決心したらいつでも来い。

欣蔵が憎んでいた「侍」と、不精髭のあの浪士は、なぜかちがうもののような気がする。

「先生、頼みがひとつあるんだがな」

「なんだい、改まって」

「手紙を書いてくれないか」

「どこへ」

「馬渡村の名主吉右衛門、いや息子の方がいいか。宛て名は長男の吉太郎。舞の兄だ」

「なんて書く」

「股旅ギャングはおしまいだ。といって、木崎の生糸問屋には戻れないだろう」

「舞さんを、実家へ帰すつもりか」

「たみもいる。どこか落ち着く家が必要だ」

「甘いよ。女がいったん嫁いだら、実家になんか帰れるものか」

「わかった。舞を江戸へ連れていって、料理旅館でも持たせてやってくれ。千両箱が三つあれば何とかなるだろう。金はありったけ舞にやる」

「お前が一緒に行って、料理旅館をやればいい」

「旅館のおやじになんか、おれがなれるわけないだろう」

「なぜ、なれない」

いつか利根の川原で会った年老いた博徒の顔が目に浮かんだ。立ち止まるんじゃない。いいか。歩き続けろ。わしらにはそれしか生きる道はない。

「なあ亨介。知ってるんだろ。舞さんは、お前に惚れてるよ。お前もそうだ」

「だからって、どうなる」

天祐は宿の二階から洩れてくる灯りで、しばらく亨介の顔を見ていた。

「亨介、お前、死ぬ気だな」

そうか。おれは死にたいのか、と亨介は思った。広く、世に立つ武士、という意味だ。土方歳三は言った。私利私欲ではなく、世のために死ぬ、ということだ。

「よしてくれ、先生。死ぬもんか」

「だったらお前、何をする」

亨介は目を転じた。もう一度自分の胸の内へ。

そうだ。無駄に生きるより、おれは何かのために死にたい。

「もう決めてるんだろ。教えてくれたら、舞さんのことは頼まれてやる。できる限りのことをしよう」

「おれは京へ行って、幕府の浪士組に入る」

「新撰組に?」

土方歳三をはじめ二月に上洛した彼らは、やがて壬生浪士組を結成。京都守護職松平容保によって、倒幕派の浪士による不逞行為の取り締まりと市中警護を任された。そして八月、文久の政変に出動してその働きを評価され、新たな隊名「新撰組」を拝命した。

もちろん亨介は、まだその名を知らなかった。

「なんだ、それ」

「あたしも風の便りに聞いただけだが、今や大変な羽振りらしいな。京の都で新撰組を知らない者はいないという。そうか。股旅ギャングはおしまいか」

天祐は頷き、そのあとぼんやり呟いた。

「だが、おしまいになるかな」

21

天祐が正しかった。股旅ギャングはまだ終わりではなかった。

最後の大仕事で一番大きな誤算だったのは、実は、襲った相手が会津藩であったことだ。早馬で知らせを聞いた藩主・松平容保は激怒、即座に股旅ギャング追討の命を下した。

討伐隊の第一陣はすでに京を出て、東海道を一瀉千里に下っていた。京都守護職の面子にかけて、地の果てまでも股旅ギャングを追い詰める決意だった。

桑名宿で一泊した亨介は、翌朝、三頭の馬を引いて東海道を西へ向かった。舞とたみが一緒だった。天祐も少し遅れてついてきた。

「京へ行く」

舞にはそう言っただけだ。お前は江戸へ行って料理旅館でも、とは言えなかった。口まで出かかったが、いずれ折りを見て、と逃げてしまった。

ライフルは風呂敷に包み、亨介が背中に背負った。拳銃は一丁ずつ、亨介と舞がふところに入れた。千両箱はそのままでは嵩張るし、箱が重い。中の小判だけを取り出し、銃の弾丸と一緒に三つの振り分け荷物にして、三頭の馬につけた。

冬の陰気な曇り空だった。吹きつける風は強い。四日市宿まで、三里の道のりがやけに遠い。

海蔵川を越えて少し行くと、左手に海が覗いた。雲が低くのしかかり、海は石灰色に見える。

三滝橋を渡った。やっと四日市宿にさしかかった。下木戸のあたりで、奉行所の役人が何か立ち話をしている。それを見て、一瞬いやな予感に襲われた。

だが、宿場はにぎわっていた。伊勢参りの旅人が、なが餅や饅頭を売る茶店にひとだかりを作っていた。ひとがおおぜいいるところは安心できる。

宿場に入った。

ひとだかりは道の真ん中にもできていた。高札場だ。役人がちょうど高札を掲げていて、ひとが輪を作って眺めている。

亨介には板書きの文字は読めなかった。だが男二人、女ひとりの人相書で見当がついた。股旅ギャングの手配書だ。

亨介と舞はそれぞれ馬を引き、素知らぬ顔で行き過ぎた。たみも黙ってついてくる。

諏訪神社の前を通りすぎると、上木戸が見えた。黒漆の陣笠、野羽織、野袴をつけた武士が数名、役人も数名いる。宿場を出る旅人をひとりひとり呼び止め、詮議している。

槍を持った武士の陣笠に、ふと目がとまった。三つ葉葵の家紋に見覚えがある。最後の大仕事で襲った侍の行列がつけていた家紋だ。

舞と目を見交わし、たみを連れて急いで引き返した。少し遅れて馬を引いてきた天祐も、それを見て後戻りした。

しかし、下木戸も同じだった。いつの間にか陣笠の武士と役人が固め、旅人は詮議を受けないと木戸を通れない。

四日市宿は、長さおよそ四町（四百メートル）。その中ほどまで戻ると、三頭の馬を馬つなぎの輪につなぎ、荷物を持って茶店に入った。

「まずいことになった。囲まれたよ」

亨介と舞、たみが茶を飲んでいる間に、天祐が様子を探ってきた。

「この前襲ったのは、会津藩伝令役の一行だったらしい。京都守護職の沽券にかかわるてえんで、松平の殿様がしゃかりきになって討っ手をかけた。陣笠の武士は京から下ってきた会津藩討伐隊だ。そこに代官所の役人がついてる。この辺は天領だからね」

「どこか隠れ場所を捜して、夜まで待つか」

「いや。今木戸を固めている武士は、会津藩討伐隊の第一陣という話だ。おっつけ本隊が到着する。そうなると、代官も会津藩の顔を立てて、もっと大人数を出してくるだろう。それに今、地元のやくざ連中も動員をかけているって話だ。夜を待っていると、いよいよ身動きが取れなくなる」

木戸を破るなら今のうちか、と亨介は思った。時間が経てば経つほど、敵の数は増える。逃げるのは難しくなる。

「何か手立てを考える。ここで少し待ってくれ」

舞とたみに言い残すと、亨介は天祐を連れて茶店を出た。

「先生、おれがひとりで木戸を破って、討っ手を引き寄せる。その隙に、舞とたみを逃してくれ」

「ひとりで木戸を破る？　そりゃあ無理だ」

「それしか手はない」

茶店の裏へまわり、馬つなぎの輪から、自分の馬のたづなを解いた。

「行くぜ。先生、木戸で役人どもをあおって、おれを追ってくるように仕向けてくれ」

「待て。舞さんに相談して――」

「舞には口は出させない」

亨介は馬を引いて、さっさと上木戸の方に歩きだした。舞に相談などしたら、反対するに決まっている。そうなったら舞と二人、いや悪くするとたみも入れて三人とも、どこかで磔、獄門だ。

天祐があわてて追ってきた。

「舞さんには何と？」

「あとで落ち合うと言ってくれ」

いつ、何が起きてもいいように、落ち合う手筈はかねてから決めてある。

上木戸には、外と内に陣笠の武士が二人ずつ、奉行所の役人が三人ずついた。役人が、木戸の外でも内でも旅人をとめ、手形を見ながら何か訊問している。

亨介は旅人の流れを読み、少し手前で馬に乗った。天祐に目くばせをくれ、思い切り馬の腹を蹴った。

馬が上木戸に向かって走り出した。亨介はふところの拳銃を抜き、木戸のあたりに向かって叫んだ。

「どけーっ！」

天祐が後ろから馬を追いながら、

「そいつだ。逃げた。股旅ギャングだーっ！」

と渋い声を張り上げた。

亨介は拳銃を撃ちながら突進した。木戸のまわりにいた旅人が、悲鳴をあげて飛び退いた。役人も武士も、馬の土煙にのけぞるような格好で後退した。

木戸口の幅は二間あるかないか。拳銃に装塡した六発の銃弾を撃ちつくし、亨介は木戸を突破した。

だが木戸の外で、二人の武士が左右にわかれ、槍を構えて待ち受けていた。馬上に向けて、同時に槍を突き出してきた。亭介は弾丸の切れた拳銃を左手の武士に投げつけ、槍の穂先をかわした。が、そのとき、右から伸びてきた槍が亭介の脇腹を深々と刺した。

かっ、と頭に火がついた。

亭介は馬の首に抱きつき、辛うじて落馬を防いだ。刺されたことはわかったが、痛みは感じなかった。何も感じなかった。力を出して、馬の腹を蹴った。ここから逃げて、敵を引き寄せなければならない。それしか頭になかった。

鵜森神社の参道の前を駆けぬけ、浜田の廃城を過ぎたとき、後方から銃声が起きた。討っ手の馬だ。追ってきた。その数も相当多い。ほっとしながら、また馬の腹を蹴った。

前方で、道がふたつに割れた。日永の追分だ。石の道標には〝右京大阪道　左伊勢参宮道〟。そんな文字は見えなかったが、左の道に伊勢神宮の二の鳥居がかかっている。右が東海道、左が伊勢神宮に向かう伊勢街道だ。

後方で銃声が立て続けに鳴った。

体に衝撃が走り、また馬から転げ落ちそうになった。どこか撃たれた。肩か。背中か。身体が熱い。頭の中をものすごい暴風がぐるぐる回った。

亭介は馬にしがみつき、伊勢街道に突っこんだ。

いつ頃から目がかすんできたか覚えがない。もう何も考えず、ただ馬から落ちないことを念じた。そしてひたすら馬を駈って、走り続けた。残りの命を、すべてその一点に投じた。

どこまで行けたかわからない。突然ふわりと宙に浮き、次に激しく地面に叩きつけられた。もう少して意識を失くすところだった。

亭介は手を伸ばした。ここにいてはひと目につく。討っ手が追いつく前に、身を隠さなければ。路肩の草をつかんだ。その手に力を入れて、体を引きずった。もう片方の手が細い木をつかんだ。ずるずる体をひきずった。死にもの狂いで街道脇の繁みの中に頭から突っこんだ。

繁みは下りの斜面だった。突っこんだ勢いで、体が下に滑りだした。とめようとしたが、そんな力は残っていない。灌木を薙ぎ倒しながら転がり落ちて、もう一度どこかに激しく叩きつけられた。

そこで意識を失った。


甘く溶けるようなひとときだった。

長くて短いその時間、いろんなものが目の前をかすめていった。ひとの顔が多かった。それがみなどこか変だった。

欣蔵の四角い顔は、凧になって空を飛んでいた。天祐の顔は釜で煮られ、ぐらぐら真っ赤に茹だっていた。たみの顔は髭をはやし、両刃の剣を持っていた。舞の顔はのっぺらぼうだった。舞だということはわかったが、目も鼻も口もなかった。

豚の顔をした侍や、河童の顔をした百姓もいた。誰だかわからない顔も次から次と現われた。目が開くと、烏帽子《えぼし》を被り、うぐいす色の狩衣をつけた天狗がいた。

夢か。

「気がついたかね」

亭介はもう一度目を開いた。

天狗に見えたのは、烏帽子からはみ出した真っ白な髪と、狩衣の胸まで垂れた真っ白な髭のせいだ。怖ろしく痩せて、落ち窪んだ眼窩、尖った鼻。黄色くしわんだ皮膚が骨にへばりついたような顔だ。歳は八十か、九十か。こんなに歳を食った男は見たことがない。

亨介は起き上がろうとした。激しい痛みが背筋を走り、うめき声がほとばしった。

「まだ無理だろう。寝てなさい」

ひどいけがをして、寝かされているとわかった。どこだろう。

ひょっとして、京か。烏帽子に狩衣というなりからすると、このご老人、公家のように見える。だが、京のお公家さんが、なぜ無宿人の介抱などしてくれるのか。

全身の激痛に歯を喰いしばり、そんなことをちら、と考えたのを覚えている。

口に細い管がさしこまれ、温い湯が入ってきた。

「飲みなさい」

むせそうになったが、誰かが顔を横にしてくれた。

温い湯が喉を通っていくと、すぐにまた甘美なときがはじまった。長いような、短いような。起きているような、眠っているような。ただひたすら心地よい、それ以外には言いようのないときが過ぎていった。

その間に何か口に入れた。何度か口もきいたような気がする。

二日経った。二年だったかもしれない。

目が開くと、舞がいた。のっぺらぼうではなかった。目も鼻も口もついている。

夢か。そう思ったとき、声がした。

「亨介」

舞の声だ。

「舞様あ、いま目え開いたんでねえか」

たみの声もする。

亨介は驚いて目を開いた。

「あは、起きた起きた」

たみが手を叩いて笑い出した。舞の顔が見える。目が合うと、まるで親の敵みたいに睨みつけてきた。亨介は口を開いた。だいぶ経ってから、声が出た。

「何を、怒ってる」

「お前は勝手すぎる」

舞は乱暴な手つきで手拭いを濡らし、顔の汗を拭いてくれた。

それでもまだ現実だとは思えなかった。舞とたみが、どうしてここにいる。

「ここは、どこだ」

「鈴鹿の三島神社じゃ」

何のことか理解できない。その顔を見て、舞が言い直した。

「伊勢道から鈴鹿の山へ入ったところのお社じゃ」

長い時間をかけて思い出した。四日市宿で会津藩の討伐隊と役人に囲まれ、ひとりで木戸を破って伊勢道へ逃げたのだ。どこかで馬に放り出され、必死に街道脇の斜面に潜りこんだ。

「街道からだいぶ下の河原まで滑り落ちたそうじゃ。宮司様が、たまたま所用で川に下りられたからいいようなものの、そうでなければ、今頃お前はあの世じゃ」

烏帽子に狩衣をつけた老人の顔を思い出した。あの出で立ちは宮司か。

「お公家さんかと思った」

「三島神社神職、宮崎伊勢守信篤、とおっしゃる」

薬学にも造詣が深く、自分で山の薬草を採ってきては煎じて飲ませてくれた、という。

そういえば温かい湯が喉を通るたびに、痛みがひいた。そして夢ともうつつとも知れぬ甘美なときがやってきた。あれは薬草のせいか。

「どうしてここがわかった」

「お前が宮司様に知らせたそうじゃ。いつか手筈を決めたでしょう」

そうだ。追っ手がかかり、いつ散り散りになるかわからない。そうしたら、最後にいた宿場のしるし石で居場所を知らせる、と決めておいた。

覚えていないが、すると夢うつつの状態で、舞に居場所を知らせてくれるように宮司に頼んだのだ。

「まだ早い」

起きようとすると、舞がとめた。

「傷口が完全にふさがるまで動くな、と宮司様のお言いつけじゃ」

「おれはどれくらい寝てる」

「今日は正月の九日じゃ」

するとあれからざっと半月。年越しも、寝ているうちに過ぎたことになる。

「天祐先生はどうしてる。無事か」

「あのあと奉行所で、一日取り調べを受けた。たみとわたしを逃がすために、宿場で騒ぎを起こしたからな。じゃが許されて、今はまた街道筋の講釈場をまわっている」

「おれたちがここにいることは」

「むろん知っておいでじゃ」

一度ここまで様子を見に来たという。

「出立《た》つときは知らせてくれ、と言われた」

「金は」

「当分困らないだけの金は、わたしとたみが持っている。残りは先生に頼んで、知り合いの両替商に預けてもらった」

亨介はふうう、と身体の力を抜いた。

「何か言うことがあろう」

「世話を、かけた」

「宮司様に言え」

舞はもう一度亨介の汗を拭き、水桶の水を替えに立っていった。

「旦那様あ」

とたみが言い、うふうふと笑った。

「舞様は、お前にほれてるだな。あんなに必死こいてかんびょうしてる舞様あ、おら、はじめて見た」

「たみ、お前いくつだ」

「年があらたまったで、今年はおらも十だよう」

「九つのがきが、大人の世界に口を出すんじゃない」

たみは両手をついて枕許にやってくると、亨介の顔をひっぱたいた。

九つの童女だが、手は大きい。労働をしていて、力も強い。どこかで牛の乳もしぼったことがあるそうだ。軽くひっぱたいたつもりかもしれないが、亨介は飛び上がりそうになった。

「痛えな、お前。何をする」

「おら、大人だて」

宮司から起きてもよいという許可がおりたのは、さらに半月経ってからだった。足腰がすっかり弱り、はじめは立つのがやっとだった。しかし、そこからは早かった。二、三日で杖が手を離れ、山道を歩きまわるのにそう不自由も感じなくなった。

穏やかに晴れた冬の午後、河原に下りて清流を眺めていると、舞がやってきた。

「お客様じゃ」

「おれに？」

「亨介の友人だと言っている。お侍じゃ」

亨介は首を傾げた。侍に友人などいない。それに舞は、なぜか思い切りふくれっ面だ。

「何を怒ってる」

「ひとりではない。女子を連れている」

「連れてたって、いいじゃないか」

「お侍が誰だか知らんから、お前はそういうのんきなことを言う」

舞はひそひそ声だった。その声を吹き飛ばすように、磊落な声が風に乗ってやってきた。

「よう。わしじゃ、わしじゃ。久しぶりじゃのう」

22

冬枯れた灌木をかきわけ、斜面を下りてきたのは忘れもしない、あの土佐弁の侍だった。蓬髪も顔つきも変わらない。そのまま旅立てそうな身なりも、江戸の小千葉道場をぷいと出て行ったときと変わらない。

才谷梅太郎という名前をすぐ思い出した。いや、坂本か。

「おんし、元気にしちょったかい」

そう言ってから、自分で気づいて笑い出した。

「まっこと間抜けたことを言うたなあ」

亨介は仕方なく笑い返したが、舞はくすりともしない。侍が出てきた山の斜面を覗きに行った。

「坂本様、お連れ様はご一緒ではございませんの」

「加尾か。あれは神社に参拝したいち言うて」

「さようですか。では、わたくしはこれで」

舞は相変わらずのふくれっ面で、ひとりで神社に戻っていった。なぜかわからないが、この侍が女連れでやってきたことに真剣に腹を立てている。

蓬髪の侍の方はぜんぜん気づきもしない。それとも細かいことは、いちいち構っちゃいないという大らかな性格か。

「やっぱりおんしじゃったな」

と、にこにこ顔だ。

「股旅ギャングちう二人組が、ライフルと拳銃二丁で街道を荒らしとると聞いてのう、ひょっとしたらあんときのおんしらじゃないかと思うちょった。近頃は女ギャングが入って、三人組か」

「もう終わりですよ。欣蔵を覚えてますか。死にました」

「そうか」

いっとき顔が曇った。

「どうしておれがここにいる、と」

「わかって来たんじゃないき。伊勢神宮へ初詣に行ってのう、その帰り、ここの宮司様にちっくと用があって寄ったぜよ。そうしたら何と、股旅ギャングが大けがをして静養しとるっちう。で、おんしやないか、と顔を見にきたわけじゃ」

あの宮司、亨介が床を離れるようになっても、いっさい身許を訊ねなかった。舞もそれが不思議だと言っていた。

「宮司さんは、おれが凶状持ちだと知っていて、助けてくれたわけですかい」

「おんしを拾ったときは、知っていたわけじゃないがぜよ。けんど、それからすぐ役人が人相書を持って捜しに来たき」

「どうしてそのとき、お上に突き出さなかったんですか」

「さてのう」

蓬髪の侍はにやりとし、ふところから手を出して顎を撫でた。

「おおかた敵の敵はなんとか、ちうやつぜよ。ここの宮司さんもわしらの仲間じゃき」

「どういう意味です」

「わしらがやっとる大回転の事業を、おんしは知っちょったかいの」

「この国の明日をつくるってやつですか。横浜でそう聞いた」

「よう覚えとった。その通りぜよ。そのために、わしらは今幕府にたてをついちう。幕府の支配をおしまいにせんことには、この国の明日はないき」

この侍たちにとって、幕府は敵。幕府にとって、股旅ギャングは敵。ということか。

「こんないなかの宮司さんが、どうしてまたお侍の仲間になったんです」

「名は伏せておくが、元久留米藩の水天宮祠官だった神職がいる。この方が全国津々浦々の神社に決起を呼びかけとるんじゃ。ここの宮司様だけじゃないぜよ。わしらと志を同じくする宮司様は、この国のいたるところにいる。おんしもギャングなんかやめて、手伝わんか。股旅ギャングの目的も、世直しと聞いたがぜよ」

「いっぺんお侍に訊きたいと思っていた。武士も百姓もない。みんなが自分の好きなことをして、好きなように生きていける国。あれはどういうことですか。そう言ったろ。そういう国を作るって。

意味がわかんね！　武士も百姓もいなくなったら、世の中どうなる」

「そこじゃち。おんし、痛いとこを突くのう」

蓬髪の侍はがしがしと頭をかいた。

「実を言うと、まんだわしにもようわかっとらんがぜよ。この国はこのままではいけん。それだけはわかっちう。だからみんなに教えを乞うて、必死になって知恵をしぼっちう。それが難しうてのう、この国の新しい姿がもうひとつ見えてこんがぜよ」

「おれは侍になりたい」

山鳥が鋭く啼いて飛翔した。

「武士も百姓もない、どういう国だかわかりもしない、そんな事業を手伝うのはごめんだ。おれは侍になる」

「すまんのう。わしの力不足じゃき」

「だが、宮司さんには命を助けてもらった。お返しをしたい。おれにできることがありますか」

侍はまたがしがしと頭をかき、ふっとその手をとめた。

「なら、書状をひとつ届けてくれんか。今宮司さんに預かったじゃが、わしは忙しうて忙しうて」

「いいですよ。お安いご用だ」

「そりゃ助かる。ちっくと内密な書状じゃき」

侍がふところから取り出した書状を見て、亨介は首を傾げた。包み紙の裏には、赤い封蠟がつけられてものものしい。だが、表にはただ「世之介殿」。

その名前は亨介にも読めた。いつか馬渡村の塾で、吉太郎がこっそり浮世草子を見せてくれたのだ。

「お侍よ、ふざけちゃいけない。この世之介ってのは、好色本の主人公だろう」

「おんし、なかなか教養があるのう。西鶴を知っちょるか。つまり、そいつは偽名ぜよ。ちっくと名が明かせんわけがあるがじゃき」

そうか。天祐も股旅ギャングを講じるときは、甲介、乙蔵という偽名を使う。

「どこにいるんです、世之介さんは」

「それが機密事項で、ひとには言えんがじゃ」

「それじゃあ書状は届けられん」

侍は笑い、小枝を拾ってきて河原の砂地に絵を描いた。

「ここが今わしらがいる鈴鹿の三島神社。ここが京。書状の届け先はここじゃ。丹後国のこの神社」

小枝でその場所を指し示し、神社の名前を言った。それほど遠くはないが、丹後国など名前しか知らない。

「そうじゃ、奥方も一緒に連れて行け。その方が怪しまれずにすむ」

「奥方？　いや、あれはまだ——」

「まだ夫婦にはなっとらんか。これからか。なら、なお好都合。ハニームーンじゃ」

「ハニームー、とは」

「これから夫婦になるもんが、その記念に二人で旅行することぜよ。ハニームーン。わしが本邦第一号でやろうち思うとったが、なにせ相手が定まらん。おんしに第一号を譲るぜよ。行く先はここ」

と、小枝で砂地の絵をつついた。

「日本三景の一、天橋立じゃ」


舞は憤然として神社に戻った。

境内に入ると、その原因となった女がいた。何か言わずにいられない。が、女は参道の真ん中にある百度石と拝殿を行ったり来たりして、何か一心に祈っている。お百度参りだ。

仕方なく鳥居のそばにたたずんだ。

あの坂本という侍は、江戸の小千葉道場で一度見かけた。千葉さな子が、あとで婚約者だと教えてくれた。剣が強くて鬼小町、その美貌から小千葉小町とうたわれる彼女が、驚いたことに、少しばかりはにかんで打ち明けたのだ。

そういう女が江戸にいながら、坂本は女を連れて旅をしている。許せない。

「もうし。かよ様とおっしゃいましたか」

お百度参りを終えて、社務所の方へ帰ろうとした女を呼び止めた。

「加尾です。平井加尾と申します」

歳はさな子と同じくらいか。しかし、さな子の方が十倍きれいだ。どうしてさな子を江戸に放っておいて、こんな女と。

「わたくしは舞と申します。失礼ですが、坂本様とはどのようなお知り合いですか」

「幼馴染みですわ。小さい頃から、龍馬様とは毎日のように親しくさせていただきました。お姉様とも、お琴の稽古でよくご一緒しましたのよ」

「あら、土佐のお方。あんまりお美しいので、てっきり京のお方かと思いましたわ」

「よく言われますのよ。京にはつい先だってまで、二年ほどおりましたかしら。土佐の藩主の友姫様が、京の三条家にお輿入れなさったものですから、私も姫様の御付役として三条家に。それですっかり京に染まったみたい。どなたも私を見ると、京の女だとお思いのご様子で。古の歌にもありましたわね。隠しても、京の女は匂いたつ、とか。おほほ」

加尾は手を口にあて、公家のように笑った。

「舞様は、どちらのお生まれ？」

許せない。

「差し出がましいようですが、ご存知ですか。坂本様には、江戸に、将来を誓ったお方がおいでですのよ」

「あれほどのお方ですもの。女のひとりやふたり、どこにだっておいででしょうよ」

「あなた様は、それでおよろしいのですか」

「世の中を変えるような男は、まず女の心を変えてしまうもの。みんな女ったらしなものよ」

「だったら、世の中を変えるような女は、男ったらしでいいってこと？」

「もちろんそうよ」

舞はまなじりを上げて、女の顔を見つめた。

こんなことを言う女ははじめてだ。しかもそれがさわやかだった。自分でも驚いたことに、この「許せない」女に電撃的に魅了されていた。

ひとでも書物でも、何でもそうだ。それまでまったく気づかなかった何かを〝発見〟させてくれると、舞はたちまち魅了される。

「私、何かばかなことでも申しまして？」

舞の表情を見て、加尾は笑った。

「あなた、女は一生ひとりの男に仕えなければいけない、とか思ってるんでしょ」

「そんなこと」

「古〜い」

「だから思ってませんって」

「いいえ。心の底ではそう思っているの。だって今どきお歯黒なんて——」

思わず舞は、飛び上がるようにして両手で口をおおった。木崎の家を出てから、もちろんお歯黒は入れていない。だが、それまでのものがまだ残っている。

「よお、おんしら。もう仲良うなっちょったか」

鳥居をくぐって、坂本という侍と亨介が入ってきた。

「その顔はちがうな。喧嘩でもしちょったかい」

「いいえ。女同士、とても有意義なお話をしておりましたわ。ねえ、舞様」

「とても勉強になりました」

「そりゃよかった。加尾、発つぞ」

加尾ははい、と返事をして、小走りに社務所へ向かった。ひょっとして出立するつもりか。

「舞さん、わしらはこれで失礼するき——」

「坂本様、今いらしたばかりではございませんか」

「いやいや、もう用は済んじゃき。日のあるうちに東海道へ戻らんとのう」

侍は舞の手をとり、亨介に握らせた。

「おんしらはこれからハニームーンじゃ。亨介さんと仲良う暮らしや。またどこぞで会おうな」

蓬髪の侍は人なつっこい笑顔を残し、さっと鳥居をくぐって境内を出ていった。社務所から出てきた加尾が、そのあとを追って、旅の荷物を抱えて駈けだした。

「お待ちください。何度申し上げたらおわかりですか。そのようにお急ぎになられては。坂本様っ」

あの加尾という女子とは、もう少し話がしたかった。江戸の千葉さな子にも惹かれたが、加尾にはまたそれとはちがった魅力があった。

その二人の女子が夢中になって追いかけていく坂本龍馬という侍は何者なのか。

気がつくと、亨介がまだ手を握っている。舞はしばらくその手を見つめ、振り離した。

「ハニームーとは何じゃ」

次の朝、亨介は舞とたみを連れて、鈴鹿の三島神社を出立した。

日永の追分へ出るのはやめて、伊勢街道を南へ下った。津の江戸橋から東海道の関宿へ行く街道がある、と白髪の宮司に聞いたのだ。

江戸橋は、津宿の手前の志登茂川にかかっていた。橋の名前は、藩主が江戸へ発つときも見送りはここまで、という意味だそうだ。

渡って坂をおりたところが伊勢別街道との追分で、街道一大きいという常夜灯があった。

日暮れにはまだ間があったが、朝から五里半歩いていた。けがのことを考え、その晩は伊勢参りの客でにぎわう津宿で泊まった。宿で訊くと、関宿までの距離は五里ちょっとだという。

翌朝はゆっくり発った。追分から伊勢別街道に入り、窪田、椋本、楠原と西へ歩き、日が暮れる頃に関宿にさしかかった。街道の終わりには鳥居があり、くぐると東海道との追分だ。〝右江戸　左京すぐ伊勢〟という道標が立っている。

見つけたのはたみだった。

「あれま。講釈の先生でねえけ」

松廼家天祐は、追分にある石に腰を下ろしていた。三人の姿を見るとにやり、として、

「よう」

と手を上げた。三島神社を出る前に、舞が手紙で行程を知らせたので、先回りして待っていたのだ。

「天橋立へ行くんだってね」

「先生、またついてくる気じゃないだろうな」

「むろんその気さ。松廼家天祐、一世一代の演目が、このまんまじゃおしまいにならねえ」

「甲介は京へ行って侍になりましたとさ、ちょん！　じゃ駄目なのか」

「それじゃあお客は納得しないよ。おしまいにもうひと幕、ちょいといい場面を見せてもらわねえと」

「ないよ、そんなもん」

「おや。水臭いじゃないか。何のために天橋立へ行く、てえの！　あたしだってイギリス語には詳しいんだ。ハニームーンと聞いて……舞さん、お待ち。逃げなくたっていいだろ。この天祐が、ハニームーンか、いってらっしゃい、ってわけにはいかねえよ。こちとら三代前から江戸っ子でえ。何が何でもついていって……亨介、お待ち、なぜ逃げる。たみまで逃げることはないだろう。あたしゃコレラ菌じゃないよ。みんな、お待ち」

天祐も仕方なく関宿に向かって駈けだした。

「ちくしょう。若え者は足が速くていけねえ。逃すもんか。何が何でもついていって、おしまいのひと幕を見届けるよ。でないと、あたしの講釈は終わらねえ」

かくして旅は、再び四人連れになった。

亭介のふところに、「世之介」に宛てた内密の書状が入っていることは誰も知らない。当の亭介にしても、たいして気にはしていない。土山、石部、草津、大津とのんびり歩き、二日目の夕刻前に粟田口から京に入った。

三条大橋にはおおぜいひとが行き交っていた。まだ春は浅いが、風はいくぶん優しい。

「さすが京だね。風が色っぽい、じゃ、ああありませんかえ」

天祐の渋い声が、唄うように響いた。

亭介と舞、たみにはもちろんはじめての京だ。三条大橋の西は旅館街だったが、すぐ宿に入るのも芸がない。市中見物をしながらそぞろ歩き、川べりの茶店で休息した。

川は、京と伏見を結ぶ高瀬川だった。見ていると、酒や米俵を積んだ船が次々行き交った。

日が暮れると、水に料亭の灯が映ってちらちら揺れるようになった。

「花街の風情だねえ」

天祐は京友禅の絵羽織を着て、ひとり悦に入っている。

往来を行くひとびとは提灯をつけはじめた。日が暮れて気が急くのか、みな急ぎ足になっている。まるでお盆の人魂みたいに、西へ東へ、提灯が群れをなして飛んでいく。

「奸賊!」

いきなり怒声があがり、提灯がひとつ地に落ちた。

亭介は思わず茶店を飛び出した。地に落ちて燃えている提灯のそばで、ひとがひとり斬られている。

浪人のような身なりの侍だ。

「何だ、貴様。貴様も奸賊の仲間か」

亭介を睨みつけた男は、三人いた。みな浅黄色の山形模様のついた羽織を着て、ひとりはまだ血をぬぐった刀をぶら下げている。

「これはとんだご無礼を。ただの通りすがりでござんすよ。いなか者はしょうがねえ」

天祐が血相を変えて飛んできて、亭介の腕を引っぱった。

「待て。京都守護職会津中将様御支配新撰組だ。御用改めである。名を名乗れ」

幕府浪士組は昨年八月、「新撰組」の名を拝命してみるみる勢力を広げた。そして十二月、幕府が浪士取締令を出すに及んで、いよいよ悪鬼のように町を徘徊するようになった。その数、およそ百名。

「不穏の浪士は見つけ次第に捕殺しろ」

局長近藤勇の命により、彼らは毎日のようにひとを斬った。新撰組の行くところ、今日も巷に血の雨が降る、と唄われた。

亭介が京に入ったのは、ちょうどこんな頃だった。

「お役目ご苦労さまでございます。手前けちな講釈師、松廼家天祐と申します」

天祐がぺこぺこしたが、新撰組は見向きもしない。

「お前ではない。その若いやつ、前に出ろ」

亭介は仕方なく一歩出て、頭を下げた。

「亭介と申しやす」

「お前も講釈師か」

「いいえ。この爺さんとは縁もゆかりもござんせん。あっしは上州在の百姓で」

「百姓が京で何をしている」

「中山道坂本宿で、土方様にお声をかけていただきました。京に来れば仲間にしてやる、と」

「副長に？」

「土方歳三とおっしゃる方です」

「背中にしょっている荷物は何だ」

風呂敷に包んだライフルだ。

「釣り道具でござんす。土方様に会わせていただけませんか」

「副長は忙しい。お前のような者に会っている暇はない」

三人の新撰組は引き上げようとした。天祐は胸を撫で下ろした。

しかしそのとき、刀を肩に担いでいた男が気まぐれを起こした。ひょいと刀の峰を伸ばし、

「大仰なもん背負ってんじゃない」

と、亨介の背中の風呂敷包みを叩いた。

ほかの二人が、その音を聞いて振り向いた。刀の峰が叩いた音は、木ではない。金属だ。

「その包みを見せろ」

亨介はひとりの隊士を突き飛ばして逃げ出した。

だが、新撰組は三人ではなかった。その日は四番隊と五番隊二十数名が、浮浪浪士狩りでその一帯に繰り出していた。行く手に立ちはだかった隊士が二人、駈けてきた亨介に足をかけた。

亨介は一瞬宙を飛び、顔から地面に激突した。

「生け捕りにしろ」

23

新撰組の屯所は、京の西の町外れ、壬生郷にあった。隊士は坊城通りの前川邸を中心に、その周辺の寺社や郷士の邸に分宿していた。

前川の本家は、御所や京都守護職の出納など、さまざまな公職も兼ねている両替商だ。屯所となった壬生の前川邸には、蔵が二つあった。西の蔵は味噌蔵、東の蔵は貴重品の保管庫だったが、新撰組は東の蔵を空けて、不審者の訊問に使っていた。

捕縛された亨介も、この蔵に放りこまれた。

窓はなく、油皿の暗い灯が中を照らしていた。手に何か持った新撰組の隊士が三、四人。亨介と同じように後ろ手に縛られ、床に転がされている男が二、三人。

そして蔵中に、息詰まるような気配が充満していた。それが何かはすぐわかった。上の方で悲鳴がする。何かぶっ叩くような音がするたびに、泣き声やうめき声があがる。

不審者が、二階で拷問を受けているのだ。

耳をすますと、訊問している声が聞こえてきた。

「仲間は誰だ」

「仲間はどこにいる」

「お前たちは何を企んでいる」

新撰組が訊いているのはそれだけだ。その三つを執拗に訊いている。拷問を受けている者も何か言っているが、聞き取れない。悲鳴と泣き声で、ほとんど言葉になっていない。

くそ、と亨介は唇を噛んだ。

背中にライフルを背負っていたのはあまりに不用意だった。まさか新撰組が、京の町で、これほど傍若無人にのさばっているとは思いもしない。

尊攘も佐幕も関係ない。そう思って気楽だったが、そうはいかない。

往来で捕縛されたとき、背中のライフルはもちろん、懐中のものもそっくり取り上げられた。その中に、丹後国の世之介に宛てた書状がある。

「わしらは今幕府にたてをついちう」

坂本という侍はそう言った。つまりあれは倒幕派の書状だろう。

あの書状を読まれたら、言い逃れはきかない。

不意に天井の板が開き、上から何か落ちてきた。一階の床で転がっていた囚人が、ひっと叫んで身をよじった。

落ちてきたのは、血まみれになった人間の頭だった。下まで落ちきらず、空中にとまった。その頭には胴体がついていて、その上には二本の足もあった。足首には荒縄が巻かれ、上の方にぴんと延びている。

二階の梁《はり》から、裸で逆さ吊りにされた男だ。

頭と胴体は一階部分にあり、股のあたりから足先までは二階にある。

しかし、もう人間には見えない。ずたずたになった血袋のような、ただの肉の塊だ。

一階にいる新撰組が、男の顔と胸を、鞭や木刀で打った。二階にいる新撰組が、同時に男の向こう脛を鞭や木刀で打った。

男の口からはもう泣き声も出ない。

一階の床に転がされている囚人が震えだした。その震えは床板を伝って、まざまざと亨介にも感じられた。亨介も同じだった。体が激しく震えていた。

新撰組は、おそらくそのためにやっているのだ。これから拷問を受ける囚人に見せつけるために。恐怖は、それを予感するときがいちばん怖ろしい。

亨介は目をつむり、歯を喰いしばった。しかし、耳は塞げない。肉を打つ音に混じって、苦痛のあえぎ声や息づかいはいやでも耳に入ってくる。聞こえないように、自分の頭の中で唸り声を立てた。

「上げろ」

やがて声がした。いつの間にか肉を打つ音がやんでいる。

「死んだ」

誰が言ったか知れないが、何の感情もこもっていない声だった。

上の方で滑車が軋む音がして、逆さ吊りの男が引き上げられていった。天井の板が元通り閉まった。しばらくすると、隅の天井板が開いた。その下に箱階段がついている。上から誰かおりてきて、床に転がっている囚人をひとり、二人がかりで二階へ連れていった。階段を上るときから、囚人はもう振り絞るような泣き声をあげていた。

隅の天井板が閉まり、また拷問がはじまった。

訊問は同じだった。新撰組は、三つのことだけを繰り返し訊き続けた。仲間は誰だ。どこにいる。何を企んでいる。

もう何刻だろう、と亨介は思った。三条大橋の近くで捕縛されたとき、日はとっぷりと暮れていた。あれからだいぶ経っている。そろそろ四ッか、四ッ半か。

いつまでこんなことをやっているのか。新撰組だって夜は眠るはずだ。それとも眠らないのか。

もう少しで頭が変になりそうだった。そのまま一年か二年に思えるようなときが経った頃、外から蔵の扉が開いた。

「まだらの亨介という者はおるか」

亨介は床に転がったまま、顔を上げた。手燭が近づいてきて、顔を照らした。

「やはりお前か。外に出ろ。おい、縄を外してやれ」

暗くて顔は見えなかったが、その声を覚えていた。坂本宿で会ったあの浪士だ。

「お前、運がよかったぞ。たまたま出先から帰ったところ、講釈師が隊に駈けこんできた」

「おれのことを……」

「むろん覚えていたさ。あの晩は久しぶりに屑を叩きのめして、気分がよかった。講釈師に、坂本宿で声をかけてもらった若造と聞いて、すぐ思い出したよ」

土方歳三は、浅黄色の山形のついた羽織を着ていなかった。飾り気ひとつない黒衣黒袴だった。

副長室は、前川邸の斜向かいの八木邸にあった。その部屋も身なりと同じように質素だった。行灯のほかにはひとつの調度品も置かれていない。床の間の刀掛けに、愛刀和泉守兼定がひと振り掛けてあるだけだ。

「おれを訪ねてきたそうだが。何の用だ」

亨介は下を向いた。この侍の殺風景な風情は好もしかった。いかにも当人に似合っていた。だが、蔵の中に立ち込めていた凄惨なにおいが、鼻について消えない。

「われらは京の治安維持を仰せつかっている。これも役目だ」

その顔色を読んだのか、土方は淡々と言葉を継いだ。

「近頃、尊攘派の浪士が不穏な動きを見せていてな。お上はいたく神経を尖らせている。本意ではないが、われらの詮議も厳しくならざるを得ない。これも世が落ち着くまで、いっときのことさ。ああ忘れるところだった」

土方は立ち上がり、障子を開けにいった。

「誰かいるか」

隊士に持ってこさせたのは、亨介が捕縛されたときに奪われた荷物だった。驚いたことに、全部あった。風呂敷に包んだライフルも、振り分け荷物の中の弾丸も、懐中に忍ばせてあった例の書状も。

「足りないものはないか」

「はい」

返事をしてからはっ、となった。書状の包み紙の赤い封蠟が砕けている。開封して、読まれた！

「その書状は何だ。あいにくおれは無筆でな」

亨介は胸を撫で下ろした。そういえばこの侍も、武州多摩の百姓の生まれだと言った。

「お寺の坊主に駄賃をもらって、届けるように頼まれたんです」

「どこへ」

「丹後のお寺です。法相寺」

ひとに訊かれたらそう言え、と才谷梅太郎は言った。丹後の国に法相寺という寺はないそうだ。

「何が書いてある」

「おれも読み書きは駄目です」

土方は興味を失くしたようだった。ほかにもっと重大なことがある、という顔つきだった。

「ひとつはっきりさせておかなくちゃあならんが。その中にご禁制の品が混じっておるぞ。ライフルだ。どこで手に入れた」

「横浜で、博奕に負けた支那人が寄こしたもんです」

「詳しく話せ」

才谷梅太郎が話に登場すると、おそらく面倒なことになる。そこは省き、あとはありのままを話した。

「聞くところによると、股旅ギャングと称する賊が、街道筋を荒らしているとか。お前ではあるまいな」

「滅相もないです」

「ちがうか。では、何のためにライフルなど持ち歩いている」

「護身用に、持っているだけです」

独特の白く光る目が、いっとき亨介を見つめた。

「おれは今言った通り役目がちがう。あの晩のよしみだ。ライフルは見なかったことにしてやる。だが、奉行所の役人に見つかるとうるさいぞ。心して行け」

土方は床の間の前に行くと、向こう向きに横になって、手枕をかった。用は済んだ、と言っているように見える。

「帰ってもよろしいので」

「おれは忙しいのだ。用がないなら帰れ」

狐につままれたような気分だった。あの晩のよしみと言っても、別に何をしたわけでもない。忙しいと言うが、ただ床の間の方を向いて、寝ているだけだ。

亨介のけげんそうな気配が伝わったのか。

「こうやっておれはものを考えているのだ。巷には、この世の転覆をはかる不逞のやからが跋扈《ばっこ》している。その方策で、おれの頭は忙しくてかなわん」

「おれでも侍になれますか」

もうこのときしかない。そう決めて、亨介は土方の背中に言った。

「土方さんは、あの晩おれに、仲間に入れてやる、と」

「そう言ったか」

「それで京に出てきたんです。水呑百姓のせがれでも、凶状持ちでも、侍にしてくれますか」

土方は起き上がり、こっちを向いてあぐらをかいた。

「お前、凶状持ちか」

「いや。それはもしも、という話ですが」

「百姓でもやくざでも、たとえ凶状持ちでも構わん。世のために立つ、その志がある者なら、新撰組は喜んで迎える。今でもいいぞ。お前が本気なら、局長に紹介して、今すぐ隊に入れてやる」

「おれは本気です。仲間に入れてもらえたら、必ず土方さんの役に立ちます。この書状を届けたら、戻ってきます。それまで五、六日、待ってもらえますか」

「わかった。では戻ったら、この壬生の屯所に来い」

亨介は頭をさげ、荷物をかき集めた。

八木邸は、武家屋敷のような長屋門を構えていた。真ん中に大扉があり、脇に潜り戸がついている。

「おい。提灯を持たせてやれ」

土方は玄関先まで亨介を送ると、門番の隊士に命じた。

大扉の潜り戸が開かれ、亨介が提灯を持って出ていった。潜り戸は開いたままだ。

土方は庭のどこかに向かって、頷いてみせた。暗がりの中から人影がひとつ湧いて出て、潜り戸を抜けて亨介の後をつけていった。

やがて邸内から、京友禅の絵羽織を着た男が現われ、土方のそばに膝をついた。

「二人の命は、助けていただけるんでございますね」

「おれは股旅ギャングなど興味はない。世之介の居場所がわかればいいさ」

「密書の届け先は、あたくしが命に代えて」

天祐は平伏した。


亨介は提灯を手に、深更の町を走った。

すでに八ツ（午前二時）を過ぎていた。京ははじめてで、方角はまるでわからない。壬生の新撰組屯所を出たときは途方に暮れた。

しかし、さすが京だった。この時刻でも町にはちらほら灯が灯り、往来にはそばの屋台が出ていた。

ぐう、と腹が鳴った。蔵に転がされていたときはそれどころではなかったが、昨日の昼から何も食べていない。

そばを一杯頼み、おやじに道を訊いた。舞とはぐれた茶店の名前はわからない。三条大橋と高瀬川、その周辺へ行って、捜すしかない。

幸い道は、碁盤目状に走っているという。この道をまっすぐ行けば川にぶつかる。そこに架かっているのが四条大橋で、左が三条、右が五条。それだけ訊けば充分だった。そばを大急ぎでかきこんで、走り出した。

三条大橋の西の旅館街は、半刻もしないうちに見つかった。そこから高瀬川にかけて歩きまわったが、看板の灯が消え、肝心の茶店が見つからない。

諦めて、三条大橋の欄干にもたれた。明るくなるまで待つか。そう思ったことを覚えている。

「ここにいたか」

渋いだみ声で目が覚めた。顔を上げると、天祐がにやり、とした。背景の空はもう薄青い。まわりでひとも動いている。亨介はびくっと起き上がった。

「舞は?」

「すぐそこの旅籠に泊まっているよ。亨介が見ればわかる、と言っていたが」

天祐は三条大橋の西詰に立ち並ぶ旅館街を指差した。一軒の旅籠の戸口に、赤いひものようなものが一本くくりつけてある。

緋桜模様のしごきだった。

24

丹波口から京を出て、山陰街道を西へ向かった。

例によって亨介と舞が夫婦連れ、天祐とたみが親子連れになり、後になり先になりして歩いた。前の晩は、亨介も天祐もほとんど眠っていない。老の坂の峠を越え、丹波国に入ってすぐ宿をとった。

翌朝は早く発ち、日の高いうちに福知山に着いた。ここから山陰街道を外れ、宮津街道に入る。天橋立までの道のりは、およそ七里半。

だが宮津街道は、その昔鬼が棲んでいたという大江山を越える石畳の峠道で、なかなか道がはかどらない。峠の途中で一泊し、翌日の昼過ぎに天橋立に着いた。

南側の山の斜面から、海に横たわる梯子のような松並木が見えたときは息を呑んだ。

砂礫でできた細い砂浜だそうだが、そこにずらりと松の木が生え、海をふたつに割っている。左が阿蘇海、右が外海につながる宮津湾だ。実に不思議な光景だった。

日本三景は、寛永二十年（一六四三年）、儒学者の林春齋がその著書で、陸奥の松島、宮津の天橋立、安芸の厳島を「三処奇観」と記したことに由来する。

その名は天下に鳴り響き、その日も見物客がおおぜいいた。

宮津側の茶店で昼食をとり、見物客に混じって松並木の間の一本道を歩いた。天橋立の幅は、狭いところでおよそ十一間、広いところで九十五間。長さは一里に少し足りない。

もう春の陽射しだった。

松並木の間からあたたかい陽が射しこみ、道に光の縞ができている。歩いていると、一歩ずつ、体に陽が当たったり翳ったりした。まるでひとの一生についてまわる運と不運のように。

光がなければ影はない。

影がなければ光はない。

舞と天橋立を歩きながら、そんなことを考えたのを亨介は覚えている。

「坂本という侍に頼まれた用がある。行ってくるよ」

府中側に渡ったところで、舞に言った。

「何かあると思っていた」

「すぐ戻る。預かりものを届けるだけだ。ここで待っていてくれ」

書状の届け先は、天橋立のすぐ北にある丹後一宮元伊勢《もといせ》籠神社《このじんじゃ》だ。距離にしてほんの五、六町。もともと天橋立は、元伊勢籠神社の参道だったとも言われる。

「ぎゃっ」

と、たみが叫び声をあげた。天祐がたみの両足を持ってぶら下げ、逆さまに天橋立を見せている。

「松並木が天に上るはしごみたいに見えないか。お前さん、果報者だよ。こんな絶景を見られる娘はそうはいねえ。気分はどうだい」

「ぎゃっ」

二人に軽く合図して、元伊勢籠神社の方に向かった。すると天祐がたみをおろし、急ぎ足で追いついてきた。

「どこへ行く」

「言えない」

「預かりものてえのは、ふところに入っている書状だろ」

「知ってたのかい」

「新撰組にお前さんのことを頼みに行ったとき、土方てえ副長に訊かれたんだ。これは何の書状だって」

「読んだのか、先生」

「開封してあったからね。あたしでよかった。あたしが読んで、必死にごまかしたからよかった。新撰組にこんなの読まれたら、お前さん、その場で逆さ吊りだ」

「何が書いてあるんだい」

「聞いてないのか」

「おれは届けるように頼まれただけだ」

「書いてあるのは倒幕の企てだが。肝心なのは、届け先だ。真木和泉てえ名前を聞いたことはないか。久留米藩の水天宮神職だが、尊攘派の急進で、一時は御所の朝議も左右する力を持っていた」

京都守護職会津藩の松平容保は、尊攘倒幕派に脅威を覚え、昨年八月、長州藩を叩き、急進派の公家や神職を追放した。いわゆる文久の政変だ。三条実美など七卿は、長州へ下向した。

しかし、真木和泉はいち早く逃れ出て、京の周辺に潜伏。今も全国津々浦々の神社の神職を束ね、尊攘倒幕の巻き返しを画策している。

新撰組の探索によると、御所に火を放ち、その混乱に乗じて一橋慶喜や松平容保を暗殺し、孝明天皇を長州へ連れ去るという大がかりな陰謀の企てがある。

その首謀者が真木和泉で、そのため新撰組は、真木和泉の潜伏先を血眼になって捜している、という。

「肝心なのは届け先だ。そう言った意味がわかったかい」

「世之介の正体は真木和泉か」

坂本は名を伏せたが、「全国津々浦々の神社に決起を呼びかけとる」という神職、あれがそうだ。この書状は、その大がかりな企てに関する打ち合わせだろう。

「どこへ行く」

「ますます言えない」

「だが、目の前に来ちまった。ちがうかい」

天祐が言う通り、もう元伊勢籠神社の鳥居の前に来ていた。

「丹後一宮元伊勢籠神社。ここか」

「だったら？」

「お前さん、これから新撰組に入って、侍になるんじゃなかったのかい。その書状を届けるってことは、敵のために働くことだ。いいのか」

「おれには倒幕も佐幕もない。命を救ってもらった礼に、書状を届ける。京へ帰ったら、生きていくために新撰組に入る。それだけさ」

「不思議だね。お前さんが言うと、えらくまっとうなことのように聞こえる。行くがいいさ。だが待ちな。その書状、そのまんま届けると、殺されるよ。包み紙の封蠟が崩れてる。読まれたと思って、相手はお前さんを生かしちゃおかない」

天祐はふところから何かつまみ出した。書状の包み紙だった。表には「世之介殿」と似たような文字で書いてある。

「あたしが筆跡《て》を真似て書いておいた。ふところに入れてきたから、似たようなしわもついてる。包み紙をこれと代えて行きな」

亨介は裏を見た。

「封蠟がついてないね」

「崩れてるよりはましさ。運がよければ、はじめからついてなかったと思ってくれる。印璽の偽造は無理だ」

亨介は書状の包み紙をすりかえ、もう一度ふところに入れた。

鳥居をくぐると参道だった。その果てにもうひとつ大きな鳥居があり、その先に拝殿が見える。参詣客も何人かいる。

元伊勢という名前は、伊勢神宮の神々はもともとこの神社から移られた、という意味だそうだ。イザナギ命が、真名井原にいるイザナミ命に会うため、高天原から地上に天浮橋というはしごを立てて通っていたが、ある日それが倒れて天橋立になった、という由来も伝える。

丹後国でいちばん古く、大きな神社だ。

「今夜の宿を取っとくよ。ハニームーンだ。お前さんたち二人、この辺でいちばんいい部屋に泊めてやる」

参道を行く亨介に声をかけ、天祐はきびすを返した。

松並木の方から何人か、見物客がにぎやかにやってくる。中にひとり、旅の商人風のなりをした男がいる。天祐と目が合うと、後ろの元伊勢籠神社の方へ視線を投げた。そして足早に引き返していった。

京からついてきた新撰組の探索方だ。真木和泉討伐の本隊も、近くまで来ているに相違ない。天祐は探索方の後ろ姿を見送り、ぶらりぶらりと歩いた。

書状の包み紙を代えさせたのは、亨介のためというより、時間稼ぎだ。書状を読まれたと知ったら、真木は即座に逃走を図るだろう。新撰組が神社を包囲するまで、足止めしておかなくてはならない。

あの晩は、本当に際どいところだった。

土方歳三はもちろんあの書状を読んでいた。屯所に帰ってすぐ、配下の隊士に見せられたのだ。亨介を蔵の二階に吊るし、「世之介」の居場所を吐かせようとした。

そのとき天祐が屯所に駈けこんだ。

亨介を痛めつけても、本音は吐かない。それより泳がせた方が早い。書状を持たせて出してやれば、必ず亨介は届けに行く。その方がまちがいがない。世之介の居場所は、あたしが命をかけて探りだす。どうか任せてくれ、と天祐は懇々とかき口説いた。

いわば天祐、一世一代の講釈だった。それが奏功したのだ。

幸い土方は、股旅ギャングなど歯牙にもかけていなかった。真木和泉の居場所と引き換えに、亨介と舞の命は救ってやる、という約束を取り付けることも成功した。

天祐にしてみると、自分でも望外のできだった。あとは股旅ギャング行状記、その最後の場面を見届ければいい。天気はいいし、ロケーションは最高だ。

日本三景の一、天橋立を眺めながら、天祐は満足そうに呟いた。

「絶景、絶景」

湯から上がり、庭の飛び石を伝って歩いてくると、鹿威《ししおど》しがどこかで小気味のいい音を立てた。鹿威しという名前を教えてくれたのは、そういえば舞だ。馬渡村の名主屋敷の庭に、ひとつあったのだ。

「舞」

さっきまで部屋にいた舞の姿がない。もう一度名前を呼んだが、返事もない。

外はもう暮れかけている。

手拭いを干すと、亨介は急に不安になって濡れ縁に出た。

天祐がとってくれた宿は、天橋立が南から見える宮津の山の斜面にあった。天祐とたみは本館だが、亨介と舞の部屋は、竹林に囲まれた離れだ。本館から飛び石の道が玄関まで続き、中には控えの間と、広々とした座敷がある。

鹿威しがまた鳴った。どこにあるのか、ここからでは見えない。

空には青みが残っていたが、竹林の中はもう暗い。

亨介は沓脱ぎ石の下駄をつっかけ、竹林の中に踏みこんだ。

京風につくられた庭が見えるのと同時に、舞の後ろ姿が目に入った。宿の浴衣に丹前を羽織り、鹿威しのそばで何かやっている。

昔話で、鶴が自分の羽を抜いて機織をしているような。そこまで行かなくても、隠れてこっそり何かやっているような。

すぐ声をかけなかったのは、なんとなくそんな気がしたせいだ。

亨介は一歩二歩、庭に踏みこんだ。

舞は手水鉢の横で、かがんで歯を磨いていた。いや、小枝の先を石で潰した楊枝で、歯をこすり、歯をこすりしては口をすすいでいた。口の中に残っているお歯黒を落としているのだ。

「舞」

亨介は近くまで行って、そっと呼んだ。

舞は楊枝を捨てて、振り向いた。日暮れの薄暗がりの中で、舞の歯が真っ白に輝いた。まるで村を出たあの日、村はずれの蚕小屋で舞を抱いたあの日が戻って来たように。

「だって加尾さん、古いってばかにした」

亨介は、舞の手を取って引き寄せた。舞はくすくす笑って倒れてきた。その体を抱きしめ、亨介は口を吸った。胸のどこかに執拗にこびりついていた氷塊が、跡形もなく溶けていくのを感じながら。

その晩は永遠のように過ぎていった。目覚めては舞を抱き、眠りながら舞を抱き、夢の中でまた舞を抱いた。おしまいは眠るというより、意識が失せた。

鳥の声で目が覚めた。

しばらくじっとしていると、舞がかすかに身じろぎをした。

「おれは侍になる」

舞は笑い出した。

「何がおかしい」

「はじめて会ったときも、そう言った。亨介は子供のときから同じことばかり言ってる」

「そうか」

舞の肩をつかんで抱き寄せた。

「土方さんは凶状を不問にしてくれる。だから京に戻って、新撰組に入る」

「新撰組は、坂本様の敵方よ」

「おれは侍になって、舞を娶って、はじめからやり直したい。それができるならどっちでもいい。おれと夫婦になってくれるか」

舞はするりと床を抜け出し、畳の上で居ずまいを正した。

「ふつつか者ですが、末長く——なんて三つ指つくと思った？　そんなことしたら、それこそ古～い、って加尾さんに笑われる」

にこっとすると、鉄砲玉みたいに飛びついてきた。

「亨介、夫婦になろう」

首っ玉に抱きつかれ、亨介は舞を抱いて畳の上を転がった。口を吸い、胸に手を入れ、また膝を曲げて舞の太ももをふたつに割った。

四半刻が過ぎ、亨介はふっと顔をあげた。舞がけげんそうに目を開いた。

「鳥の声がしない。啼きやんだ」

二人は飛び起き、素早く身支度を整えた。

この離れは、南に障子戸、東に床の間、北にふすまをはさんで控えの間と玄関がある。突然玄関の方で荒っぽい物音がして、誰かが中に入ってきた。

「亨……介！」

しぼり出すような天祐の声だ。次の瞬間、ふすまを倒して転がり込んできた。血だらけだった。前から袈裟に斬り下げられていた。

亨介は驚いて抱き起こした。

「すまん、亨介。会津藩の討っ手だ」

庭の方で銃声がして、南の障子戸にふたつ三つと穴が開いた。障子戸の左右には、半間ほどの壁がある。亨介は頭を低くして、天祐の体を右の壁際に寄せていった。

舞は床の間のライフルに飛びつき、反対側の壁に身を寄せた。弾丸は常に装塡してある。ライフルを構え、障子に穴を開けて撃ち返した。

「先生」

亨介は天祐の耳に口を近づけた。

「どうして先生が……」

「新撰組と、話が、ついてる。それで、今、かけあいに行った」

天祐はすでに瀕死で、言うことを理解するには想像力が必要だった。新撰組の土方と取引をした。世之介の居場所を知らせる代わり、亨介と舞の命を救ってくれ、と。

ところが今朝、気づくと、おおぜいの討っ手が離れを取り囲んで鉄砲を向けている。

天祐は泡を食って談判に出かけた。討っ手は新撰組ではなかった。新撰組は元伊勢籠神社へ真木和泉の捕縛に向かい、この離れを取り囲んでいるのは、会津藩の股旅ギャング討伐隊だった。

会津藩の怒りはすさまじかった。会津三つ葉葵の御紋を掲げた伝令役の一行を、白昼の東海道で襲撃されたのだ。天祐が二人の命乞いにやってきたのを知ると、問答無用で斬り捨てた……。

「すごい人数よ」

舞が障子の破れ目から、外の様子をうかがっている。亨介は拳銃を取り、銃口で障子に穴を開けた。朝の光を浴びて、竹林には巨きな蝶の羽みたいな青い霞がかかっていた。その霞をついて、陽光が何本もの筋になって天から大地に降り注いでいる。

討伐隊は竹林の中に潜み、銃口をこちらに向けていた。その数は、二十や三十ではきかない。ものすごい数だ。

「撃て」

号令とともに銃声がした。障子にまたいくつも穴が開いた。

亨介と舞は、ライフルと拳銃で応戦した。敵は火縄銃で、連射がきかない。弾丸《たま》込めに時間がかかる。スペンサー騎兵銃とスターM１８５８は連射がきく。ひとりが装弾するときは、もうひとりが掩護すればいい。

しかし、離れは竹林に囲まれていた。二人が放つ銃弾は、竹林に跳弾して当たらない。敵は竹林の間から銃口を突き出して撃ってくるので、正確に離れの障子戸に当たる。幕府砲術指南のフランス人の入れ知恵だ。

もとより非勢は明らかだが、これでは勝負にもならない。

亨介は、障子戸をはさんで向こうの壁に身を寄せている舞を見た。

「逃げろ」

「いや」

「旅館の女中のふりをしろ。お前は、股旅ギャングに人質にとられた女中だ。おれが敵と交渉する」

「自分の生き死には、自分で決めます。誰にも指図されたくありません」

一瞬強い目で見返し、微笑した。

「さっき夫婦になろうって、忘れたの？　生きるも一緒、死ぬも一緒。それが夫婦ってもんでしょう。たみもいないんだから、いいじゃない。先生と二人、向こうに泊まってくれてよかったわ」

そのときだった。隣りの控えの間で物音がして、かぼそい声がした。

「舞様あ……」

二人はぎくり、と振り向いた。

「どうしてお前、ここにいる」

「先生がこっちへよろけてったから、おらも必死こいて、かけてきた」

たみは泣きべそをかき、舞のところへ走ってきた。

「ばかだね、お前」

たみを抱きとめ、叱りつけ、亨介を見た。

亨介はすでに障子の穴から外へ声を放っていた。

「撃つな。宿の下女を外に出す。まだ子供だ。おれたちには関係ない。この宿の下女だ。撃たないでくれ」

舞はたみを立たせた。

「行きなさい。大丈夫だから」

たみは舞にしがみついた。

「おら、行かねえ。死んでも行かねえ。はなれねえ」

「撃たないでくれ。会津の子供だ。会津から雪の中をはだしで売られてきた。助けてやってくれ。今から外に出す。撃たないでくれ」

亨介はもう一度外に声を放ち、舞とたみの方を見た。

「たみ、こっちを見ろ」

たみはますます舞にしがみついた。舞がたみの肩をまわし、亨介の方に顔を向けた。

「舞が好きか」

たみは頷いた。

「舞が何をやろうとしたか、知ってるか」

「世直し」

「何だ、それは」

「おら、知らね」

「親は、娘なんか売らなくていい。娘は、自分の好きなことをして、自分の好きなように生きていける、そういう世の中を作ることだ。わかるな」

たみは頷いた。

「お前がやれ。舞の代わりに、お前が生きて、舞がやりたかったことをやれ」

たみは目をいっぱいに見開いて、見返した。その目から大つぶの涙があふれだした。

亨介は舞に目を移した。舞が頷いた。

「これから障子を開けて、下女を外に出す。武器も何も持っていない。ただの子供だ。会津の子だ。撃たないでくれ」

舞が壁の後ろから手を伸ばし、障子戸の隅を開けた。

「さあ、お行き」

たみはぎゅっと奥歯を嚙みしめたような顔で、舞を見た。亨介を見た。また舞を見た。

「うわああああああああ」

たみは大声で泣きながら飛び出した。

銃声はしなかった。竹林は静まり返ったままだった。たみの泣き声は、だから銃弾のように竹林に跳ね返って天まで届きそうだった。

「たみは出雲崎の子よ。出雲崎は、会津じゃないわ」

「そうだったのか。おれは地理は弱いんだ」

舞が笑い、亨介が笑い返した。

「じゃ行くか」

舞はライフルを構え、亨介は拳銃を構え、左右から障子戸の真ん中を大きく開けた。そして銃を撃ちながら、同時に外へ飛び出した。

「撃て！」

竹林の間で待ち構えていた火縄銃が、二人に向かって一斉に火を吹いた。

会津藩討伐隊の士気は高かった。白昼の東海道で、会津三つ葉葵の御紋を蹂躙された怒りだけではなかった。伝令役の一行が京に運ぼうとしていた五千両は、藩の血涙が生んだ金だった。

会津藩の財政は、浦賀、蝦夷地の警備の任にあったことで困窮していた。この上、京都守護職を拝命できる状態ではなかった。

しかし藩には、藩祖・保科正之が残した家訓があった。会津藩たるもの、いかなるときも将軍家を守護すべし。

藩主・松平容保は、家臣がこぞって慟哭する中、悲愴な覚悟で京都守護職を拝命した。以来、家臣はもとより、城下の者はみな食うものも食わぬ窮乏生活を強いられた。それに耐え、血と汗と涙で捻出した五千両だった。

その金を盗んだ極悪人が、目の前に飛び出してきたのだ。

討伐隊の指揮を取っているのは、股旅ギャングに金を奪われたことで腹を切った伝令役頭の弟だった。そして、かつてその伝令役頭の麾下にあった鉄砲隊が、満を持して出動していた。

その数は百余名。

火縄銃の銃声は、離れから飛び出してきた二人を撃ち倒したあとも延々と鳴りやまず、天橋立を駈けのぼって、天に届いた。

本書は書き下ろし作品です。

Hayakawa Mystery World

〈ハヤカワ・ミステリワールド〉

ARAKURE　あらくれ

二〇一一年六月二十日　初版印刷
二〇一一年六月二十五日　初版発行

著　者　矢作《やはぎ》俊彦《としひこ》＋司城《つかさき》志朗《しろう》

発行者　早川　浩

発行所　株式会社　早川書房

郵便番号　一〇一‐〇〇四六　東京都千代田区神田多町二‐二

電話　〇三‐三二五二‐三一一一（大代表）

振替　〇〇一六〇‐三‐四七七九九

http://www.hayakawa-online.co.jp

印刷所　株式会社亨有堂印刷所

製本所　大口製本印刷株式会社

ISBN978-4-15-209217-5　C0093　定価はカバーに表示してあります。